D1151854

AM YR AWDUR

Brodor o Gaerdydd yw Llwyd sydd wedi gweithio
mewn amryw o swyddi yn y cyfryngau ers 1998.
Ffawd, Cywilydd a Chelwyddau yw ei nofel gyntaf.
Mae'n byw yn ardal Parc Buddug y ddinas
gyda'i wraig Lisa a'u 'plant', Moses a Marley.

FFAWD
CYWILYDD A CHELWYDDAU

LLWYD OWEN

*y*Lolfa

Llyfrgelloedd Sir Y Fflint
Flintshire Libraries
4590

SYS

WFIC   **£7.95**

HO

Argraffiad cyntaf: 2006
Trydydd argraffiad: 2016

Dymuna'r cyhoeddwyr gydnabod cymorth ariannol
Cyngor Llyfrau Cymru

Cynllun clawr: Llwyd Owen a Jamie Hamley
Llun y clawr: Jamie Hamley (jamie@nudgeonline.co.uk)
Llun clawr ôl: Lisa Owen

Rhif Llyfr Rhyngwladol: 0 86243 860 8

Cyhoeddwyd, argraffwyd a rhwymwyd yng Nghymru gan
Y Lolfa Cyf., Talybont, Ceredigion SY24 5HE
e-bost ylolfa@ylolfa.com
gwefan www.ylolfa.com
ffôn (01970) 832 304
ffacs 832 782

I fy nheulu cyfan ond yn enwedig i Lisa
am ei hysbrydoliaeth a'i chefnogaeth...
ond yn bennaf am ei hamynedd.

Er cof am Mary, Jack a'r Ffarmwr

DIOLCHIADAU

I Arwel, Russ, Reii, Pepps, Elin, Eurgain, OG,
Jamie, Ifer, Nezumi, Daf, Owen M a Peter F;
am eu cyngor, eu cymorth a'u beirniadaethau.

I Lefi yn Y Lolfa ac i Alun Jones, fy ngolygydd,
am eu gweledigaeth ac am fod mor gefnogol
o'r hyn dw i'n geisio'i gyflawni.

*The greatest trick the Devil ever pulled
was convincing the world he didn't exist.*

Verbal Kint

*Er mwyn gweld y gwirionedd,
rhaid edrych tu hwnt i'r amlwg.*

Anhysbys

*Early this mornin' when you knocked upon my door...
And I said, "Hello Satan, I believe it's time to go".
Me and the Devil was walkin' side by side...
And I'm gonna beat my woman until I get satisfied.*

Robert Johnson

Where's the respect?
Fuck off you prick
Show me some
Then I might lick
Your corporate cock
Your ass in your cords
Don't treat me like
Some media whore.
Do this
Do that
You get no joy
You're nothing more
Than the coffee boy.
When youngsters start
In this inbred trade
They do as they're told
And get badly paid.
Part of a chain gang
The hierarchical way
Work like a dog
Until some day
You're in their position
Steady like rock
You've become your worst nightmare
A corporate cock.

Len Wydlow

BRRRR-BRRR!!

Dw i'n llithro'r derbynnydd di-linyn yn gelfydd heibio i'r blwch llwch llawn ac oddi ar y ddesg olygu i garchar 'y mhoced ddofn.

BRRRR-BRRRR!!

Er bod y ffôn mas o'r ffordd a sŵn afiach y derbynnydd yn cael ei fygu gan gotwm fy nghombats llac, mae'r caniad yn dal i ddirgrynu fy enaid ddydd a nos, nos a dydd, yn ymwybodol ac yn anymwybodol.

Mae diferyn o chwys meddwol neithiwr yn sleifio oddi ar 'y nhalcen i ac yn cwympo i'r llawr yn llawn o atgofion cymylog.

Mae'r caniad undonog yn treiddio 'mherfeddion fel drychiolaeth, yn gwatwar gefynnau ar fy mhigyrnau ac yn fy nghlymu'n ddyddiol wrth chain-gang diwydiant cyfryngol Caerdydd. Dyw'r ffôn byth yn bell, ac ar ddiwrnod fel heddi yng nghwmni ôl-gynhyrchu Cadno Cyf., mae hi ar dân.

BRRRR-BRRRR!!

Anwybyddu'r alwad eto.

BRRRR-BRRRR!!

Luc yw fy enw (as in 'loooooooook' y Proclaimers yn hytrach 'na 'leek', hoff fwyd Errol yr hamster) a 'Runner' yw teitl fy swydd. Dw i 'di ateb o leia deg galwad yn barod y bore ma, ac am ei bod hi'n tynnu am ganol dydd bydd y meistri eisie gwledda cyn bo hir. Mae 'na dri ohonon ni yn y 'tîm rhedeg', sydd o leia ddau aelod yn brin. Eironi'r teitl yw bod pob un ohonon ni'n smocio fel Dot Cottons o dan straen a so ni byth yn 'rhedeg' i unman, yn enwedig i ateb y ffôn. Dw i am adael i un o'r lleill gymryd yr alwad ma gan fod angen twymo'r ysgyfaint arna i.

BRRRR-BRRRR!!

Dwi'n gafael yn y pecyn euraidd a'i gydymaith, y Zippo arian…

BRRRR-BRRRR!!

…cyn sbarcio'r waywffon farwol gan anadlu arogl y taniwr â chyfuniad cemegol y sigarét yn ddwfn i mewn i'r ysgyfaint, sy i fod i roi pleser. Ond does fawr o bleser wrth fewn anadlu wythfed Benny'r bore a'r pedwerydd yn y deugain munud diwetha.

BRRRR-BRRRR!!

Atebwch y ffôn, y bastards!

Dw i'n ymlacio yn Edit Suite 1 yng nghwmni Dick Madeley ar *This Morning*. Mae e'n siarad am fisglwyfau mewn ffordd mor argyhoeddiadol a dilys nes gwneud i fi daeru fod ganddo brofiad personol yn y maes. Mae'r fenyw sy'n sgwrsio 'da fe wedi ei thwyllo'n llwyr – ond dim fi.

BRRRR-BRRRR!!

Dw i'n chwythu'r mwg yn dyner allan o 'ngheg a'i dynnu'n ôl mewn drwy'r trwyn gan greu rhaeadr o fyfyrdod wrth i fi ysu am i un o'r ddau arall ateb y ffôn.

BRRRR-BRRRR!!

Y prif reswm dw i ddim eisiau ateb yr alwad, gan gofio nad ydw i'n ddiogyn, yw Emlyn Eilfyw-Jones. Mae e'n dod i'r adeilad ma fel cwsmer, ond yn actio fel taw fe sy'n berchen ar y lle. Does dim 'plîs', 'diolch', 'os gwelwch yn dda', 'nice one', 'cheers' na 'merci' yn perthyn i'w eirfa. Mae hyn yn fy nghythruddo i'n ddifrifol.

Yn ôl y dywediad Saesneg, 'manners maketh man', ond dyw hyn ddim yn wir am Emlyn, tra bod 'mother maketh man' yn ffitio'n berffaith iddo. Mae Emlyn gwpwl o flynyddoedd yn hŷn na fi, ond mae e'n gynhyrchydd-gyfarwyddwr a fi'n... wel... chi'n gwybod beth dw i.

So Emlyn yn or-dalentog a do's 'da fe ddim llawer o brofiad chwaith. Yn wir, yr unig reswm ei fod e'n gynhyrchydd-gyfarwyddwr yw bod 'da fe fam sy'n berchen ar gwmni cynhyrchu annibynnol – help mawr i lwyddo yn y diwydiant llosgachlyd yma.

Mae Emlyn yn arbenigo mewn cynhyrchu rhaglenni plant ar gyfer allbwn ail-law ein hunig sianel. Nid rhaglenni gwreiddiol, ond rhaglenni sy'n gyfuniad o ddwy raglen Saesneg neu'n gopi uniongyrchol o raglen Saesneg. Er enghraifft, Emlyn roddodd fodolaeth i 'Wff'; sef rip-off llwyr o'r rhaglen Saesneg 'Woof'. Fe sydd hefyd yn gyfrifol am y clasur 'Amser Stori' = 'Jackanory'. Mab ei fam heb fymryn o ddychymyg.

Bysech chi'n gobeithio bydde rhywun lan yn HQ yn cwestiynu tarddle ei syniadau, ond, yn anffodus i blant ein cenedl fach, copïo syniadau o'r ochr arall i Glawdd Offa yw hoff gynllun comisiynwyr sianel pobol Cymru.

Oh fuck, dyma hi 'to.

BRRRR-BRRRR!!

Un cyfle arall iddyn nhw ateb.

BRRRR-BRR...

"Helô."

Ro'dd yn rhaid i fi ateb y ffôn o'r diwedd ac wrth gwrs ceisio swnio'n brysur – rhywbeth tebyg i ffonio'r gwaith ben bore a cheisio swnio'n sâl, pan mewn gwirionedd chi jyst yn methu bod yn fucked mynd i'r gwaith.

"Pwy sy 'na?"

"Luc. Pwy sy'n holi?"

Dw i'n gwybod yn gwmws pwy sy 'na, ond ma terfysgaeth seicolegol yn aur pur i fi ar adege. Mae'n werth atgoffa'r echelonau uwch eu bod nhw'r un mor anghofiadwy â ni.

"Emlyn yn Suite Three. Ti'n brysur?"

Wrth gwrs 'mod i'n fucking brysur, y twat! Ond, yn anffodus, allwch chi ddim siarad gyda'r cwsmeriaid fel 'na.

"Ddim yn rhy brysur i helpu. Be alla i neud?"

"Dw i'n starfo lawr fan hyn. Beth am frechdan ham a mwstard?"

Cwestiwn neu orchymyn oedd hwnna? Does dim ots;

alla i ddim dweud 'na'.

"Dim problem, rho bum munud i fi."

Wrth i fi wasgu'r botwm a gwaredu Emlyn Eilfyw-Jones o 'nghlust mae Kenco'n cerdded i mewn. Rhedwr arall yw e sydd wedi gweithio i Cadno ers rhyw dair blynedd. Yn anffodus, mae Kenco'n technophobe, cyflwr anffodus iawn i rywun sy'n ceisio gwneud bywoliaeth yng nghanol yr holl beiriannau a'r botymau ma. Yr unig faes mewn tair blynedd mae Kenco wedi rhagori ynddo yw neud coffi!

Y cwestiwn cynta sy'n codi yn 'y mhen i ydy sut yn y byd mae Kenco'n cadw'i swydd? Yr ateb trist yw bod gan Kenco gysylltiad ar frig y cwmni – Wncwl Gwyndaf sy'n berchen ar Cadno Cyf – mwy o nepotistiaeth. Ffafr i chwaer Gwyndaf yw creu swydd barhaol i Kenco – sefyllfa rhy drist i feddwl amdani'n hir.

Mae bochau Kenco'n writgoch heddiw, ac yn ddrysfa o wythienne piws. Mae ei lygaid yn waedlyd ac, fel drych, yn adlewyrchu noson drwm a bore trymach yn ceisio dianc rhag cloch y gadwyn galw.

"Ble ti 'di bod?" gofynnaf yn fyrbwyll.

"B&Q."

"B&Q?"

"Roedd angen Polyfilla ar Y Caws."

Y Caws ry'n ni'n galw'r bos (Wncwl Gwyndaf); mae e'n briod am y pedwerydd tro – mae ganddo bump o blant, un arall yn y ffwrn ac mae e'n ffwcio Kylie ar y dderbynfa – wel, ddim yn llythrennol ar y dderbynfa. Wel, efalle ei fod e 'fyd ar ôl i bawb arall adael yr adeilad. Pwy a ŵyr, ond chi'n gwybod beth sy 'da fi. Faint o glochgaws mae e wedi gratio yn ystod ei fywyd? Lot; hens 'Y Caws'.

"Polyfilla – pam bod e ishe fe?"

"Apparently, ma ganddo fe dwll gartref sy angen 'i lenwi."

"Nag yw hi'n disgwyl?"

"Yh?" Yn syth dros ei ben. Gwastraff yw defnyddio comedi ar Kenco.

Mae hon yn enghraifft wych o sut mae'r execs yn gwneud dim, a ni'n gwneud y fuckin lot. Dyw'r Caws ddim yn mynd i siopa fel person normal – dim bod Y Caws *yn* normal! Mae'r Caws yn cael ei fyddin fach o redwyr diolchgar i wneud y mân bethau drosto fe tra bod e'n gofalu am y pethe pwysig – gwneud arian, ffwcio Kylie, gwneud mwy o arian ac yn y bla'n.

Yn hytrach na dysgu crefft a fyddai o fudd i ni yn y dyfodol – fel golygu neu drin peirianne, pethe a gafodd eu haddo i ni yn ein cyfweliade – ry'n ni'n perffeithio'r crefftau pwysig fel siopa, mynd i'r banc, gwneud te, gwneud brechdane, defnyddio'r ffôn a chario bagie trwm llawn tapie o un lle i'r llall. Dw i, a phawb arall sydd yn yr un sefyllfa â fi, yn ymwybodol ein bod ni'n cael ein bwbechni gan y system a'r diwydiant hierarchaidd hwn.

Ry'n ni'n cymryd y gosb am amryw o resyme – rhai'n bersonol a rhai'n gyffredin i ni gyd. Ni'n gwybod – ac yn bwysicach na hynny, mae'r bosys yn gwybod – bod 'na bydew diwaelod o bobl sy'n fwy na pharod i gymryd ein lle ni os byddwn ni'n cwyno am y swydd. Felly, ymlaen â ni yn y gobaith o esgyn o'r gors gystadleuol hon. O leia mae e'n well na tempio yn y Cynulliad neu rywle tebyg. Wedi'r cyfan, i ddyfynnu Colin, un o'r peirianwyr: *one day the piss taken will be the piss takers*.

"Ti eisiau neud brechdan i Emlyn Suite Three?" gofynnaf yn obeithiol i Kenco.

"No way; mae angen break arna i."

Bastard diog! Mae 'nghasineb at bob peth sy'n gysylltiedig â'r swydd yn berwi yn 'y mogel i. Dw i ddim eisiau neud brechdan i'r double-barrel bastard 'na. Mae 'mreuddwydion am gyfarwyddo neu gynhyrchu yn diflannu i fod yn ddim byd ond atgofion pell am ddyddiau diniwed fy ngorffennol yn y diwydiant ma.

Mae Stella neithiwr a'r Vindaloo a ddilynodd yn pwyso ar 'y nghachdwll, ac yn sydyn, ma syniad yn fflachio yn 'y mhen i; syniad fydd yn ca'l gwared ar yr atgasedd dros dro ac yn llenwi 'niwrnod â chwerthin tawel, hunanfodlon.

Drag olaf ar y Benson, tagu'r hidlen darllyd yn nhomen ludw'r blwch llwch, cyn codi o 'nghadair â gwên slei yng nghorneli 'ngwefuse.

Dw i'n gadael Kenco'n llenwi ei gwpan gyda choffi gwan, a chlywed ei glipper yn tanio'i fwgyn wrth i fi adael yr ystafell.

Gyda danteithion neithiwr yn bygwth chwydu allan o 'nhwll pwps cyn i fi gyrraedd diogelwch y cachdy, rhaid brysio i'r gegin ar y ffordd a chymryd jar o fwstard Ffrengig tywyll, fforc a bag brechdan bychan gyda fi i'r toiled.

Yn y cuddygl, dwi'n lwcus cyrraedd y fowlen cyn i 'mherfeddion dywallt fel rhaeadr i'r pydew Alpine Fresh. Ond, cyn i'r llif derfynu, caeaf fy nghyhyr cachu a dal y cerigyn olaf ar drothwy fy anws. Yna codi 'mochau tua thair modfedd o'r sedd a dal y bag brechdan yn agored o gwmpas 'y mhoerdwll drewllyd. Ymlaciaf gyhyrau 'nhin a chywasgu'r garreg olaf i fol y bag, cyn eistedd yn ôl ac agor y jar mwstard.

BRRRR-BRRR!!

Rhaid ateb cyn i'r gloch ganu eilwaith.

"Luc?"

"Emlyn, fi ar 'yn ffordd. Rho gwpwl o funude i fi."

"Dere â pot o goffi ffres i fi 'fyd," mae'r bastard di-faners yn mynnu.

Wedi rhoi'r ffôn i orwedd ar y llawr gyda'r piwbs a'r biswel strae, dw i'n codi llond fforc o fwstard at y dom a'u cymysgu nhw'n drwyadl. Rhaid defnyddio mwstard Ffrengig er mwyn ca'l gwared ar yr arogl a chadw awgrym o'r blas cas. Wedi cymysgu'r cocktail sawrus, sychu 'nhin a pheidio golchi 'nwylo, nôl â fi i'r gegin gan obeithio nad o's neb 'na. Result.

Dw i'n gafael mewn dwy dafell o Kingsmill yn fy nwylo llygredig a'u gosod ar blât. Ymlaen â'r menyn cyn torri cornel y bag brechdan gyda siswrn a gwasgu'r cynnwys dros y dafell fel pobydd yn addurno cacen ben-blwydd. Ond, yn lle 'pen-blwydd hapus *blah blah blah*', 'y nghyfarchiad i yw 'eat shit and die'.

Rhaid taflu'r bag a'i weddillion i'r bin cyn cymryd sleisen o ham acrylig o'r oergell a'i gosod dros y 'mwstard' fel bod y neges gachlyd yn diflannu. Wedyn yn ofalus, rhaid torri'r frechdan yn drionglau – jyst fel mae Emlyn yn mynnu – a chymryd pot ffres o goffi gwanllyd oddi ar y percoladur.

Wrth adael y gegin mae awgrym o arogl estron yn yr awyr ac af yn sigledig i lawr y coridor cyfyng o dan bwysau'r llwyth, fel rhyw Manuel meddw'n ffoi rhag Mr Fawlty. Heibio i Edit Suite 2 lle mae Karl ("with a K; not the Welsh version" Wan**K**er) yn golygu gyda Marged, cynhyrchydd gyda chwmni annibynnol lleol. Maen nhw'n gweithio ar gyfres yn cyflwyno mawrion cerddoriaeth glasurol Cymru – cyfres o un rhaglen, mwy na thebyg!

Mae persawr personol Karl yn llenwi'r ystafell, a'i ffrâm enfawr dau take-away y diwrnod ers pymtheg mlynedd yn byrlymu dros freichiau ei gadair. Mae ei chwys yn diferu ac yn creu cronfeydd dŵr sy'n ymestyn o'i geseiliau i'w dethau brownlwyd blewog. Sut mae dyn mor dew yn gallu bod mor drahaus? Ai'r Sais ynddo fe sy'n creu'r ffenomen hon neu ai mecanwaith amddiffynnol i'w dewdra ydy hi? Dw i'n ceisio cadw 'mhell o'i ffau gyfyng a'i feirniadu hallt – dylai Marged wneud yr un peth.

Wrth y peiriant Astons yng nghornel cefn yr ystafell mae Cariad – rhedwraig arall a cheidwad fy nghalon. Mae hi'n llwynogllyd heddiw mewn combats caci a fest fach frown, ei gwallt cochlyd yn donnog dros ei hysgwyddau ac yn gorweddian yn fodlon ar ei bronnau bach bywiog. Mae'n troi ei phen wrth iddi deimlo 'mhresenoldeb. Dw i'n wincio'n or-frwd arni ac mae hi'n ymateb drwy lyfu ei gwefusau â'i thafod – am ddelwedd i'w chymryd i'r gwely heno; dwi'n edrych 'mlaen yn barod.

Wrth gyrraedd gwaelod y grisiau di-garped bues i bron â cholli fy llwyth arlwyo afiach wrth i Kylie hyrddio heibio ar ei ffordd i fuck knows ble.

"Beth yw'r brys?" gofynnaf, ond does dim ateb gan y gnawes arferol gegog. Touching cloth isit, luv? Gwyliaf ei choesau siapus yn diflannu i fyny'r grisiau; ei sgyrt fer yn gadael dim i'r dychymyg a'i harogl horny'n ei dilyn fel ôl malwen anweledig yn yr awyr. Dirty bitch.

Ymlaen wedyn trwy'r ystafell beirianyddol a heibio i Colin sydd wrthi'n perfformio llawdriniaeth ar hen beiriant Beta-cam.

"Sut mae, Col?"

"Shit."

Allan o'r byd mecanyddol ac i lawr cyfres fer o risiau i'r seler cyn troedio'n bwyllog ar hyd coridor arall a chyrraedd Suite 3. Dw i bron â baglu yn y tywyllwch tragwyddol. Does dim ffenest i'r lle; dim golau nac aer naturiol chwaith. Golau coch gwan sy yn y coridor ac mae diferyn o chwys yn ymddangos ar fy nhalcen wrth i wres y lle fy mwrw i.

Y tu allan i ddrws yr olygwâl mae 'nghalon i'n rhuthro wrth iddi geisio dianc rhag diogelwch fy nghell asennol. Rhaid anadlu'n ddwfn, er mwyn gwrthweithio'r adrenalin, a rhoi un edrychiad arall ar y frechdan fudr – catalydd fy nerfusrwydd – sy'n gorwedd ar y plât gwyn.

Reit te, Emlyn double-barrel bastard: dyma dy frechdan; dyma dy goffi. Eat my fucking shit.

O'r tu fewn dw i'n clywed ei lais.

"Ble mae fucking Luc â'r fucking brechdan 'na, Dei?"

Deian yw'r golygydd. Sa i'n ei drystio, ond ma fe'n hael yn ei gwrw, felly dim gair drwg amdano fe.

"Ma fe siŵr o fod ar ei ffordd."

Un o'r pethe da am y lle ma yw bod pob ystafell olygu fel microcosm unigol a does neb yn mentro ei gadel yn aml. Does dim clem 'da'r bosys ble mae'r gweision a does dim ots ganddyn nhw chwaith, cyn belled â bod y te a'r biccis yn cyrraedd yn brydlon. Mae'n lle sy'n annog celwydd, a dw i'n feistr ar y grefft.

BRRRR-BRRRR!!

I mewn â fi. Mae Deian ac Emlyn yn troelli yn eu cadeiriau ac yn edrych yn syth ata i ac wedyn mewn undod ar y frechdan. Ydyn nhw'n gwybod? Mae ffroenau Emlyn yn arogli'r aer. Ydy e'n amlwg?

Mae presenoldeb Emlyn yn llenwi'r ystafell fel nwy yng nghawodydd Auswitch a'i lygaid yn treiddio i mewn i fi wrth iddo astudio 'nghydwybod cyn i'r ffôn ganu eilwaith. Mae e'n terfynu'r alwad ddibwrpas a thorraf ar y tawelwch.

"Sori am y delay, Kenco'n cael trafferth lan stâr."

Celwydd bach syml sy'n ateb ei holl gwestiyne.

"One lump or two?"

"Hahahahahahahaha!"

Pawb yn chwerthin, pawb yn ffrindie.

"Dyma'r coffi a dyma dy frechdan di."

Wedi rhoi'r plât iddo, gan wenu gwên blastig yn ddannedd i gyd, dw i'n camu'n ôl ac edrych ar y brif sgrîn yng nghanol y wal o fonitors. Mae'r delweddau'n dawnsio ar wyneb Deian yng ngolau isel y groto golygyddol.

Ar y sgrîn mae delweddau reit arswydus; menyw yn ei thri degau – Megan Garmon, seren rhaglenni plant Cymreig ers dyddiau euraidd Ffalabalam – yn siarad gyda hosan bwped sy'n fy atgoffa i o bidyn gwlanog gyda rhyw STD reit ddifrifol. Y peth ysgytwol am y delwedde yw bod y pyped (nag yw'r ddau ohonyn nhw'n bypede?) yn cyfathrebu mewn ffordd sy'n fwy deallus na Ms Garmon!

Allan o gornel fy llygad dw i'n gweld Emlyn yn cymryd hansh o'r frechdan. Mae e'n cnoi a chnoi'r bara brwnt nes ei fod yn hylifo heibio i'w epiglotis. Gyda golwg ddryslyd ar ei wyneb crwn mae e'n dweud yn llawn gofid:

"Luc, ai mwstard Ffrengig sy yn hon?"

"Ie, pam?" holaf yn ddiniwed.

"Sa i'n or-hoff o'r blas. O nawr mlaen gwna'n siŵr taw mwstard Seisnig ti'n 'ddefnyddio."

"'Na i neud un arall i ti os ti moyn," atebaf wrth i'r atgasedd fyrlymu yno i. 'Na i wneud un arall i ti'r bastard, un yn llawn clefydau colonig cas. Rho gyfle arall i fi dy wenwyno ac efalle wedyn gwnei di ddweud "diolch".

"Na, paid poeni, jyst cofia'r tro nesaf, ok?"

Mae e'n troi'n ôl at y clogwyn o ddelweddau wrth gymryd llond ceg arall. Cyn gadael, dw i'n gweld diferyn o'r cymysgedd cachlyd yn llithro o gornel ei geg i lawr tuag at ei ên. Gyda'i dafod neidraidd mae e'n ysgubo'r hylif drewllyd yn ôl i mewn i'w geg ac yn parhau i gnoi fel ci rheibus ar strydoedd Basra. Wrth i'r drws gau y tu ôl i fi, clywaf y twat yn dweud wrth Deian:

"Ma cic yn y mwstard 'ma, Dei."

Cic ddwedodd e? Buodd e yn y cachdy drwy'r prynhawn ac yn ei wely am dridie wedyn!

Eat shit and die.

Bron.

Finished with my woman cos she couldn't help me with my mind,
People think I'm insane because I'm frowning all the time.

Black Sabbath

Tic Toc Tic Toc Tic Toc Tic Toc Tic

Clywaf freichiau'r cloc cyfagos yn cloddio munudau gweddill y dydd gan gadarnhau bod amser datgloi'r gefynnau a cherdded i ryddid ar ddiwedd diwrnod arall yn prysur agosáu.

Wedi'r bore hectic a'r digwyddiad cachlyd amser cinio, mae'r prynhawn wedi bod yn reit dawel ar wahân i un 'digwyddiad bach'. Ond y broblem gyda phrynhawniau tawel, fel mae pawb sy'n gweithio'r nine-to-five yn gwybod, yw bod awr yn teimlo fel blwyddyn a munud fel mis. Er hynny, fi 'di bod yn synfyfyrio'n dawel yn niogelwch Edit Suite 5 a chwerthin wrth feddwl am Emlyn a'i ginio o gachu… a'r 'digwyddiad bach'.

Tua hanner awr wedi un (dw i'n siŵr o'r amser achos ro'n i ar fin setlo am berf slei ar drigolion benywaidd Stryd Ramsay) gwelais gorff aneglur yn gwibio heibio'r drws ar ras i rywle. Feddyliais i ddim rhagor am hynny tan i Deian, ei wyneb yn welw ym mhelydrau'r 40 watt, sticio'i ben trwy'r drws tua ugain munud yn ddiweddarach.

"Ti 'di gweld Emlyn?"

"Dim ers amser cinio. Pam?"

"Ath e am ddymp rhyw ugain munud nôl a sa i 'di weld e ers 'ny."

Codais o 'nghadair ac ymuno â Deian i chwilio am Emlyn yn y gobaith bod y byrbryd drewllyd wedi cael effaith anffodus arno. Ches i ddim o fy siomi. Aethon ni'n syth i'r cachdy a bron i'r ddau ohonon ni lewygu wrth gamu i'r amgylchedd afiach. Do'dd dim arogl y Mountain Fresh na'r Morning Dew yno bellach, ond gwledd aromatig o gylla gwenwynig Eilfyw-Jones.

Anadlais yn ddwfn a chau fy mawd a'm mynegfys dros ffroenau fy nhrwyn wrth gamu i'r lladd-dy llesmeiriol.

"Emlyn?" galwodd Deian drwy'r tonnau egr, anweledig.

"Ie?" Daeth yr ateb gwylaidd o'r gorlan gachu.

"Ti'n iawn?"

"Ydw i'n smelo'n fucking iawn, Deian?" gwaeddodd Emlyn mewn ymateb i gwestiwn gwag y golygydd. "Rhaid i fi fynd adre," ychwanegodd. "Mae hyn yn hollol embarrassing. Alla i ddim aros fan hyn trwy'r dydd. Dei, esbonia'r sefyllfa i Kylie; 'na i ffonio hi'n hwyrach i wneud trefniade pellach."

Ar y gair fflyshiodd Emlyn gynnwys ei gylla a byrstiodd allan drwy'r drws yn welw a chwyslyd. Yn llythrennol, roedd e 'di chwydu'r lliw allan drwy ei fochau. Trwy ei lygaid gwaedlyd, gwlyb edrychodd arna i a Deian yn sefyll yno gyda'n bysedd yn clensio'n trwynau. Dechreuodd weiddi rhywbeth fel 'ar beth fuck chi'n edrych?' pan ysgydwodd y trydydd gair ei berfedd ac achosi cyffyrddiad clwtyn yn ei Calvin Kleins.

Allan ag Emlyn gydag un llaw yn cadw'i ddrws cefn ar gau heb ddweud gair arall wrth neb; mas o'r tŷ bach, i lawr y grisiau a thrwy'r dderbynfa lle anwybyddodd e'r Caws mewn moment ysblennydd o anobaith anfoesgar.

Elvis has just left the building.

Cyrhaeddodd ei Audi T(wa)T, jyst mewn pryd i ailaddurno'r clustogwaith lledr hufenllyd yn felyn-frown ddyfrllyd a drewllyd. Nes i ddim actually gweld hyn yn digwydd, er mai fi sy'n gyfrifol am ddechrau'r sibrydion.

Dw i'n gadael Suite 5 â 'nwylo'n llawn o lestri'r prynhawn – pum mwg yn siglo o'm bysedd, blwch llwch llawn yn gorwedd ar blât briwsionllyd a'r *Sun* a'r *Western Mail* o dan fy nghesail. Tystiolaeth o ddiwrnod caled!

Wrth gamu i'r gegin dw i'n dod wyneb yn wyneb â'm holl freuddwydion – mae Cariad wedi cyrraedd o 'mlaen i ac mae hi'n plygu i lawr yn llenwi'r peiriant golchi llestri. Mae ei thin siapus yn llenwi ei chombats ac yn achosi i 'nghoc fywiogi wrth i fi sylwi ar ei g-string sidan du yn pipio uwchben ei throwsus.

Dw i'n awchu i droi'r gegin fach gymunedol yn set bornograffig craidd-galed er mwyn ei phenetreiddio'n arw o'r tu ôl a'i ffwcio'n galed ac yn gyflym (oes yna ffordd arall?) nes bod ewyn ein trachwant rhywiol yn gorlifo i lawr ei morddwyd mewnol fel tsunami rheibus ar ei ffordd i ddinistrio glannau ei sanau bach gwyn. Gyda'r ddelwedd yma'n annog prenllawn, mae Cariad yn sythu ei chefn ac yn troi ataf gan ofyn:

"Ti eisiau dod nôl i fy fflat i?"

Alla i ddim credu'r hyn dw i'n 'i glywed! Am ddatblygiad annisgwyl, ond mwy na derbyniol, i'n perthynas! Dwi'n ateb gan geisio bod yn cool a pheidio dweud rhywbeth fel 'plîs, plîs, plîs alla i ddod i dy fflat am fuckfest'.

"Pam lai, sen i'n hoffi hynny."

"Beth?" Mae ei chwestiwn a'i hwyneb yn cadarnhau'n

syth 'mod i 'di camddeall rhywbeth yn rhywle. Ond beth?

"Ym, pam lai," dw i'n ailgeisio.

"Pam lai beth, Luc?"

"Pam lai beth bynnag gofynnaist ti i fi jyst nawr."

"Dy blât, Luc, gad i fi gymryd dy blât di."

Dw i'n rhoi fy mhlât yn ei llaw gan geisio cuddio fy chwithdod gwridog cyn troi ac agor yr oergell.

"Ti moyn beer?" gofynnaf iddi. Un o perks bach y job yw bod 'na gyflenwad diddiwedd o gwrw ar gael i gwsmeriaid Cadno. Rhaid cadw olwynion bythol mecanwaith y diwydiant darlledu yn iraidd ar bob adeg. Mae angen top-up dyddiol arna i.

"Plîs. One for the road, de."

Gafaelaf mewn dwy botel o Stella rhewllyd a'u cario i Suite 1 lle dw i'n eistedd lawr gyda Cariad i fwynhau'r swigod meddwol ac un Benny arall cyn mynd am gwpwl o beints. Fi 'di meddwl gofyn i Cariad ddod allan am ddrinc neu rywbeth 'da fi ers y foment gwnaethon ni gwrdd dri mis yn ôl, ond tan nawr dw i 'di bod yn ormod o gachgi. Ar yr ochr bositif, ni'n dod 'mlaen yn dda iawn gyda'n gilydd: yn fflyrto o hyd, fuck-me-eyes parhaol a loads o touchy-feely shenanigans.

A'r negatives? Gadewch i fi feddwl...

DIM NEGATIVES! THUNDERBIRDS ARE GO.

"Cariad, ti moyn dod am ddrinc 'da fi heno?" Ond dw i'n difaru'n syth ar ôl gofyn.

"Fedra i ddim, 'sti. Mae gen i rywbath 'mlaen heno. Rhywbryd arall, ia."

RHYWBRYD ARALL, IE??? RHYWBRYD ARALL, IE??? PRYD??? BLE??? BETH??? Beth sydd 'mlaen 'da ti; dosbarth nos? Pryd o fwyd? Menyw? Dyn? Cyn belled â bod y ddihareb 'yr olaf a fydd flaenaf' ddim yn wir yn ystod y dewis o weithgareddau uchod, fydda i ddim yn rhy siomedig...

Bollocks, fi *yn* siomedig. Gutted a dweud y gwir.

Panic nawr.

Ydw i 'di darllen yr arwyddion yn anghywir? Ydw i 'di bod yn gwneud ffŵl o fy hunan ers misoedd? Oes unrhyw un 'di sylwi? Ta waeth, rhaid ceisio bod yn cool hyd yn oed yn yr amgylchedd crasboeth yma.

"Dim problem, o'n i jyst yn meddwl, wel, ti'n gwybod, rhywbryd arall."

"I-a."

Dw i'n haeddu esboniad, surely. Ond, does dim un yn mynd i ddod. Llarpiaf weddill y Stella fel Arab coll wrth werddon mewn diffeithwch a chodaf o'r gadair gan wisgo 'nghot.

Edrychaf drwy'r ffenest ar y glaw sy'n cwympo wrth imi wasgu'r anadl olaf allan o'r sigarét yn ei bedd ar y ddesg olygu. Mae'r tywydd yn ychwanegu at fy iselder, nes i fi droi at Cariad, sy'n lleddfu'r boen drwy wenu ei heulwen trwy gymylau duon fy hunan dosturi, gan greu enfys yn fy nghalon; falle bod 'na obaith i fi o hyd? Cwpwl o beints a bydd popeth yn gwneud synnwyr. Gwenaf arni'n ddidwyll.

"Nos da, Love."

"Nos da, Puke."

Dw i'n camu i'r glaw ac yn blasu'r awyr iach am y tro cyntaf ers y bore. Mae tamprwydd yr awyr yn sugno holl aroglau'r diwrnod allan o 'nhrwyn a BO Karl, y sandwiche de cack a chynnwys cylla E-J yn cael eu dileu gan arogl lleithder naturiol y glaw, yn ogystal ag aroma gwefreiddiol perlysiau'r Dwyrain Pell sy'n treiddio'n dawel o gegin yr Indian Empire gyferbyn. Er y gwlybaniaeth, rwy'n teimlo wedi fy adfywio wrth neidio dros y pwll dŵr olaf cyn cyrraedd fy nghar. Dw i'n ddiolchgar i'r glaw am arbed tair punt yn y carwash i fi; mae'r *'please clean me'* rhagweledig yn cyflym ddiflannu oddi ar adain dde'r car gan gadarnhau ei liw cochlyd gwreiddiol.

Gyda'r holl lendid o 'nghwmpas mae camu i dalwrn y car yn sioc i'r system; ro'n i wedi anghofio difrifoldeb drewdod fy ngherbyd. Ond, fel gyda lot o arogleuon cas, dw i'n dod i arfer â fe o fewn eiliadau.

Dw i'n gwaredu presenoldeb barfog ZZ Top o'r stereo ac yn ailosod y tâp yn ei gas penodol. Lucky dip yn y bag plastig cerddorol a hapusrwydd gwirioneddol gyda'r hap-ddewis; yr albwm Paranoid gan Black Sabbath, un o fy ffefrynnau cynarddegol. Ces i fy ngeni yn y saithdegau a dyna lle mae 'nhast cerddorol wedi aros. Beiwch fy nhad os oes rhaid beio rhywun. Family heirloom fy nheulu i yw casgliad feinyl yr hen ddyn a fi yw'r ceidwad erbyn hyn.

Creedence-Hendrix-Zappa-Berry,
Young-Ozzie-Lee Scratch Perry.
Jarman-Stevens-Hillage-Presley,
Janis, Marvin a Bob Marley.

Mae lot o bobl yn beio'r wythdegau am nifer o bethau; o ddyfodiad cocaine i lysieuwyr, ac o HIV i drachwant anfaddeuol y byd gorllewinol. Sa i'n beio'r degawd am yr holl bethau ma, ond mae datblygiad dieflig ZZ Top o blues dwfn y saithdegau i gock-rock anfaddeuol Afterburner yn ganlyniad uniongyrchol cynnyrch cerddorol yr wythdegau – o'r synth pop dienaid i'r cock-rock ymgreiniol.

I mewn â'r tâp a throi'r allwedd, yna cynnaf Benson arall a chwythu'r mwg llwydaidd allan o'r ffenest led agored gan daro fy mysedd mewn amser i riff y gân agoriadol, Warpigs, ar y steering wheel. Gyda'r gân yn cyflym ddiweddu a fi'n rhy ddiamynedd i reweindio'r tâp yn ôl i glywed y symffoni dywyll yn ei llawn ogoniant, dw i'n sydyn yn ymwybodol bod fy mhen yn nodio i rythm eiconig yr ail gân, Paranoid. Yr unig beth sy'n fy atal rhag moshio fel Wayne a Garth yw gwallt byr a phresenoldeb Cariad wrth ddrws cefn yr adeilad. Mae hi'n codi'i llaw a finne bron stopio i gynnig lifft iddi. Ond dw i'n ailfeddwl. Rhywbryd arall, ie.

I'r chwith allan o faes parcio cyfyng Cadno ac ymuno'n syth â rhes hir o gerbydau. Mae'r glaw trwm yn curo ar gragen y car ac yn boddi'r gerddoriaeth mewn corws o ddagrau amhersain. Dw i'n troi'r vol at 11 mewn pryd i glywed geiriau'r pennill agoriadol yn atseinio yn amgylchfyd caeëdig y car ac yn ysu i'r traffig cymudol gyflymu er mwyn i mi allu gwerthfawrogi'r Sabbath wrth yrru'n gyflymach na deg milltir yr awr.

Dw i ynghanol giwr galon gosmopolitan Caerdydd o fewn deg munud; ger y Taf ddrewllyd, y sbwriel a'r Chinese Supermarkets. Gyda goleuadau'r ceir yn fy nallu ar galeidosgop gwlyb y windscreen, dw i'n falch o gael gwyro oddi ar anhrefn Clare Road i stryd dawel Whitey. Camaf o'r car a rhedeg at dŷ Whitey drwy'r glaw trwm. Mae arogl cyfoglyd bragdy Brains gyferbyn yn achosi i asid fy mherfeddion godi mewn ton amhleserus ac anghroesawgar. Llyncaf y bustl wrth nesu at y drws. Cyn i fi gnocio, mae Whitey'n agor y drws ac yn ymuno â fi yn y gwlybaniaeth.

"All right, boss. Ti'n barod?"

"Aye, fi'n sychedig as fuck."

Mae Whitey'n sychedig bob nos Fawrth, fel mae'n digwydd. Mae e 'di bod yn gofalu am Katie, ei ferch, heddiw. Dim ond deuddydd yr wythnos mae e'n ei gweld hi ac mae e'n ceisio gwneud pob dim mewn saith awr.

Nôl yn y car ac mewn rhes arall o draffig yn symud

yn araf ogleddol ar Lower Cathedral Road. I'r dde, gallaf weld crafangau mecanyddol Stadiwm y Mileniwm yn tyrru uwchben tai tal Fitzhammon Embankment, fel jiráff ffug-wyddonol yn pori ar ddail llechi toeau'r tai teras.

"Diwrnod da?" gofynnaf dros guriad anghyson y glaw.

"Not bad. Fi'n knackered though. Mae Katie'n nuts."

"Be chi 'di bod yn neud?"

"Nofio, siopa, Tweenies, parc, Teletubbies ac ychydig o ganu'r prynhawn ma."

"Fuckin hell! Mwy na fi!"

Dw i 'di nabod Whitey ers yr ysgol feithrin. Dim dyna'i enw iawn yn amlwg, ond 'sneb wedi defnyddio'i enw cywir ers iddo gael gwyrdd galchad go iawn y tro cyntaf iddo smocio weed yn bedair ar ddeg. Yr eironi yw bod y bobol nath gymryd y piss ohono fe yn yr ysgol erbyn hyn yn bobol barchus – athrawon, cyfreithwyr ac ati – sydd byth yn cyffwrdd yn y stwff, tra bod Whitey'n borderline Rasta, heb fod byth ymhell o'r cymylau piws.

Cerddor yw e, gitâr yn bennaf ond yn gallu chwarae unrhyw beth os rhowch chi gyfle iddo. Cerddor gwych hefyd; gwych ond anlwcus. Mae e 'di ceisio cael cydnabyddiaeth am ei dalent ers blynyddoedd – pybs, clybs, ysgolion, eisteddfodau, cystadlaethau talent, demos galore, bysgio – y fucking lot heb unrhyw lwc. Mae e 'di chwarae mewn bands ac wedi ceisio llwyddo ar ei ben ei hun.

Wedyn daeth Katie. Am sioc. One night stand heb ddefnyddio johnny; naw mis wedyn, helô babi! Ei fai e am roi ei rif ffôn i bob merch mae e'n 'i ffwcio. Mae'n dal ar y dôl ac mae mam Katie'n rhoi loads o shit iddo am ffeindio gwaith. Y broblem yw nad yw Whitey 'di gwneud lot o waith, ar wahân i chwarae miwsig, erioed... chwarae miwsic a smoco ganja, hynny yw. Fe yw'r pot head mwya dwi'n nabod. Tase fe ond yn treial am swydd gyda Cypress Hill, fase fe'n sorted, mewn mwy nag un ffordd! Yn anffodus, dyw Whitey ddim yn berchen ar y CV mwyaf cystadleuol yng ngweithleoedd cyfoes Caerdydd!

Mae e'n aros am y swydd berffaith, sef rock star, ond bydd rhaid iddo fe neud rhywbeth arall cyn hir neu bydd e'n colli ei hawliau i warchod ei ferch; rhywbeth neith e byth adael iddo ddigwydd.

Treganna – corlan y cyfryngis. Dw i'n osgoi'r lle am nifer o resyme – y penna yw 'mod i'n gweithio gyda'r fuckers drwy'r dydd felly sa i eisiau anadlu'r un aer â nhw drwy'r nos 'fyd. Yn anffodus, mae fy hanner brawd, Sam Phin, neu Doc fel mae pawb yn ei nabod, yn byw yn eu canol a ni'n mynd am gwpwl o beints 'da fe heno.

A dweud y gwir, mae Doc yn gymysgedd o frawd, ffrind, tad, therapist, arwr ac angel gwarchodol i fi. Mae e ddeng mlynedd yn hŷn ac yn fab i Dad ond gyda mam wahanol. Pan aeth hi'n tits-up ar fy rhieni, cadwodd Doc mewn cysylltiad â fi pan ges i 'yn hel i'r cartref. Galle fe fod wedi troi ei gefn, ond na, roedd e'n gefn i fi bob amser: o'r iselder eithaf yn ôl at ryw fath o normalrwydd... beth bynnag yw hynny? *Fe* aeth â fi at y seicolegwyr, y cynghorwyr a'r rhai eraill dw i 'di anghofio. *Fe* sychodd fy nagrau. *Fe* edrychodd ar 'yn ôl i pan aeth Dad i la-la-land a Mam i waelod y botel. Mae e'n graig i fi. Fy Uluru personol yng nghanol diffeithdir fy modolaeth. Wrth gwrs, dyw e ddim yn berffaith, ond wedyn, 'sdim shwt berson yn bodoli, oes e?

Mae Whitey'n troi'r allwedd ac yn agor y drws. Mae gen i allwedd i dŷ Doc hefyd gan nad yw hi bob amser yn gyfleus iddo ateb y drws, ac er nad yw Lizzie, ei gariad, yma heno, mae'r Doctor yn otherwise engaged. Dw i'n dilyn tin jeans llac Whitey i fyny'r grisiau i'r ystafell fyw, ar y llawr cyntaf, gan fod Doc yn dewis cysgu ar y llawr gwaelod, am ryw reswm. Er mwyn gwneud quick getaway siŵr o fod...

Dw i'n eistedd ar y soffa ledr foethus ac yn cydio yn y Bensons. Mae Whitey'n eistedd gyferbyn â fi ar y gadair droelli – ffefryn Doc nath gostio bomb o Habitwat – ac yn estyn am ei Cutters Choice a'i Rizla glas; the true smoker's smoke.

Er nad 'yn ni 'di gweld ein gilydd ers tridiau, ni'n eistedd mewn tawelwch wrth fwynhau'r mwg. Wedi'r cyfan, 'sdim angen sgwrsio'n ddiddiwedd pan y'ch chi yng nghwmni eich gwir ffrindiau.

O ganol llanast llyfrau ystafell fyw Doc – mae'r blerwch allanol yn masgio'r taclusrwydd mewnol fel y ffeindiwch chi yn nifer o dai pobl beniog – dw i'n sylwi bod drws labordy Doc yn gil agored a gallaf glywed lleisiau'n trafod y tu fewn.

"Whitey," nodiaf fy mhen i gyfeiriad y drws sydd rhyw bum metr i ffwrdd ar ochr arall y gegin open plan. O fewn eiliadau mae'r ddau ohonon ni'n gwrando'n astud ar y sgwrs wrth smocio'n dawel. Gwrando a smocio, smocio a gwrando; fel Cheech a Chong trwm ein clyw.

"Untraceable that one is it?" gofynna llais di-wyneb, yn acen gras Caerdydd.

"Untraceable and uncheap, but if it's anonymity you're after then this is the one. The rest, as I've explained already, are good for what they are, but this one is the best," esbonia Doc i'w gwsmer yn ei dôn awdurdodol y mae e'n tueddu i'w defnyddio pan mae'n trafod busnes.

"I'll take it. How much do I need?"

"That depends on how many people you're planning to dispose of?"

Dw i'n edrych ar Whitey ac mae e'n edrych nôl arna i

gan siglo'i ben yn goeglyd. Dyw'r hyn ry'n ni'n 'i glywed ddim yn sioc, ond mae'r tri ohonon ni'n dewis osgoi trafod bywyd proffesiynol y Doctor am nifer o resymau – y prif un i fi yw nad ydw i eisiau cael fy ngweld fel accomplice yn llygaid y gyfraith os caiff Doc ei arestio.

Mae Doc yn ddoctor go iawn, neu, yn hytrach, *roedd* e'n ddoctor go iawn. Wedi dwy flynedd ar y wards, cafodd ei ddiarddel oddi ar restr y meddygon am amryw o droseddau. Yn bennaf dwyn cyffuriau o'r gweithle a'u gwerthu i gwsmeriaid preifat a chynnig gwasanaeth proffesiynol preifat i gwsmeriaid o gefndiroedd ystrywgar; gangsters Caerdydd a'r cylch neu filwyr AWOL o'r army.

Ni chafwyd e'n euog am yr ail drosedd ond roedd yr un gyntaf yn ddigon difrifol iddo golli'i drwydded yn barhaol. O ran ei ryddid roedd e'n lwcus na ddarganfuwyd ei labordy, lle'r oedd e'n cynhyrchu cyffuriau 'to order' i rai o werthwyr mwya Prydain.

Doedd e ddim yn rhy siomedig wrth golli ei swydd gan ei fod nawr yn gallu canolbwyntio ar wneud arian difrifol a throi ei brosiectau rhan amser yn yrfa llawn amser. Dair blynedd yn ddiweddarach mae ganddo dŷ ym Mhontwankers, MG-GT convertible, arian yn byrlymu o'i bocedi a dim o'r stress cysylltiedig â'r NHS. Dw i ddim, o angenrheidrwydd, yn cytuno â'r hyn mae e'n neud, ond tasai Doc ddim yn cynnig y gwasanaethau hyn, bydde rhywun arall, llai cymwys, yn siŵr o neud.

Heb rybudd, mae'r drws yn agor ac mae'r ddau ddyn yn camu i mewn i'r gegin. Mae Doc a'i gwsmer yn gwneud double-take wrth weld y ddau ohonon ni'n ymlacio yn y lolfa.

"Iawn boys, nes i ddim clywed chi'n dod mewn," medd Doc. Mae llygaid byw ei gwsmer yn syllu arna i a Whitey bob yn ail. Mae'r panig yn amlwg, a doedd defnyddio'r Gymraeg ddim wedi helpu'r sefyllfa.

"What did you say?" Mae'n cyfeirio'i gwestiwn yn fygythiol at Doc.

"Oh, sorry. I said that I didn't hear them come in."

"What else?" Dw i'n eistedd yn syth yn fy nghadair rhag ofn y bydd y cwestiwn yn troi'n ymosodiad corfforol, ond mae Doc yn diffiwsio'r sefyllfa gyda gwên gyfeillgar.

"I said nothing more than that to them. It's just my brother and his mate."

"Are they safe?"

"Of course they're safe." Wrth ateb y cwestiwn, mae Doc yn edrych arna i ac yn codi'i eiliau'n goeglyd.

Mae'r cadarnhad ein bod ni'n ddiogel yn ddigon i gwsmer Doc – dyn yn ei dridegau o dras Somali, ei lygaid marblaidd yn eiste'n ddwfn yn ei wyneb creithiog – ac mae'n troi i wynebu'r Doctor gan ein hanwybyddu.

"Thanks, Doc. See you soon," medd yr ymwelydd wrth syllu i ganhwyllau llygaid fy mrawd.

"You probably will."

Mae'n gadael, heb edrych i'n cyfeiriad, gan sleifio trwy'r drws, cyn uno â'r cysgodion a diflannu i dywyllwch y nos.

Gan gipio'i got o'r bachyn mae Doc yn cloi'r labordy, yn diffodd golau'r gegin a gofyn, "Pub?"

Yn ôl i'r glaw ac anelu am yr un agosaf – yr Hanner Ffordd, neu'r 'Aaalfway, fel ma'r locals yn ei alw. Mae Whitey a Doc mewn hwyliau da wrth i ni frasgamu i gyfeiriad ein lloches. Ar y ffordd, ryn ni'n cyffwrdd â nifer o bynciau llosg ond heb sôn gair am beth welon ni, na chlywed, yn nhŷ Doc bum munud nôl. 'Na fel mae hi yn ein teulu ni: pawb â'u cyfrinachau bach tywyll. Ta waeth, ni mewn hwyliau da ac yn edrych 'mlaen at ga'l cwpwl o beints haeddiannol…

ANGHYWIR.

Cyn gynted ag mae 'nhraed i'n cyffwrdd â llawr pren y public house mae rhywbeth yn cyffroi fy nhu fewn gan ysgogi teimladau clostroffobic: chwysu, tunnel vision, crynu heb reolaeth. Edrychaf o 'nghwmpas a gweld tarddle'r trawma. Mae'r gelyn yn f'amgylchynu fel haig o forgwn chwantus o gwmpas celain gwaedlyd, mewn cildraeth caeëdig.

Wrth i fi glywed dwy o'r haig yn cyfarch ei gilydd gyda 'Hiiiiiiii!' sebonllyd, mae ychydig o fy nghinio'n ailymddangos yn fy ngheg. Ar y foment yna dw i'n sylwi 'mod i wrth y bar ac ma peint o Stella o 'mlaen i. Dw i'n golchi'r hyrddiad yn ôl i 'mola gyda dracht o'r hylif hyfryd. Gallaf glywed fy ffrindiau'n siarad gyda'i gilydd heb sylwi ar fy nghyflwr – dw i am ymuno â'r sgwrs ond mae hynny'n amhosib.

Dw i'n cymryd llond ceg arall o gwrw ond, er y Stella swigodllyd, mae 'ngheg i'n dal mor sych â sandalau'r Samburu. Mae'r aer yn drwch o weniaith Cymry'r cyfryngau, felly dw i'n cadw 'mhen yn isel rhag ofn i rywun fy ngweld. Dw i'n adnabod nifer o'r gwynebau ond sa i eisiau siarad 'da un o'r fuckers.

"Ti'n iawn, Luc?" Llais Whitey yn holi trwy'r symffoni o synau anghyfarwydd wrth i'r holl leisiau a'r gerddoriaeth gefndirol greu clytwaith o atgasedd anghyfforddus. Mae sgwrs fy ffrindiau'n cael ei boddi wrth i'r dafarn droi yn garwsél cyflym ac yn galeidosgop aflêr o liwiau llachar a chanmoliaeth wag.

Rhaid meddwl yn gyflym – rhywbeth anodd uffernol yn y stad seicodelig yma. Rhaid gadael, mae hynny'n amlwg.

Mae fy ffrindiau'n dal i sgwrsio ond alla i ddim dweud

gair wrthyn nhw. So nhw'n cael eu heffeithio gan dyrfa'r dafarn. Iddyn nhw jyst pobl yn joio drinc ydyn nhw ond, i fi, llestri gweigion sydd yma'n cloddio ar lechwedd fy nghallineb bregus. Ond, yn wahanol i ganeris y glowyr, dw i'n gallu dianc ac anadlu'r awyr iach unwaith eto.

"Rhaid mynd," ac allan â fi gan adael Whitey a Doc yn syllu i'r gofod dw i newydd ei adael. Allan ar Cathedral Road, rhaid llenwi fy ysgyfaint ag aer llygredig y ddinas, ond, o'i gymharu â'r dafarn, mae fel ocsigen pur. Gyda 'nwylo ar fy ngliniau dw i'n anadlu'n ddwfn tan bod curiad fy nghalon yn arafu a'r crynu'n tawelu.

Ar y gair, mae'r bois yn camu o'r Halfway wedi clecio'u peints. "Robin Hood?"

Gyda'r glaw wedi stopio, ni'n cerdded yn hamddenol tuag at y Robin Hood; y bois yn trafod gêm neithiwr – City v Bristol – a fi'n anadlu'n ddwfn wrth wrando ar eu beirniadaeth lem ar Ernie a Bowen wedi toreth o gyfleon a dim un gôl.

Poeraf wyrddni trwchus o ddyfnderoedd fy ysgyfaint ar batio blaen y dafarn cyn camu ar ôl fy ffrindiau i'r lolfa sy'n drwch gan fwg llwydaidd. Gyda'r blinkers 'mlaen sa i'n sylwi ar y clientél cyn bod Stella arall yn fy llaw.

Rhaid atal ymosodiad arall ar fy mhatrwm anadlu. Mae'r clientél yn dra gwahanol i'r Halfway ond eto dw i'n cael fy amgylchynu gan longddrylliadau o hen 'wynebau' – actorion yn bennaf – sydd wedi eu hangori ar wely bae y botel scotch. Trwynau coch a chardigans, cwyno a chofio'r dyddie da. Chi'n gweld ambell un o hyd ar y bocs; ar raglenni plant gan amlaf, sydd braidd yn worrying os chi'n gofyn i fi.

Rhaid gadael unwaith eto ar ôl clecio fy mheint.

'Nos da' i fy ffrindiau ac yn ôl i'r car a chwmni'r Sabbath. Gyda gwlith gwlyb y clostraffobia'n clirio'n araf a 'mhen yn gwaredu gwe gofidiau'r awr ddiwethaf, dw i'n symud yn araf am ddwyrain y ddinas – yn ffoi o afael y cyfryngau ac yn dychwelyd i loches Studentsville – ac at gyfforddusrwydd yr oergell a'i thenantiaid alwminiwm.

Coincidence is God's way of staying anonymous.

Anon

Wrth i Fiat Panda Luc ymuno â'r dagfa draffig ar y ffordd sy'n pasio Cadno Cyf., safai Cariad o dan feranda'r ddihangfa dân gan syllu ar y glaw di-ildio yn tasgu i lawr o'r nefoedd. Wrth iddi ystyried camu i'r gwlybaniaeth roedd ei meddwl hi'n gymysgwch o emosiynau a theimladau croes.

Yng nghornel coch ei hymennydd roedd Emlyn Eilfyw-Jones yn torsythu'n hyderus, ei fywyd taclus yn ei hannog i ymuno â fe a gweld beth ddigwyddai yn y dyfodol. Er ei bod hi'n ei hoffi, roedd hi hefyd yn gwybod tase'r berthynas yn methu, basai hi'n gallu ei flingo am enwau yn y diwydiant a allai warantu dyfodol llwyddiannus iddi.

Yn y cornel glas safai Luc Swan, yr enigma. Roedd rhywbeth amdano fe roedd hi'n ei hoffi. Doedd hi ddim yn gwybod beth, ond roedd yna rywbeth. Ar y llaw arall roedd yna rywbeth ynddo oedd yn ei dychryn i'w chraidd, er nad oedd hi'n hollol sicr pam.

Roedd Cariad yn ymwybodol nad oedd Luc wedi darganfod ei rôl mewn bywyd hyd yn hyn, tra bod Emlyn yn hollol sicr o'i lwybr. Mae dyn penderfynol yn opsiwn llawer mwy deniadol i ferch uchelgeisiol na bachgen digyfeiriad.

Yn anffodus i Luc, Emlyn oedd y cyntaf i ofyn am ei chwmni gyda'r nos. Roedd hynny'r wythnos ddiwethaf, a gyda holl halibalŵ'r cyfarfod cyntaf wedi'i anghofio yng ngwin drudfawr a cholomennod pôb bwyty Le Gallois, roedd Cariad ar ei ffordd draw at Emlyn i ddatblygu'r berthynas y naill ffordd neu'r llall.

Agorodd yr ymbarél pitw mae merched yn mynnu eu defnyddio, er nad ydyn nhw'n atal y glaw rhag eu gwlychu, ac i ffwrdd â hi tuag at hen Ddinas Llandaf. Er yr holl wlybaniaeth roedd Cariad yn teimlo'n hapus. Yn hapus ond yn nerfus. Roedd hi wedi profi siom cariad unwaith o'r blaen ac roedd hi'n benderfynol o beidio â theimlo'r gwacter yna eto. Roedd hi am gadw'r rheolaeth y tro hwn.

Roedd dwylo Cariad yn chwyslyd gan addewidion gwag a disgwyliadau annhebygol. Roedd ei chorff yn morio mewn adrenalin a'i chalon yn gorguro i rythm didor y glaw ar yr ymbarél, y tu ôl i amddiffynfa ei bronnau. Gyda'r gybolfa o deimladau'n troi a throsi yn ei phen, penderfynodd Cariad yn y fan a'r lle y dylai guddio'r berthynas gydag Emlyn – pa fath bynnag o berthynas fyddai'n datblygu – rhag Luc.

Rhyw ganllath o dŷ Emlyn sgrialodd car o gwmpas y gornel a thrwy bwll dŵr yn ei hymyl. Nid oedd Cariad yn disgwyl yr ymosodiad annisgwyl, yn enwedig ar strydoedd sidêt Llandaf, a phrin y gallai'r ymbarél atal y dŵr rhag ei gwlychu. Roedd hi'n diferu wrth gyrraedd tŷ Emlyn a chamu at ddrws anferth y plasty bach, trefol oedd yn gartref iddo. O dan lygaid gwyliadwrus y gargoyles ar ben y pileri blaen, caeodd Cariad ei hymbarél a chanu'r gloch.

Dychrynwyd Cariad gan gyfarth milain dau gi mawr oedd yn amlwg yn ymlacio wrth y drws. Daeth y cyfarth cras i ben gyda dau air o geg y meistr – 'dyna' a 'digon.' Agorodd y drws a gwelodd Cariad y dyn ei hun yn sefyll yno'n edrych braidd yn welw wedi ei helyntion cynharach. Er ei fod yn amlwg anghyfforddus, roedd Emlyn yn dal i feddu ar ryw fath o egni arbennig – awdurdod, rheolaeth, pŵer, drygioni – nid oedd Cariad yn siŵr pa un oedd amlycaf, neu ai cymysgedd ohonyn nhw oedd yn dal ei diddordeb hi fwyaf. Roedd ei weld e gyda'i helgwn, a rheiny o dan ei reolaeth lwyr, yn gwneud pethau gwreiddiol iawn i'w greddfau atgynhyrchu.

Roedd ei gweld hi ar stepen ei ddrws â'i dillad gwlyb yn glynu wrth ei chroen yn ddigon i wneud i Emlyn ffrwydro; yn wir, roedd e'n agosach nawr at ffrwydrad tronslyd nag oedd e wedi bod ers amser maith. Roedd e'n awchu am ei thynnu trwy'r drws a'i dadwisgo'n araf o flaen y tân agored ar garthen y ddafad gorniog, na welodd unrhyw action ers i'r anifail gael ei sbaddu a'i droi'n accessory cartref trendi! Ond rhaid oedd atal ei hun rhag gwneud hyn gan fod ei gylla'n afiach ac y gallai ffrwydro heb rybudd. Er yr holl Kaolin yn ei waedlif, roedd rhywbeth arswydus wedi amharu arno ac roedd ei stumog yn dynn gan gramp wrth iddo groesawu Cariad i'w ffau. Tarodd y cloc mawreddog chwech o'r gloch gan atseinio yn neuadd eang Chateau E-J.

Ar ochr ddwyreiniol afon Taf, rhyw 6 milltir o dŷ Emlyn, am chwarter wedi chwech yn gwmws, gadawodd Winston Conrad ei gartref crand yng Nghyncoed, neidio i'w Mercedes du, tri mis oed, a chychwyn ar daith olaf ei fywyd breintiedig. Teithiai drwy'r glaw tua Caeau Llandaf er mwyn cyfarfod wyneb yn wyneb â'r Gwrth-Grist.

Winston Conrad yw'r 'Conrad' yn Conrad Surveyors,

cwmni tirfesur mwyaf dylanwadol Caerdydd er 1868. Rhoddodd ei hen dad-cu, Marmaduke Conrad, fodolaeth i'r cwmni ar drothwy cyfnod euraidd Caerdydd fel prif borthladd a chanolfan fasnach Cymru, Prydain a'r byd. Bu'r cwmni'n amlwg yn natblygiadau mwyaf ysblennydd Caerdydd, megis Queen Street, datblygiadau Canolfan Ddinesig Caerdydd ger Boulevard de Nantes, y Bae a Stadiwm y Mileniwm.

Ond er 1999, oherwydd cystadleuaeth ffyrnig gan gwmnïau newydd, dioddefodd y cwmni. Mae'r cwmnïau hyn yn cynnig gwasanaethau o safon isel a'u prisiau'n adlewyrchu safon eu gwaith. Wrth i'r credydwyr gnocio fel bleiddiaid wrth ddrws tŷ to gwellt roedd angen ysbrydoliaeth ar Winston i osgoi proffwydoliaeth ei dad ar ei wely angau – taw Winston fyddai medelwr y cwmni.

Penderfynodd Winston, yn ei anobaith, lansio'r cwmni ar y gyfnewidfa stoc yn y gobaith o godi arian i gadw'r blaidd rhag chwythu yn y byr dymor. Profiad brawychus, ond cyffrous, fu'r lansio bum niwrnod yn ôl. Trodd y cyffro yma'n bryder ac wedyn yn hunllef llwyr wrth i werth y cwmni blymio ar ôl pedair awr ar hugain a diflannu'n llwyr wedi deuddydd.

Torrodd digwyddiadau'r ddeuddydd galon Winston. Ystyriai nifer o lwybrau – hunanladdiad, rhedeg, diflannu – ond wedi sychu'r dagrau mewnol a chloriannu'r hyn oedd wedi digwydd i'w fywyd a'i fodolaeth, penderfynodd fynd adref at ei deulu. Wedi'r cyfan, roedd hi'n nos Lun – Simpsons gyda David am chwech, stiw eidion anghredadwy ei wraig i ddilyn, a photel o win coch o'r seler ddrudfawr yng nghwmni Andy Gray a thîm darlledu pêl-droed Sky am 8. Byddai'r newyddion drwg yn gallu aros tan y bore.

Wedi sgwrs fer gyda David am ei ddiwrnod yng ngholeg Glan Hafren – lle mae e'n ailsefyll ei Lefel A am y trydydd tro – ymgollodd y tad a'r mab ym mydysawd Springfield.

Dechreuodd y traddodiad o wylio'r Simpsons yn '94 pan fu'r ddau'n absennol o'u gweithleoedd am gyfnod – Winston am ddeufis oherwydd straen a phwysau gwaith, a David wedi ei wahardd o'r ysgol am fis am werthu asid i blant blwyddyn saith. Daeth y tad a'r mab yn agosach yn ystod y mis hwnnw nag y daeth Winston at ei dad mewn oes. Er nad yw Winston yn mwynhau'r sioe gymaint ag y mae'n honni – am fod ambell un o nodweddion Homer yn taro tant rhy debyg iddo fe – mae e'n dal i'w gwylio yng nghwmni David yn ddeddfol o wythnos i wythnos gan fod y cartŵn yn cynnal eu perthynas wrth iddynt deithio ar lwybrau gwahanol eu bywydau.

Wrth eistedd yn ei hoff gadair y noson honno, siaradai'r Simpsons ag e, a chynnig dihangfa bosib iddo fe a'i weithlu rhag y job shop, yr *Echo* ar ddydd Mercher a'r *Western Mail* ar ddydd Iau. Wrth i Bart werthu'i enaid i Millhouse am $5, gwawriodd ar Winston Conrad y gallai yntau hefyd werthu'i enaid i Satan ei hun, yn gyfnewid am lwyddiant ariannol, ffyniant ffres i'w gwmni yn ogystal â rhywbeth 'ychwanegol' i'w wraig efallai. Wedi'r rhaglen, penderfynodd Winston ymchwilio i weld a oedd modd dawnsio gyda'r Diafol.

Wedi swper blasus, a nil-niler diflas rhwng Charlton a West Ham, treuliodd Winston oriau wrth y cyfrifiadur yn pori ac archwilio'r rhyngrwyd am arweiniad fyddai'n ei helpu i fargeinio gyda'r Cythraul Coch. Wedi ymweld â dros 50 o wefannau – yn amrywio o Satan's Cheerleaders, i wefan y Beibl Tywyll, a hanes bywyd y cerddor Robert Johnson – roedd Winston wedi dysgu nifer o bethau neilltuol er mwyn gallu cysylltu â'r Gŵr Drwg.

Darganfyddodd fod y Diafol, neu o leiaf un o'i fyddin, yn bresennol ar bob croesffordd ar wyneb y ddaear ar ryw adeg o bob dydd. Roedd ansicrwydd amlwg ynglŷn â faint o'r gloch yn gwmws roedd e neu nhw'n ymddangos, er bod tystiolaeth yn awgrymu mai rhywbryd rhwng saith yr hwyr a hanner nos ydoedd.

Gyda hyn yn pwyso ar ei feddwl, treuliodd Winston y tridiau, hyd at y noson honno, ar ei ben ei hunan, ym mhreifatrwydd ei swyddfa, ym mhencadlys Conrad Surveyors ar Cathedral Road. Roedd y swyddfa'n teimlo'n iasoer gan fod y Diafol yn llechu ym mhobman – o ganiad y ffôn i arogl lledr ei gadair. Y tu allan i'r drws doedd ei weithlu ddim yn ymwybodol nad oedd y cwmni'n bodoli mwyach mewn dim mwy nag enw ers rhyw dridiau.

Roedd Winston wedi treulio'r ddwy noson flaenorol ger y groesffordd yng Nghaeau Llandaf, o 18:45 hyd at ganol nos. Yn gwylio, yn aros ac yn nodi wynebau gwahanol ymwelwyr yr ardal.

Dewisodd y groesffordd hon am dri rheswm. Yn gyntaf, am iddo fe a'i wraig gerdded yno pan oedden nhw'n caru, felly roedd y lle'n gyfarwydd a chyfforddus iddo. Cofiai'r adeg hefyd pan taw fe oedd yr unig un fyddai'n actio'n ddiefflig yn y cyffiniau. Yn ail, oherwydd nad oedd y parc ymhell o'i swyddfa, ac yn olaf, roedd wedi darllen darn gan rywun yn galw ei hun yn Satan's Little Helper ar un o'r gwefannau lu yr ymwelodd â nhw. Honnai SLH fod y groesffordd hon yn hotspot Diafolaidd a bod hanes tywyll yn perthyn iddi. Y man perffaith i fargeinio gyda'r Tywysog Tywyll, felly.

Roedd Winston yn ddyn amyneddgar, a chan fod y Diawl yn cerdded y blaned ar ffurf ddynol, roedd yn ffodus ei fod yn meddu ar y nodwedd honno. Wedi oriau o arsylwi, roedd Winston yn sicr ei fod wedi ei weld ac wedi ei adnabod. 19:00 oedd yr amser ac roedd ei gŵn ffyrnig, ei dorsythu hamddenol a'i egni arallfydol yn tywynnu ohono a'i amgylchynu, yn dystiolaeth taw fe oedd yr un – fe oedd y Bwystddyn.

Ar yr ail noson, roedd Winston bron â chysylltu ag el Diablo – roedd e 'di darllen taw drwy rythu'n uniongyrchol i mewn i lygaid Satan mae agor eich hunan a'ch enaid i gyfnewidfa Uffern. Ond, ar yr eiliad olaf, trodd ei lygaid a syllu ar y llawr. Roedd dau reswm am hyn.

Yn gyntaf, roedd Winston yn dal i aros i Dduw gamu i'r ymrysonfa fel ymladdwr WWF mewn leotard lycra a mwgwd lledr. Wedi'r cyfan, roedd e wedi mynychu'r capel yn ffyddlon drwy ei oes heb unwaith ofyn am gymorth Duwiol. Ac yn ail, roedd Winston yn gachgi. Wnaeth Duw greu dyn ar ei ddelw ei hunan? Os taw 'do' yw ateb i'r cwestiwn hwn, mae hyn yn esbonio pam ei fod yn absennol ym mywyd Winston Conrad ar yr adeg anodd hon.

Yn ôl yn niogelwch gwanllyd ei gartref, darganfyddodd ffaith gythryblus, ond lwcus iawn, wrth bori'n obsesiynol drwy lenyddiaeth Ocwltaidd amrywiol. Darllenodd Winston y gallai weld, edrych ac anwybyddu'r Diafol ddwywaith yn unig ger y groesffordd. Dwy waith yn unig.

Os gwelwch, edrychwch neu anwybyddwch y Diafol deirgwaith, gwnaiff gymryd eich corff, eich bywyd, eich enaid a'u cyfnewid nhw am... ddim byd. Dim bargeinio, dim pledio – dim ond ymweliad oddi wrth y Medelwr Didostur, ac o ganlyniad marwolaeth bendant a thragwyddoldeb crasboeth. Gan fod Winston wedi ei weld ddwywaith yn barod, rhaid fyddai cysylltu â fe heno – er mwyn arbed ei fywyd a'i gwmni, heb sôn am ei hapusrwydd teuluol.

Gyrrodd Winston ei gerbyd oddi ar Western Avenue i mewn i faes parcio gwag yr Athrofa a chroesi'r rhodfa i'r ochr ddeheuol dros y traffig islaw. Wedi pasio pencadlys CBAC, camodd drwy gatiau gogleddol Caeau Llandaf a cherdded tua'r groesffordd.

Cyrhaeddodd y fainc ac eistedd arni dan olau llipa'r lamp, gyferbyn â'r ffynnon ddŵr. Er ei fod yn wynebu'r llwybr gorllewinol, roedd ei lygaid yn craffu tua'r gogledd, y llwybr roedd e newydd ei droedio, lle disgwyliai weld y Diafol a'i helgwn yn dyfod tuag ato. Edrychodd ar ei oriawr, 18:50.

Yn Ninas Llandaf, safai Cariad yng nghimono sidan moethus Emlyn o flaen y tân agored, yn twymo ac yn sychu wedi ei throchfa. Allan o'r pedwar uchelseinydd Wharfdale oedd yn hongian yng nghorneli'r ystafell, canai Edward H am ysbryd nosluniol i gyfeiliant y berdoneg Claydermanaidd a fyddai'n plesio cenhedlaeth hŷn. Roedd y ffaith bod dyn 27 oed yn gwrando ar y fath gach yn poeni Cariad. Ar wahân i'r miwsig, roedd Chateau E-J yn ei phlesio – roedd potensial yma, doedd dim amheuaeth am hynny.

Agorodd Emlyn y drws gan roi twmpath o ddillad iddi.

"Dw i'n ddigon hapus yn hwn, diolch i ti," gwenodd arno'n hoedennaidd.

Edrychodd Emlyn arni a chrychodd ei wialen yng nghrombil ei Hillfiger's glân wrth iddo weld croen golau ei chwm rhyngfronnol yn cipdremio drwy hollt blaen y cimono.

"Elli di ddim mynd am dro mewn cimono."

"Fedri di ddim mynd am dro yn dy stad di."

"Rhaid i'r cŵn gael run. Gwisga'r rhain. Dim ond hanner awr fyddwn ni."

"Af i â'r cŵn. Dylset ti aros fa' ma."

"Rhaid i fi fynd – newn nhw ddim gwrando ar neb ond y Meistr," winciodd Emlyn arni wrth iddi gymryd y pentwr dillad oddi arno. Gadawodd Emlyn yr ystafell gan ddweud, "Bydda i'n ôl mewn dwy funud. Fydda i ddim yn cnocio."

"Sglyfath!"

Sleifiodd Emlyn i'r gegin a chlecio cwpwl o lwyeidiaid Kaolin i atal y bygythiad ar y daith fer i Gaeau Llandaf tra gwisgai Cariad ei ddillad. Boxers CK gwyn croendynn, sanau tywelog meddal, comfy pants â llinyn gwasg elastig oedd yn galluogi i'r trowsus ffitio gwast 28" Cariad yn gyfforddus braf, crys polo coch Lacoste dros ei bronnau noethion a achosodd i'w didennau dynhau, a siwmper wlân lama o Ecwador. Wedi dwy funud agorodd Emlyn y drws a rhythu'n obeithiol i'w chyfeiriad.

"Damn!" dwedodd Emlyn wrth weld ei chorff wedi'i lwyr orchuddio.

"Be?"

"Dim byd, let's go. Gei di wisgo sgidiau cerdded Mam. Pa seis wyt ti?"

"Chwech."

"Perffaith."

Gwisgodd y ddau eu sgidiau trymion a chot law Gelert yng nghysgod cloc mawr y neuadd cyn camu allan yng nghwmni'r cŵn i dywyllwch llaith y nos. Wrth i Emlyn gau'r drws, tarodd y cloc 18:45.

Yn wyrthiol, roedd y glaw wedi peidio. Tynnai'r cŵn ar eu tenynnau trwchus a cherddodd y pedwarawd heibio i'r Gadeirlan ac i lawr drwy gaeau rygbi'r Ysgol Gadeiriol. Roedd y baw yn gorslyd o dan draed wedi brwydr ddiweddar rhwng dau dîm o gwrswyr wyau. Er hynny, arhosodd y cariadon ynghanol mochyndra maes y gad er mwyn edrych tua'r awyr ar y lleuad lawn yn ymddangos yn ysbeidiol trwy'r cymylau.

O'r cae i faes parcio'r Athrofa, lle sylwodd Emlyn ar

y Mercedes du wedi ei barcio yn yr un fan yn union â'r ddwy noson cynt. Wrth i'r cŵn eu harwain at y groesfan i gerddwyr dros Western Avenue, rhuthrodd triawd o geir yr heddlu o dan eu traed, ar ras i gyfeiriad Trelái, gyda'u golau glas yn treiddio'r grid haearn sieclyd fel strobes.

Chwyrnodd y cŵn mewn unsain wrth gyrraedd clwyd ogleddol y parc. Disgyblodd Emlyn y ddau gydag un blwc awdurdodol ar eu tenynnau. Roedd Cariad yn edmygu ei feistrolaeth. Rhwymodd ei braich yn dynn o'i gwmpas gan obeithio y byddai e'n ei meistroli hithau, os nad heno, rywbryd yn y dyfodol agos.

Edrychodd Winston Conrad ar ei oriawr, ac ar yr union eiliad honno cododd gwynt main o'r gogledd gan achosi croen gŵydd dros ei gorff. Carlamai ei galon, crynai ei ddwylo heb reolaeth a dechreuodd ei ddannedd rincian yn rhythmig wrth iddo aros am ei ffawd greulon ar y fainc gyhoeddus unig. Edrychodd tuag at glwyd ogleddol y parc – tarddle'r chwythwm sydyn – ac wrth i'r cymylau wasgaru gan adael i'r lleuad lawn oleuo'r llwybr, gwelodd yr hyn roedd e'n aros amdano: y bwystfilod a'u meistr holl bwerus.

Ond, yn wahanol i'r ddeuddydd blaenorol, nid oedd ar ei ben ei hun. Roedd y Diafol law yn llaw â'r Ddiafoles. *Pwy yn y byd (neu Uffern) yw hi?* meddyliodd. Llyncodd yn galed ac anadlu'n ddwfn i leddfu'r nerfau rhyw fymryn. Rhaid oedd cysylltu heno, nawr. Rhaid oedd rhythu'n syth i mewn i lygaid ei ffawd.

Wrth i'r cwpwl cythreulig a'u cŵn nesáu, eisteddai Winston fel delw farmor gyferbyn â'r baddon adar ger y groesffordd, yn rhythu ar y Bwystddyn a'i Feistres gan fynnu ceisio cysylltu, gan fynnu bargeinio.

Wrth droedio'r llwybr mewn tawelwch cyfforddus, sylwodd Cariad ar y ffigwr yn eistedd ar fainc wedi'i goleuo gan wawr wan y lamp uwch ei ben, yn syllu'n uniongyrchol i'w cyfeiriad. Gyda'i lygaid fel y fagddu, amheuai Cariad mai gwallgofddyn oedd e'n chwilio am sgarmes waedlyd gyda'r cerddwyr cyntaf a ddeuai ar ei draws. Roedd Cariad yn poeni pan sylwodd fod Emlyn yn syllu'n ôl i gyfeiriad y ffigwr anhysbys. Wankers macho, not on my watch.

Meddyliodd Cariad yn chwimwth – beth fyddai'n hawlio sylw Emlyn mor rymus ag y basai fflach o fron? Archwiliodd Cariad goridorau ei meddwl a daeth i benderfyniad eithafol ond effeithiol. Ei goc oedd yr ateb – ail ymennydd dynion.

Tua hanner can llath o'r groesffordd sleifiodd ei llaw tua'i ganolbwynt, fel sarff at 'sglyfaeth, a rhwbio hudlath Emlyn trwy ddefnydd ei drowsus. Pan sylwodd nad oedd Emlyn wedi symud ei lygaid o gyfeiriad y delw, brwydrodd ei llaw heibio i wast ei drowsus a phlymio'n ddwfn i grombil ei baffwyr. Trodd ei ben ar y cyswllt cyntaf.

"Fuckin hell!" ebychodd, wrth i Cariad wrthlawio'i aelod swmpus, mor hyderus â Steffi Graff ar centre court. Nid oedd Emlyn yn syllu ar y dieithryn mwyach. Yn hytrach, yn ddiarwybod i Cariad, roedd e'n brwydro yn erbyn ei reddfau naturiol ac yn gwneud ei orau glas i osgoi alldaflu'n gynamserol dros gledr ei llaw a chotwm ei gecs.

Tua deg llath o'r groesffordd, cyfarthodd y cŵn yn aflafar i gyfeiriad y 'gwallgofddyn'. Edrychodd Emlyn i'w gyfeiriad, ond cyn i'w llygaid gwrdd, trodd Cariad ei ben yn gadarn i'w chyfeiriad a'i gusanu'n nwydus. Gyda'i thafod yn fforio ceudwll ei geg, cerddodd y ddau heibio i'r meinciwr ac ar draws y groesffordd ynghlwm

yn ei gilydd fel pâr o paramedics horny yn 'ymarfer' eu
techneg dadebru.

Roedd y cŵn yn dal i gyfarth pan dorrodd y ddau
am aer. Wedi eiliad neu ddwy o ddistawrwydd – y
distawrwydd unigryw sydd i'w gael wedi'r gusan gyntaf
– 'Wow' sibrydodd Emlyn. Crynhôdd yr un sill yma brofiad
yr hanner can llath diwethaf yn berffaith. Gwenodd Emlyn
wên lydan cyn tynnu Cariad yn glos ato. Cerddodd y ddau
ymlaen o dan ymbarél naturiol y rhodfa goed drwchus
wrth i'r nefoedd agor ac arllwys ei llwyth dros wyneb y
ddaear.

Syllai Winston arno o'r foment y'i gwelodd ar y gorwel
tywyll, ond ni allai gysylltu ag e gan fod y Ddiafoles
yn mynnu ei sylw. Sut mae cysylltu lygad wrth lygad â
rhywun pan mae ei lygaid ef ar gau wrth gofleidio?

Pwy yw hi? Pam ei bod hi yma? Beth mae hi'n wneud?
Rhuthrodd y meddyliau drwy ymennydd Winston a bu
bron iddo floeddio wrth iddynt gerdded heibio,

STOPFUCKJESUSFUCKINGCHRISTPLEEESE!

ond roedd ei laryncs yn ddi-sŵn fel petai rhyw swyn
wedi ei dawelu.

Wrth iddynt bellhau oddi wrth y groesffordd, agorodd
y nen ac i lawr daeth y cathod, y cŵn a gweddill cynnwys
teyrnas yr anifeiliaid. Fflachiodd ffyrnigrwydd Zeus
mewn tymestl dreisgar, fel pe bai hi wedi ei hanelu'n
uniongyrchol ato.

Cododd Conrad mewn syfrdandod wrth i'r nefoedd
dywallt ei chynddaredd wlyb ar yr ardal – ai Duw oedd
yna'n codi ei lais yn rhy hwyr i arbed Winston rhag ei
ddiwedd anochel? Cwympodd ar ei liniau o dan bwysau
ei ffawd. Wedi munud o oranadlu ar lawr y llwybr

cyhoeddus, cododd fel llo newyddanedig ar goesau ansicr.

Edrychodd tuag at y rhodfa goed, ond ni allai weld neb na dim trwy'r glaw.

Gyda'i ddillad yn diferu a'i galon yn carlamu, cwympodd Winston yn ôl ac eistedd unwaith yn rhagor ar y fainc. Anadlodd yn drwm gan geisio ailafael yn rhythm naturiol ei byls. Wrth i guriad ei galon arafu, sylwodd Winston fod y gwynt a'r glaw wedi peidio ac, yn eu lle, roedd tawelwch llethol a llonyddwch eithafol. Nid oedd aderyn yn canu, na chi yn cyfarth, na char yn gwibio. Rhyfeddol, o gofio ei fod yn eistedd mewn parc cyhoeddus dim ond tafliad carreg o Western Avenue, the road that never sleeps. Edrychodd tua'r coed a'r Hanner Ffordd heb weld 'run enaid byw; edrych wedyn tua Howells heb weld neb. Edrychodd tua'r Athrofa a sylwi ar ffigwr crwm yn nesáu. Diolch byth, meddyliodd.

Wrth i'r ffigwr agosáu, gallai Winston weld mai hen wraig oedd hi, gyda chefn crwm fel bwmerang. Roedd hi'n gwthio troli siopa llawn. Wrth iddi basio, trodd Winston ei ben ac edrych ar y llawr. Teimlai gywilydd wrth eistedd yno'n socian ar y fainc. Wedi iddi barhau ar ei ffordd tua'r rhodfa goed, cododd Winston, yn llai sigledig y tro hwn, a cherdded yn ansicr i gyfeiriad y cyrtiau tennis.

Wedi awr o grwydro di-drefn, cyrhaeddodd Winston bont grog y Blackweir yng Nghaeau Treganna. Sleifiodd heibio i bâr o wrywgydwyr yn tawel fargeinio o dan ymbarél ger y bont, a mwmial arnynt gan wneud iddynt gefnu arno fe a'r ardal.

Croesodd y bont i'r ochr ddwyreiniol ac edrych yn ôl i gyfeiriad Treganna. Syllodd ar y bont trwy'r curlaw a meddwl am ei wraig, am ei blant, am ei dad ac am Chief Wiggum. Chwiliodd Winston am ystyr ac arwyddocâd y ddelwedd ddiwethaf ond ni ffeindiodd 'run. Roedd hi ar ben. Datglodd fwcl ei wregys lledr a'i thynnu hi'n araf ac yn angladdol oddi am ei ganol.

Ar ôl hanner awr o gysgodi a chusanu o dan goeden goncyrs anferth, penderfynodd Emlyn ei bod hi'n bryd mynd am adref.

"Cawn ni sociad os ewn ni rŵan," cwynodd Cariad. "A rwyt ti i fod yn sâl."

"Stwmog tost sydd 'da fi ar y foment – gallen ni'n dau ddal niwmonia os arhoswn ni fan hyn."

Brasgamodd Emlyn o gysgod y goeden gan lusgo Cariad gydag e. Trwy Feysydd Llandaf a heibio i'r groesffordd – roedd Cariad yn falch o weld bod y crwydryn bygythiol wedi diflannu – dros Western Avenue a heibio i'r Mercedes du ym maes parcio'r Athrofa, drwy slwdj y caeau cadeiriol ac yn ôl i Ddinas Llandaf.

Nid nepell o'i gartref, a'r glaw yn ddiderfyn, rhoddodd Emlyn denynnau'r cŵn i Cariad a neidio i fyny gan siglo o bostyn lamp cyfagos à la Gene Kelly yn *Singing in the Rain*. Canodd ar dop ei lais, "I'm singing in the rain, just singing in the rain, what a wonderful feeling, I'm haaaaappy again," cyn neidio i ganol pwll dŵr a cheisio dawnsio'r glocsen ynghanol yr H_2O.

Gafaelodd Cariad ynddo a'i dynnu tua'r tŷ mewn gobaith am noethni a nymffomania, wrth i Luc Swan ddiflannu o'i chof…

Gwawriodd y bore'n llachar a chynnes dros strydoedd, gerddi a chaeau Caerdydd. Gyda garwedd tywydd neithiwr yn atgof amhleserus, a mwynder y bore yn newid croesawgar, sgleiniodd yr haul isel oddi ar afon Taf gan greu adlewyrchiad perffaith o'r bont grog ger y

Blackweir yn nrych yr afon lygredig. Uwchben y sglein siglai corff Winston Conrad yn llipa a difywyd i swae ac i rythm tyner y bont wrth i'r rhedwyr a'r cerddwyr cynnar gadw'n heini.

Lonciai dyn ifanc mewn tracwisg lwyd, gyda'i gŵn, o'r cyfeiriad gogleddol ar lwybr dwyreiniol afon Taf. Trwy'r coed mawreddog, gallai weld y corff yn hongian o'r bont. Cripiai gwên dros ei wyneb: dyma, heb os, oedd hoff elfen ei alwedigaeth. Cyn cyrraedd y bont, trodd oddi ar y llwybr ac aros ar lan yr afon o dan ymbarél naturiol y coed uwchben.

Cyrcydodd gan orchymyn i'w gŵn wneud yr un peth. Gwrandawodd y ddau heb ddadlau. Edrychai un tua'r gogledd a'r llall tua'r de, gan 'rymial yn ddwfn wrth aros i'w meistr gyflawni'i dasg.

Tynnodd ei ruck-sack oddi ar ei gefn a'i gosod yn ofalus ar y llawr o'i flaen. Agorodd y zip a thynnu wrn llwydaidd plaen o'i chrombil. Edrychodd ar y corff yn gyntaf, wedyn tua'r llwybr cyhoeddus yn ymestyn fel rhewl Rufeinig trwy gaeau Treganna, ac yn olaf y tu ôl iddo. Arhosodd i ddau lonciwr canol oed basio, o gyfeiriad Parc Bute tua Tesco, cyn troi ei sylw at Winston Conrad. Tynnodd gaead yr wrn a'i roi i orffwys ar y bag ger ei draed, wedyn cymerodd yr wrn yn ei ddwylo gan ei hanelu tuag at y corff marw. Caeodd ei lygaid, ac wedi cymryd anadl ddofn, adroddodd y geiriau:

"Ore ni ata-e-rareta chikara ni yotte, oma-e no tamashii a akuma ni watasu."

Dirgrynodd corff Winston Conrad yn rymus am ychydig eiliadau cyn ailafael yn ei stad farwol. Agorodd y gŵr ei lygaid ac edrych i fyw'r wrn. Roedd y golau o'r tu mewn yn cadarnhau cyfnewidiad llwyddiannus. Byddai E'n hapus heddiw. Ailosododd y caead a dychwelyd yr wrn i'w fag. Wedi rhoi'r ruck-sack yn ôl am ei ysgwyddau, rhedodd y triawd dros y bont ac ar hyd y llwybr gan adael y corff gwag yn suo yn yr awel.

Agorodd Cariad ei llygaid yn araf. Teimlai'r gwacter wrth ei hochr ac eisteddodd i fyny'n syth.

Ble roedd Emlyn? Ond brasgamodd yr ateb i fyny'r grisiau ac i mewn i'r ystafell cyn i Cariad gael cyfle i boeni amdano.

"Ble ti 'di bod?"

Edrychodd Emlyn arni'n syn, cyn ystumio at ei dracwisg lwyd, chwyslyd.

"Ble ti'n meddwl fi 'di bod – ar fy rownd la'th?"

"Ok, Mr Sarcastig," atebodd Cariad, cyn gorwedd yn ôl yn y gwely moethus. Roedd hi'n hoffi'r hyn roedd hi'n ei weld. Gymaint yn well na'r slobs arferol sy'n cael trafferth codi cyn canol dydd.

Edrychodd Cariad arno'n tynnu ei ddillad. Roedd ei groen yn llewyrch o chwys. Roedd Cariad yn wlyb hefyd, ond nid chwys oedd achos ei thamprwydd.

"Ty'd yma," gorchmynnodd wedi ei wylio'n dadwisgo ac, fel bachgen da, gwrandawodd Emlyn arni ac ailymuno â hi yn y gwely. O fewn eiliadau teimlai Cariad ei fin fel dur yn ei threiddio'n dyner.

"Mmmm," grwnodd fel cath wrth i'w led ei lledaenu.

Ambell waith, mae'n rhaid cael wank.

Russ

Hedfanodd y penwythnos mewn niwl o aneglurder wrth i fi, unwaith eto, fyw yr hen ddywediad, 'work hard, play hard'. Wedi helynt yr Hanner Ffordd nos Iau, cadwodd Whitey a fi'n glir o Dreganna a'i thrigolion cynffonllyd drwy ymweld ag Undeb y Myfyrwyr. Nefoedd. Loads o ferched ifanc yn morio mewn Bacardi Breezers a vodka tarw coch, yn begian am goc neu fys neu'r ddau.

Yn anffodus i fi a Whitey, wedi potel o tequila cyn gadael y tŷ, doedd dim gobaith 'da ni gymryd mantais ar y ffatri ffwcio. Ond fe ddaethon i gytundeb, wrth aros am ein kebabs o Ali Baba's, i ddychwelyd yno cyn hir yn sobor a chymryd cwpwl o'r merched mwyaf llac a pharlysedig adref am noson o fudreddi.

Codais gyda chaniad aflafar y cloc ciwbig, sy'n boen parhaol yn fy mywyd, a rholio o'r gwely'n gwisgo dillad neithiwr. Yn syth, mae fy ffroenau'n ymwybodol o arogl parmesanaidd cyfagos. Codaf fy llaw at fy moch ac, fel ro'n i'n disgwyl, teimlaf grwst drewllyd fy mherfedd atgyfodedig. Dim eto. Dw i'n newid fy nghrys-T ac yn pilio'r piwc oddi ar fy moch, megis croen satsuma di-sudd, cyn golchi'r gweddillion yn llif rhewllyd y tap dŵr oer. Cerddaf lawr y grisiau mor sigledig â Mr Stevens ac allan i'r awyr iach sy'n fy nharo fel dwrn Calzagheaidd yn fy nghyflwr bregus.

Dw i'n pwyso ar y drws am gwpwl o funudau gan anadlu'n ddwfn aer ffres y bore braf, cyn gyrru'n gaib i'r gwaith. Gyda 'ngheg fel diffeithwch a 'mhen yn gwywo'n gyflym, gyrraf ar gyfartaledd o 25 m.y.a. ar draws y ddinas. Yn ffodus, mae'r rhan fwyaf o gwsmeriaid y cwmni'n gweithio o ddydd Llun i ddydd Gwener fel gweddill y llygod mawr. Felly, dim ond sgerbwd o staff sydd i mewn dros y ddeuddydd cysegredig hyn. Mae hynny'n golygu dim Caws, dim Kylie a dim Eilfywfuckinjones.

Ni'n lwcus taw dim ond dau gwsmer sydd yma hefyd gan fod Cariad yn sâl – so hi 'di bod ar gyfyl y lle ers nos Iau pan ofynnais iddi ddod am ddrinc. Mae hynny'n fy ngadael i yng nghwmni diflas Kenco. Rhaid rhoi'r hangover i'r naill ochr gan fod Kenco mor crap. Dw i'n gorfod delio â phopeth – yr Astons, problemau peirianyddol, transfers yn ogystal â Tony Morazza, a.k.a. Chachi. Cynhyrchydd hysbysebion rhad yw e sy'n honni ei fod yn dod o Sisili o dras y Casa Nostra. Bollocks yw hyn oherwydd dw i'n gwybod ei fod e'n wreiddiol o Abertawe a bellach yn byw yn Bonvilston.

Mae Cariad yn ffodus o'i salwch 'fyd gan fod Chachi'n berchen ar ddwylo bywiog. 'Sglyfath' ma Cariad yn ei alw fe. 'Slimeball' yw e i fi. Mae Chachi'n gadael trywydd seimllyd, megis malwen Meditereanaidd, wrth sleifio drwy'r adeilad yn gadael sawr heintus ei aftershave cyfoglyd ar ei ôl, fel cath sâl yn marcio tiriogaeth. Er ei holl ddiffygion, rhaid cofio taw Chachi gynhyrchodd ac a gyfansoddodd y gân a'r hysbyseb ar gyfer George Street Furnishers rai blynyddoedd yn ôl. Genius.

Cefais tactical chunder tua half nine a wnaeth fyd o les i fi. Bu bron i mi basio mas ar lawr y tŷ bach oherwydd persawr afiach yr hylif, ond goroesais y gors yn ogystal â gweddill y dydd.

Wedi noson dawel yng nghwmni Cilla, Kelly, Tarrant, Angus, Des, Stella a cwpwl o spliffs o Afghani cryf iawn (sut arall gall Blind Date a Stars in Their fuckin Eyes gael eu goddef?), dihunais am 06:30 ar y soffa gyda'r teledu'n hisian trwy orchudd o eira. Es i'r gwely, ond gyda'r larwm yn bygwth a chyfweliad dydd Mawrth yn pwyso, methais gael rhagor o gwsg.

Gyda lwc, pasiodd dydd Sul yn ddidrafferth, gan 'mod i'n hwylio'n gysglyd tuag at wely sobor cynta'r wythnos. Dw i'n dechrau bob wythnos drwy annog fy hun i gallio, ond, gan fod fy 'mhenwythnos' i'n dechrau yng nghanol yr wythnos mae'r rheol yma'n cael ei thorri erbyn nos Fercher fan bellaf.

Er i fi gyrraedd y gwely am ddeg o'r gloch yn awchu am gwsg, gwelais 23:00, 00:00, 01:13, 02:31 a 03:49. Gyda delweddau'n fflachio a meddyliau'n mynnu sylw, llwyddais i gael noswaith anghyffyrddus. Roedd cyfweliad ddydd Mawrth yn boen cyson, Cariad yn bresennol ond ddim mewn ffordd bleserus, fy iechyd i'n peri gofid fel arfer, cyflwr Dad yn realaeth anochel ac Emlyn Eilfyw-Jones yn fy mychanu wrth droelli yn fy mhen. Ar ben hyn i gyd roedd gen i 'bladren nos Sul' i ymgiprys â hi, hynny yw, rhyw fath o hwyr weithrediad i benwythnos trwm ar y pop. Er i fi ei gwacáu hi deirgwaith o fewn yr awr gyntaf roedd hi'n dal i 'mherswadio bod angen mynd eto ac eto trwy gydol y nos.

Ysgydwodd y larwm fi allan o drwmgwsg annisgwyl ar doriad gwawr, ac wedi ystyried tynnu sickie, llwyddais i lusgo fy hun o'r gwely ar ôl y pumed snooze. Trwy niwl trwm y bore gwisgais ddillad glân ar ddechrau'r wythnos. Gwagiais fy mladren (eto!) mewn cwmwl o ager trwchus wrth i'r biswel poeth dasgu ac adweithio yn erbyn yr Armitage Shanks rhewllyd. Ceisiais olchi fy nannedd, ond gwastraff amser yw'r dasg pan nad oes Blue Minty Gel ar ôl yn y tiwb,a sgwriais fy nwylo'n wyllt mewn ymgais aflwyddiannus i waredu'r mefl melynllyd oddi ar fy mysedd. Rhechais wrth droedio'r grisiau a chamu allan o ddrws ffrynt y bloc o fflatiau Fictorianaidd i'r glaw mân oedd yn bresennol unwaith eto.

Cynnais sigarét gynta'r diwrnod wedi i fi eistedd yn y car – mae'r mwg yn gymorth i ga'l gwared ar yr arogleuon afiach sy'n gymar sefydlog i fi ar y ffordd – a gyda Meistri'r Pypedau yn clirio gwe y bore, dw i'n gobeithio bydd Cariad yn ôl i hwyluso 'niwrnod.

Wedi parcio yn y man arferol a rhedeg yn llugoer trwy'r glaw, mae fy ysgyfaint yn gwichian a chwibanu o dan straen y trigain Benson dw i wedi eu sugno dros y ddeuddydd diwethaf. Agoraf y drysau melltithiol a chamu i'r dderbynfa lle dw i'n cael fy nallu gan ddannedd perlaidd Kylie a Sara – y 'tîm croesawu' (secretaries i chi a fi).

"Bore da, Luc."

Dw i'n mwmian "mae hi'n fucking fore anyway," atynt drwy lygaid gwaetgoch a chorn gwddwg garw wrth frysio am gysegr y gegin. Dw i'n fuckin casáu bore Llun.

Mae Cariad yn ôl wedi tridiau 'yn y gwely'. Sickie dw i'n amau ond does dim ots 'da fi; wedi'r cyfan, fi yw'r sickie king. Dw i wedi siarad 'da hi ddwy waith ar y ffôn, ond gyda'r amser yn llusgo tuag at 11:00 dw i'n dal heb gael y pleser o'i gweld gan fod y lle'n wallgof a'r rhedwyr yn gweithio'n galetach nag amputee mewn cystadleuaeth Kung-fu.

Ar ôl rhoi gwybod i fy nghydredwyr, dw i'n troi'r ffôn bant am bum munud. Mae gan y 'tîm' ddealltwriaeth sy'n golygu ein bod ni'n cael cymryd toriad answyddogol ar adegau prysur. Coffi a ffag yn hafan stafell y peiriannau – un lle mae sicrwydd na fyddwn ni'n gweld y Caws nag unrhyw gwsmer.

Sleifiaf tuag at y gegin i gasglu'r coffi, ond cyn camu i mewn arhosaf yn stond wrth i bersawr digamsyniol Cariad arnofio i'm ffroenau a 'mharlysu yn yr unfan. Rownd cornel yr unedau cegin gallaf weld rhywbeth dw i erioed wedi'i weld o'r blaen – coesau siapus Cariad heb bâr o drowsus ar eu cyfyl. Yn hytrach, mae hi'n gwisgo sgert fer dynn ac anadlaf yn ddwfn i wrthweithio'r cynnwrf.

Mae hyn yn cachu ar y rhan fwyaf o bethau dw i erioed wedi'u gweld... a dw i 'di gweld lot o porn... a'r Alps. Wrth iddi estyn i lenwi'r peiriant golchi llestri dyw hi ddim yn plygu'i phengliniau. Yn hytrach, mae hi'n plygu o'r wast sy'n gwneud i'w sgert fer fyrhau. Syllaf o grothau ei choesau yn araf heibio i'w phenliniau ac, yn fanwl, hedaf yn ogleddol heibio i'w morddwydydd ffyrfach. Bron i 'nghalon fethu wrth i fi sylwi bod slit cefn y sgert yn datgelu trysorau anghyffyrddadwy ei chorden G.

Mae fy nghlochben yn crafu cotwm fy Calvin Kleins. Codiad. Wel, semi datblygedig. Mae'r gwaed yn tyrru a 'mhidyn yn tyfu gan greu pyramid yn y pants.

Yn reddfol, trof ar fy sodlau a brasgamu tuag at y dderbynfa a'r casgliad o bapurau newydd sydd wastad yno yn y gobaith bod y *Sun* neu'r *Star* dal 'na. Mae desg y dderbynfa'n wag so dw i'n twrio trwy'r pentwr. *Telegraph*; na. *Times*; na. *Broadcast*; na. Yn fy anobaith chwantus gafaelaf mewn hen gopi o *Golwg*, sydd wedi bod gyda'r cwmni'n hirach na rhai o'r staff, heb edrych ar y clawr.

Wrth ruthro am y bogs, dw i'n gobeithio bod arddull

y cylchgrawn wedi newid a bod Beks neu Beca Brown yn lledaenu'u coesau ar y tudalennau canol. Agoraf ddrws y toiled a chamu i'r ciwbicl chwith. Lawr â chlawr y cachwr ac eisteddaf gan ddad-wneud fy nghopish a rhyddhau'r meinhir gwythiennog.

Eisteddaf yn ôl gyda fy nhroed yn cadw'r drws di-glo ar gau. Gyda'r Caledfwlch yn dychlamu'n frwdfrydig yng ngafael fy nghledr chwyslyd edrychaf ar y cylchgrawn am y tro cyntaf. Shit! Beti fucking George! Bodiaf yn gyflym drwy'r cynnwys yn y gobaith o weld cnawd ifancach nag y mae'r clawr yn addo. Shit! Fuck all – Dai Llanilar; check. Dudley; check. Minge o dan 30; uh-uh. Dim hyd yn oed Lisa Reich yn gwenu'n siriol uwchben ei cholofn. Gutted; Beti it is then.

Gadewch i fi esbonio: rhaid i fi gael cymorth gweledol wrth awchu'r esgob gan fod delweddau annymunol yn bodoli tu ôl i gloriau fy llygaid. Maen nhw i gyd yna – o bothelli fy nhad i anadl afiach Steve. Maen nhw'n denantiaid parhaol ac yn boen bythol. Felly, gwnaiff unrhyw ddelwedd fenywaidd y tro, hyd yn oed Beti George.

Dw i'n cydbwyso'r cylchgrawn ar y daliwr papur pw gyda Beti'n syllu'n amhleidiol arnaf yn ysblennydd mewn siwt biws sy'n gadael popeth i'r dychymyg. Doh! Gafaelaf mewn llond llaw o Kleenex yn fy llaw chwith er mwyn dal y chwistrelliad cyn iddo gyffwrdd â 'nghroen neu fy nillad.

Trawaf Mini-Me yn rhythmig i gyfeiliant curiad fy nghalon. Rhwyfaf yn egnïol gan syllu ar Beti'n cydbwyso'n eiddil. Stop. Sŵn, synau o'r tu fas. Maen nhw'n pasio, felly cario 'mlaen i rwyfo fel Pinsent a Redgrave yn y coxless pairs. Wrth graffu'n fanwl ar Beti, atseinir cân y Macc Lads yn aflafar yn fy mhen; drosodd a throsodd a throsodd a throsodd a... O'r diwedd, mae crothau fy nghoesau yn tynhau wrth i fi agosáu at yr uchafbwynt arferol. Dim blink, dim wink, jyst wank.

Dw i'n teimlo'r hylif yn llifo i fyny paladr fy mhidyn wrth i fi gyrraedd y pwynt di-ddychweledig. Dw i'n syllu ar Beti gyda fy nannedd yn rhygnu wrth lawio tuag at y llinell derfyn. Wrth gyrraedd anterth yr act mae trychineb yn digwydd wrth i'r dudalen sy'n gartref i Beti droi mewn super slow-mo i ddatgelu gwep rhyw fucker off *Pobol y Cwm*. Mae e'n syllu a phwyntio'n goeglyd arnaf, wrth daro 'classic pose' yr actor cyfoes cool. Sa i'n cofio'i enw, ond roedd e'n chwarae rhan mab y ficer rhyw flwyddyn yn ôl. Yw e'n chwerthin ar faint fy nghoc neu at y ffaith fod y taffi triog wedi gwacáu ac yn glynu wrth, ac yn boddi fy fforest biwbaidd? Either way, mae ei ddelwedd yn ymuno â gweddill yr ellyll sy'n mynychu fy isymwybod.

Dw i'n mopio'r llanast, fflysio'r papur, gadael Beti yn y ciwbicl ac ailymuno â'r gweithle. Gwenaf yn braf wrth basio Karl yn y coridor wrth anelu am yr ystafell beiriannau a sigarét ôl-gyfathrach.

Wrth i haul tanbaid mis Awst dywynnu, roedd trigolion dinas Caerdydd yn diferu o chwys wrth barhau â'u gorchwylion dyddiol. O'r adeiladwyr a'r heddweision wrth eu gwaith, i'r athrawon oedd yn mwynhau gwres eu gwyliau haf ym mhreifatrwydd eu gerddi cefn. Roedd pawb, fel arfer, yn cwyno ei bod hi'n 'rhy dwym' ac yn ysu am law yn y ffordd unigryw y mae poblogaeth yr ynysoedd hyn yn ei gwneud ar adegau o dywydd twym. O drefi shanti'r dociau i ystadau crachlyd Llysfaen, roedd pawb yn toddi yn yr un gwres ac, am unwaith, roedd rhywbeth yn gyffredin rhwng yr holl boblogaeth, beth bynnag eu cefndir.

Mewn semi taclus yn ardal Legoaidd Lakeside, roedd un person yn teimlo'r gwasgedd yn fwy na neb. Ei enw oedd John Swan.

"JOHN! Paid meddwl bod ti'n mynd yn dy shorts. Dere

'mlan, ma hyd yn oed Luc yn barod."

Anadlodd John yn ddwfn wrth godi o'i gadair. *O, am fod yn saith mlwydd oed*, meddyliodd, wrth ddrachtio gweddillion ei ddiod a cherdded yn bwrpasol hamddenol tua'r ystafell wely lle'r oedd ei wraig, Joan, yn paratoi am ddiwrnod pwysicaf yn hanes y teulu – eu hymddangosiad ar *Siôn a Siân*.

Wrth ddringo'r grisiau, teimlai John gyfog yn bygwth ei epiglotis a brasgamodd i'r toiled mewn pryd i wagio'i gylla o'r full English seimllyd. Gyda'i ben fodfeddi o'r Toilet Duck, clywai Joan yn ei felltithio.

"John, edrych arnat ti! Shwt yn y byd allwn ni fynd ar y teli gyda ti'n ymddwyn fel hyn?"

"Dwedes i fod y bacwn 'na off, fenyw! Ond nes ti glywed, heb sôn am wrando arna i?"

"Roedd y bacwn yn iawn – ti sydd off!" bychanodd ei wraig e.

Trodd Joan ei chefn arno wrth i ragor o'r brecwast dasgu i'r badell o berfeddion bregus ei gŵr. Dyma beth roedd hi wedi bod yn gweddïo fasai *ddim* yn digwydd ers iddynt dderbyn 'yr alwad' rhyw bythefnos yn ôl. Roedd hi'n benderfynol o lwyddo, yn benderfynol o ddangos i'r Jonsiaid ffroenuchel 'na fod y Swans yn llawn haeddu'r symbol cysegredig o briodas gadarn – sef cloc teithio euraidd – yn sefyll yn falch ar eu silff ben tân nhw hefyd.

Yn nyddiau cynnar sianel deledu'r Cymry, roedd *Siôn a Siân* yn llawer mwy na sioe gwis. Yn y dyddiau cyn dyfodiad y sianeli diddiwedd a'u rhaglenni docu-soap melltithiol, roedd llygaid y genedl ar gystadleuwyr *Siôn a Siân*. Y teulu agos yn ysu i chi ennill a phawb arall yn gobeithio am gywilydd cyhoeddus. Roedd y cystadleuwyr yn ymwybodol o'r sefyllfa, a chan fod llwyddo'n symbol o gadernid mewn perthynas, roedd rhestr aros ddiddiwedd gan gynhyrchwyr y gyfres. Roedd y cloc teithio euraidd fel Oscar priodasol – a thro'r Swans oedd hi heno i herio'r academi.

Wrth i John Swan godi'n llwydaidd roedd e'n difaru'n arw nad oedd e fel person wedi bod yn fwy awdurdodol a chadarn gyda'i wraig. Doedd e ddim eisiau mynd yn agos at Siôn na Siân. Doedd e ddim am ateb toreth o gwestiynau dibwrpas nad oedd yn profi dim i neb. Doedd e ddim eisiau chwarae'r gêm – gêm y dosbarth canol newydd, hynny yw; gêm roedd ei wraig yn benderfynol o'i chwarae a hefyd ei hennill.

Camodd i'r ystafell wely a syllu ar y siwt roedd ei wraig wedi ei dewis iddo. Roedd John yn casáu gwisgo'n smart. Dyn jîns a chrys-T fuodd e erioed. Ysgydwodd ei ben mewn anghrediniaeth wrth ddadfachu'r polyester brych a thynnu'r dei ledr sgarlad o'r boced – roedd hi eisiau iddo edrych fel Boy George yn lle'r peintiwr a'r papurwr roedd hi wedi ei briodi. Dadwisgodd yn dawel o dan bwysau'r bawd bythol.

"John, ni'n gadael mewn ugen munud. Paid ti â meiddio 'nghadw i i aros."

Nodiodd John ar adlewyrchiad ei wraig yn nrych eu hystafell wely. Roedd ei hysgwyddau mor llydan â'r wordrob, a'i gwallt byr pigog yn ddelwedd frawychus nad oedd yn gwneud dim i ailgynnau'r tân oedd wedi hen farw ar yr aelwyd. Gadawodd Joan yr ystafell gan adael Luc yng ngofal ei dad.

Dyma'r rheswm roedd John a Joan yn dal yn briod; yn wir, Luc oedd yn gwarantu y byddent yn dal yn briod tan ei fod e'n ddeunaw o leiaf. Gwenodd Luc yn angylaidd ar ei dad yn y drych. Trodd at ei fab a gafael ynddo'n dynn. Er bod ei gariad at ei fab yn ddiamod, doedd ansicrwydd byth yn bell ac edifeirwch yn denant parhaol.

Teimlai John ei hun yn pellhau wrth ei fab ers y foment y cafodd ei eni; yn wir, cyn iddo gael ei eni. Ond erbyn hyn, a Luc yn saith mlwydd oed, teimlai John fel petai'n ymbellhau oddi wrtho ef ei hunan, oddi wrth realiti ac oddi wrth y byd. Doedd hi ddim yn bosib stopio nawr, roedd e 'di treial popeth, ond heb lwyddiant. Fel rhewfryn yn torri'n rhydd rhag cylch yr Arctig, roedd John Swan bellach yn arnofio tuag at diroedd gwyllt ei wallgofrwydd.

Teimlai'r gwarth yn siarad ag ef ond, yn anffodus, iaith ddieithr oedd yn cyrraedd ei glustiau. Roedd y boen a'r gwenwyn wedi bodoli ynddo ers wyth mlynedd bellach, yn artaith anweledig, tan heddiw...

"Ti yw'r peth mwyaf gwerthfawr yn 'y mywyd i, Luc," dwedodd wrth ei fab, ond wrth i'r sill olaf dreiddio o'i geg, gollyngodd Luc mewn ymateb greddfol i boen aruthrol bodiau'n cicio'i geilliau. Cwympodd John i'r llawr yn dal ei gig a'i lysiau gan frwydro i ailgydio yn ei batrwm anadlu arferol, wrth i Luc ddianc o'r ystafell gan chwerthin. *Bastard bach*, meddyliodd John wrth i'r angel ffoi.

Gollyngodd John Swan anadliad hirwyntog wrth i'r wrin lifo i'r badell biso. Edrychodd i lawr mewn syndod gan sylwi bod y llif yn llawn gwaed. Roedd e ar fin galw ar ei wraig, ond cofiodd fod ganddi bethau pwysicach ar ei meddwl heddiw.

"JOHN!" gwaeddodd Joan o waelod y grisiau, ond fflyshiodd John y toiled gan leddfu'r floedd aflafar yn ei glustiau blinedig. Pan gyrhaeddodd waelod y grisiau, poerodd Joan ar flaenau ei bysedd a dechrau sythu nyth anniben gwallt ei gŵr yn ddiamynedd cyn dechrau ar ei fwstash Ian Rushaidd. Corddai stumog John wrth iddo anadlu oglau ei wraig ar flew ei wefus uchaf, cyn cerdded oddi wrthi tua'r car a rhedeg ei fysedd drwy ei wallt llwydaidd.

Gyda gwres llethol yr haul yn gwneud i grombil y Maxi watwar sawna, roedd y chwys yn achosi i grys John Swan lynu wrth ei gefn fel pith wrth oren. Roedd ei ymennydd yn doreth o wrthgyferbyniadau, a doedd cwestiynau cyson ei wraig o ddim help.

Wrth agosáu at y stiwdios teledu yn Nhreganna, a John wedi ateb pymtheg cwestiwn a oedd yn 'debygol' o godi ar y rhaglen yn gywir, gofynnodd Joan:

"Pryd oedd y tro diwethaf i Joan ymweld â'r llyfrgell? Yn ystod y flwyddyn ddiwethaf? Dim ers sawl blwyddyn, neu dyw Joan byth yn mynd i'r llyfrgell?"

Ochneidiodd John yn dawel cyn ateb. "Dyw Joan heb ymweld â'r llyfrgell ers sawl blwyddyn." Gwelodd fochau ei wraig yn cochi cyn i losgfynydd ei llais ffrwydro.

"YN YSTOD Y FLWYDDYN DDIWETHAF, JOHN!!! Y FLWYDDYN DDIWETHAF!!! WYT TI'N DWP NEU RYWBETH? YDYN NI'N BYW GYDA'N GILYDD? WYT TI'N CYMRYD UNRHYW SYLW OHONA I? DW I 'DI BOD I'R LLYFRGELL YN YSTOD Y MIS DIWETHAF, JOHN, YN YSTOD Y MIS DIWETHAF!"

Edrychodd John yn ei ddrych ôl lle gwelai wyneb Luc yn wlyb dan lif dagrau o anneallltwriaeth. Roedd gweld yr effaith ar ei fab yn ychwanegu at y pwysau a deimlai, a heb oedi tynnodd y car i mewn wrth ochr y stryd y tu allan i swyddfeydd crand Conrad Surveyors ar Cathedral Road. Rhythai'r gweithlu segur o'r ffenestr fae ar John Swan yn ei siwt frechlyd yn hyrddio ar y palmant o ganlyniad i amrywiaeth o emosiynau – nerfusrwydd, anobaith, anhapusrwydd ac euogrwydd. Tasgodd yr hylif ar wyneb y palmant gan bledu ei ddillad ag olion drewllyd ei anfodlonrwydd. Gwaeddodd Joan arno, ond ni chlywai John yr un gair.

Yna sythodd ei gefn, troi a syllu i gyfeiriad ei wraig gan lyfu ei wefusau'n drachwantus. Camodd yn ôl i'r car a gyrru i'r stiwdios gan anwybyddu holl eiriau cras ac annheg ei 'annwyl' wraig.

Tra oedd Luc yn mwynhau Wham-Bar yn yr ystafell werdd, roedd John a Joan yn yr ystafell ymbincio yn cael eu paratoi ar gyfer y 'foment fawr'. Roedd Joan yn ei helfen yn clochdar gyda'r colurwyr am y diwydiant darlledu fel hen ben profiadol, yn hytrach nag ymddwyn fel hi ei hun, sef athrawes ran-amser.

Roedd John ar y llaw arall, yn fud a di-emosiwn. Syllai ar ei adlewyrchiad yn y drych heb flincio unwaith gan gofio'r holl bethau roedd e 'di ceisio'u claddu, ceisio'u hanghofio. Roedd ei lygaid yn dyllau dwfn a thywyll a'i feddwl yn gymysgedd o wacter a hunan-atgasedd. Mwmiai atebion disynnwyr i gwestiynau Vicky, y golurwraig ifanc o Port oedd yn dyfalu bod John wedi gor-wneud y parmesan ar ei ginio cyn teithio i'r stiwdio. Nid oedd Vicky'n gallu credu bod Joan yn briod â'r fath lipryn ond esgusododd ymddygiad John gan fod nerfau'n amharu ar nifer o gystadleuwyr y sioe mewn amrywiol ffyrdd.

Yna, dychwelodd y Swans i'r ystafell werdd. Roedd Luc yn syllu ar y sgrîn ddeg modfedd ar hugain yng nghornel yr ystafell a honno'n dangos criw'r rhaglen yn paratoi'r stiwdio at y recordiad. Ni wnaeth symud ei lygaid oddi ar y sgrîn pan gerddodd ei rieni i mewn, dim ond clywed ei fam yn clicio'i bysedd i gyfeiriad ei gŵr gan ddweud mewn llais tawel ond bygythiol:

"John, rhaid i ti siarad. Dyw'r mwmian ma ddim yn ddigon da. Ti'n 'y nghlywed i, John? John?"

Roedd John yn ymwybodol o'i phresenoldeb, ond nid oedd e'n clywed ei llais. Roedd heddwch yn bresennol yn ei fywyd am y tro cyntaf ers wyth mlynedd.

"John! John!" Clic clic clic. "John y cachgi bastard, tynna dy hun at 'i gilydd!"

Rhewodd Joan wrth iddi deimlo presenoldeb y tu ôl iddi a throdd yn araf i'w wynebu. Carlamodd ei chalon wrth i wyneb cyfeillgar Dai Jones wenu'n broffesiynol arni a gwneud iddi deimlo'n gyfforddus yn syth. Wrth ei ochr roedd yr hudol Jenny Ogwen. Byrlymai egni hyderus o gyfeiriad y cyflwynwyr a cheisiodd Joan ei gorau i beidio â baglu wrth eu cyfarch.

"Sut 'ych chi'ch tri?" gofynnodd Dai. "Barod i ennill?"

"Gobeithio wir," atebodd Joan wrth gochi'n anymwybodol.

"Moyn dymuno'n dda i chi o'n ni," medd Jenny.

"'Sdim eisiau becso dim, jyst ymlaciwch a bydd pob dim yn iawn," adiodd Dai yn ei dôn gartrefol orllewinol.

"Diolch, diolch yn fawr," ymgrymodd Joan fel tasai hi'n sefyll o flaen y frenhines.

Syllai John yn syth o'i flaen i bellafoedd gofod ei feddwl. Roedd e'n ymwybodol o bresenoldeb Dai a Jenny hefyd, ond nid oedd yn medru cydnabod hynny yn y ffordd arferol. Ar ôl iddynt adael, trodd Joan at ei gŵr:

"John, beth sy'n bod arnot ti? Ti newydd anwybyddu

Dai a Jenny! Dai a Jenny, John! 'Sdim hawl 'da ti neud hynny! Paid anwybyddu fi, John! 'Sdim hawl 'da ti neud hynny chwaith!" Anwybyddodd John ei wraig.

Ymhen dim, ymddangosodd gŵr ifanc â chroen seimllyd wrth y drws gan ddweud: "John a Joan, ni'n barod amdanoch chi."

Cododd Joan yn syth gyda John yn ei dilyn yn araf ac yn fecanyddol. Cerddodd yn gyntaf at y sinc a molchi'i wyneb yn y dŵr rhewllyd cyn camu at Luc a'i gusanu'n dadol ar gorun ei ben. Ni symudodd Luc – roedd e'n dal o dan swyn y sgrîn anferthol o'i flaen.

Dilynodd ei rieni y gŵr ifanc i lawr amryw o goridorau unwedd nes cyrraedd y stiwdio lachar. Wrth aros i ddechrau recordio, crynai Joan Swan o dan bwysau ei disgwyliadau, tra safai John yn fodlon yn llonyddwch ei feddylfryd newyddanedig.

SHOWTIME.

Gyda phelydrau'r goleuadau'n dallu Mr a Mrs Swan a'r gwres yn eu toddi, dechreuwyd ar y ffars gydag un gair: "Action".

Cerddodd y cyflwynwyr â'i hwynebau llon ar y set gan groesawu'r genedl gyda'u eiforis gwyn i noson arall o hwyl ar raglen (gwis) mwyaf poblogaidd y wlad.

Roedd teimlad iasoer i'r holl broses gan fod clapiadau'r gynulleidfa'n cael ei hychwanegu yn yr ystafell olygu. Felly, cerddodd Dai a Jenny i rythm y gymeradwyaeth ddychmygol i gyfeiriad y cwpwl o Gaerdydd.

Dechreuodd Dai a Jenny gyda jôc fythgofiadwy:

Jenny – Beth ti 'di bod yn neud gyda dy hunan yn ddiweddar, Dai?

Dai – Dw i newydd orffen ffilm…

Seibiant estynedig i godi gobeithion y gynulleidfa am baff-lein o safon.

Dai (cont.) – Dw i'n mynd i'w datblygu hi fory!

Wedi saib arall i adael lle i fewnbynnu chwerthin afreolus y gynulleidfa, trodd John ei ben i gyfeiriad Joan gan ei bod hi'n chwerthin mor aflafar ar y 'jôc'. Ysgydwodd ei ben wrth weld diferyn o boer ei wraig yn tasgu o'i cheg a theithio drwy'r awyr cyn glanio ar dei di-hiwmor Dai.

Goroesodd John y cyflwyniadau gan ymateb unwaith, fel troseddwr cywilyddus mewn llys ynadon, i gadarnhau ei enw; tra siaradai Joan am hapusrwydd eu perthynas, am Luc, a'r tro cyntaf iddynt gwrdd ar y trên o Fanceinion i Gaerdydd. Roedd y stori'n gelwydd pur ond yn fwy derbyniol na'r gwir, sef bod John a Joan wedi cael perthynas gyfrinachol tu ôl i gefn gwraig gyntaf, feichiog John.

Tra oedd John ar goll yng nghanol anhrefn pryderus ei ben, dewisodd Joan y cwestiynau a gafaelodd Jenny ym mraich ei gŵr a'i dywys i'r 'blwch di-sain' – sef rhywle'n ddigon pell lle na allai glywed y cwestiynau na'r atebion (dim bod gan John unrhyw ddiddordeb mewn gwrando).

I dorri stori hir yn ganolig, atebodd Joan bob cwestiwn am John yn gywir. Wedi dychwelyd o'r 'blwch di-sain', cadarnhaodd John yr atebion mewn llais dideimlad. Yna, tro John oedd hi i ateb cwestiynau ynglŷn â'i wraig.

"John, y cwestiwn cyntaf, a chofiwch fod y jacpot a'r brif wobr ond tri ateb cywir i ffwrdd," dechreuodd Dai cyn oedi. "Chi'n barod, John? Gwd. Ydy Joan yn berson taclus – yn daclus iawn, yn weddol daclus neu ydy hi'n berson anniben?"

Roedd John yn gwybod yr ateb; roedd Joan yn daclus uffernol, yn obsesiynol o daclus a dweud y gwir. Ond, yn hytrach nag ateb yn syth, oedodd John am funud lawn gan syllu o'i flaen i mewn i'r gwacter a oedd yn ei amgylchynu. Gyda'r tawelwch yn troi'n anghyfforddus i Dai, mynnodd y cyflwynwr fod John yn brysio gyda'i ateb. Trodd John i wynebu Dai, a gyda gwên gynta'r prynhawn dywedodd, "Mae hi'n berson anniben iawn, Dai."

Chwarddodd Dai gan ofyn, "Ai meddwl am ôl-effeithiau datgelu cyfrinach fel 'na am eich gwraig oeddech chi, John?" Cyn adio: "Ond, wedi'r cyfan, y gwir sy'n ennill y gwobrau."

Diflannodd gwên John wrth i Dai ofyn y cwestiwn nesaf. "Ydy Joan yn rhoi arian at achosion da – byth, weithiau neu ar bob cyfle?" Eto, roedd John yn sicr o'r ateb – roedd Joan, er yr holl gasineb roedd hi'n ei daflunio i'w gyfeiriad e, yn hael iawn wrth bobl llai ffodus – o gardotwyr drewllyd y ddinas i'r newynog yn Affrica, roedd Joan yn hoff o helpu.

Wedi oedi am ychydig, atebodd John gyda'r un wên ar ei wyneb. "Dyw Joan byth yn rhoi arian at achosion da." Surodd gwyneb Dai wrth iddo glywed y 'ffaith' anffodus yma. Heb oedi, gofynnodd y cyflwynwr y cwestiwn olaf. "Beth yw hoff ddiod eich gwraig – te neu goffi, sudd ffrwythau neu yw hi'n hoff o rywbeth cryfach?"

Roedd hoffter Joan at de yr Iarll Llwyd yn un o'i nodweddion anwylaf pan gyfarfu'r pâr am y tro cyntaf, ond erbyn hyn roedd e'n un o gas ffeithiau John am ei wraig. Felly, heb wên yn agos at ei wefusau atebodd John yn sych, "Diod feddwol bob tro, Dai."

Wrth i John chwalu breuddwydion Joan o flaen y camerâu, roedd hi'n llawn celwyddau yn sôn wrth Jenny am natur ramantus a pherffeithrwydd eu perthynas.

Pan ddychwelodd y merched i'r set, cafodd gwir natur gythryblus y berthynas ei datgelu'n fawreddog o gyhoeddus.

Wedi i Joan ateb y cwestiwn cyntaf, cwestiwn hawdd uffernol hyd yn oed yng nghyd-destun Siôn a Siân, a chlywed ateb ei gŵr, bu bron iddi dagu mewn syndod.

Edrychodd ar John. Anwybyddodd John hi drwy edrych ar y llawr. Erbyn i'r genedl glywed am dueddiadau alcoholig Joan roedd ei chalon yn deilchion a'i hyder wedi diflannu. Wedi'r 'cut' diwethaf rhedodd Joan am yr ystafell werdd gan wrthod yngan 'run gair wrth Dai, Jenny na gweddill y criw. Mwmiodd John ei ddiolchiadau ac aeth yn syth am y car.

Agorodd ddrws y Maxi ac eistedd yn ddifywyd wrth yr olwyn a thoddi yn llonyddwch crasboeth y modur. Ymhen dim, ymddangosodd Joan a Luc. Llamodd Luc i'r sedd ger ei dad a chamodd Joan i'r cefn. Helpodd John ei fab i wisgo'i wregys am ei ganol a theithiodd y triawd adref mewn tawelwch dagreuol wrth i Joan geisio dygymod â'r gwarth a deimlai wedi i'w breuddwydion gael eu chwalu gan ei gŵr.

Tasai Caerdydd yn ddinas Fediteranaidd, basai'r trigolion oll yn cysgodi rhag gwres tanbaid yr haul ac yn cysgu, neu o leiaf yn ymlacio, wrth aros i awel groesawgar y nos gyrraedd. Ond gan ei bod hi'n ddinas ar ynys ddisynnwyr a gor-boblog, mae mwyafrif y boblogaeth yn cario 'mlaen â'u bywydau fel Eifftwyr cyn-gristnogol ar wastadeddau Giza.

Mewn gardd ganolig ei maint yn Lakeside roedd Mr a Mrs Jones yn gwneud rhywbeth gwreiddiol iawn ar ddiwrnod braf, sef garddio. Wrth i Mr Jones wylio ei wraig annwyl yn camu tua'r tŷ gan ystumio 'wyt ti eisiau diod' ato dros sŵn y Flymo, nodiodd gan sychu gwlybaniaeth ei dalcen â'i fraich. Arhosodd am eiliad cyn cychwyn ar linell arall gan gofio'r dyddiau pan oedd e'n gallu gorffen y lawnt mewn munudau yn hytrach na'r ddwy awr boenus roedd y baich yn ei gymryd erbyn heddiw. Tynnodd ei fawd oddi ar y botwm gan groesawu'r tawelwch yn ôl i'r swbwrbia, ond cafodd y llonyddwch ei chwalu o fewn eiliadau gan sŵn car yn rhuthro ar hyd y stryd mewn brys anhygoel. Trodd Mr Jones i wynebu'r sŵn yn y gobaith o gael cip ar y gyrrwr, er mwyn gallu ei ddwrdio yn y cyfarfod nesaf o'r Neighbourhood Watch.

Cafodd Mr Jones ei siomi a'i syfrdanu wrth weld Maxi ei gymdogion yn sgrialu i stop y tu allan i'w tŷ. Trwy'r cwmwl o ddwst, a godwyd gan sglefr y car ar yr asffalt llychlyd, camodd John Swan ohono a llamu am y tŷ. Gwyliodd Mr Jones y cyfan dros y clawdd oedd yn gwahanu'u cartrefi, gan wenu'n gymdogol cyn holi:

"Sut aeth hi, John?"

Ond brasgamodd John heibio iddo heb gydnabod ei bresenoldeb. Meddyliodd Mr Jones yn anghywir mai brysio i'r tŷ bach roedd John; rhywbeth hollol naturiol wedi recordio rhaglen deledu.

Roedd Mr Jones wedi profi'r un pwysau, ac roedd y cloc teithio ar y silff ben tân yn dyst o'i allu a'i wybodaeth. Tra oedd Mr Jones ar goll yn ei atgofion, rhedodd Joan Swan heibio'n beichio crio – roedd ei bochau'n sianeli masgaraidd a'i llygaid yn gorlifo.

Gwyliodd Mr Jones hi'n camu i'r tŷ cyn troi'n ôl tua'r car ac at ffigwr calla'r teulu, sef Luc. Lledrythodd Luc ar ei gymydog drwy fysed llachar yr haul a saethai'n uniongyrchol dros ysgwyddau Mr Jones i'w gyfeiriad. Ond cyn i Mr Jones gael cyfle i ofyn oedd popeth yn iawn, cyhoeddodd y plentyn:

"Nath Mam alw Dad yn fastard."

"O, diar mi, Luc," siglodd Mr Jones ei ben. Nid oedd

e, fel capelwr selog, yn hoff o'r fath iaith; yn enwedig ar wefusau mor ifanc. Cyn iddo gael cyfle i siarad eto, gwenodd Luc arno gan ddweud:

"Peidiwch becso, Mr Jones. Mae Mam yn galw chi'n fastard hefyd."

Roedd Mr Jones yn syfrdan, ond cyn iddo allu ymateb, clywodd

CRASH!!

anferthol o gyfeiriad cartre'r Swans a rhedodd Luc i'r tŷ gan adael Mr Jones yn ei syfr-dawelwch.

Caeodd Luc y drws ffrynt ar ei ôl a sleifio i'r lolfa lle roedd ei fam yn wylo ar y soffa. Sylwodd ar absenoldeb y teledu o'i safle arferol yng nghornel yr ystafell.

Darganfuodd beth oedd y 'crash' wrth weld drws y patio'n deilchion a'r teledu'n gorwedd yn ddifywyd yng nghanol yr ardd, i'r dde o'r swing ac o flaen y sleid. *Ble mae Dad?* meddyliodd Luc gan gamu'n ofalus tua'r patio dros y gwydr rhacs ar y llawr. Arhosodd Luc fel delw wrth weld ei dad yn camu'n fronnoeth tuag at y teledu yn cario bwyell drom a chan o betrol. Gwisgai dei ledr fel penwisg, à la Rambo. Gwyliodd Luc ei arwr gorffwyll yn llofruddio'r teledu i gyfeiliant beichio torcalonnus ei fam.

Wedi malu'r teledu, cwympodd John Swan ar ei liniau ger y twmpath gan fwmian yn annealladwy o dan ei anadl. Yna, gafaelodd yn y can petrol ac arllwys y cynnwys dros weddillion y teledu. Cododd yn sigledig ar ei draed ac estyn y matsys o'i boced. Cynnodd fatsien ar y cynnig cyntaf a'i thaflu ar y goelcerth gan greu ffrwydrad a daflodd John ar ei gefn i'r gwely blodau gerllaw.

Wrth i'r teledu losgi, rhyddhâi gymylau duon a

ledaenodd dros olch glân y Jonesiaid drws nesaf, cododd John a cherdded i gyfeiriad y tân gan weiddi atebion cywir cwestiynau'r cwis ar dop ei lais fel bod trigolion Tongwynlais yn siŵr o glywed!

"MAE JOAN YN BERSON TACLUS.

MAE JOAN YN HELPU ACHOSION DA.

DYW JOAN DDIM YN ALCOHOLIC.

MAE JOAN YN BERSON TACLUS.

MAE JOAN YN HELPU ACHOSION DA.

DYW JOAN DDIM YN ALCOHOLIC.

MAE JOAN YN BERSON TACLUS.

MAE JOAN YN HELPU ACHOSION DA.

DYW JOAN DDIM YN ALCOHOLIC..."

Drosodd a throsodd a throsodd gan chwalu distawrwydd y faestref. Wrth iddo sefyll yno'n cael ei orchuddio gan flanced o fwg, canodd y ffôn yn yr ystafell fyw. Roedd Joan Swan fel arfer yn awchu am ateb y ffôn – ond dim heddiw. Oherwydd ymddygiad ei gŵr byddai'n syniad gwael codi'r derbynnydd a chroesawu rhywun allanol i mewn i'w hunllef.

Gyda'r ffôn yn canu'n ddi-stop, Joan yn crio mewn hysterics a John yn adrodd yn aflafar yn yr ardd ger y goelcerth, roedd calonnau'r hen gwpl drws nesaf yn torri mewn cydymdeimlad â Luc bach. Beichio crio roedd Luc am fod y teledu wedi'i chwalu a'r ffaith na allai wylio *He-Man* y noson honno. Gwyliodd Luc ei dad ac roedd yr hyn a wnaeth John Swan nesaf yn ddigon i ddarbwyllo hyd yn oed Luc fod angen help arno ac yn ddigon i berswadio Mr Jones i alw am yr awdurdodau.

Heb rybudd, neidiodd John Swan i ganol y fflamau yn ddideimlad a di-boen. Fel Phoenix chwedlonol, safai'n stond wrth iddo gael ei gofleidio gan fysedd melyngoch y fflamau tanbaid. Fflamiai polyester ei drowsus brych yn llachar a pheidiodd y gweiddi wrth iddo ddisgyn ar y gwair parddu yn ymyl y tân.

Safai Luc fel delw ac aeth Mr Jones i alw am help wrth i John droi ei gefn at y tân gan weiddi'r un atebion unwaith eto.

"MAE JOAN YN BERSON TACLUS.

MAE JOAN YN HELPU ACHOSION DA.

DYW JOAN DDIM YN ALCOHOLIC.

MAE JOAN YN BERSON TACLUS.

MAE JOAN YN HELPU ACHOSION DA.

DYW JOAN DDIM YN ALCOHOLIC.

MAE JOAN YN BERSON TACLUS.

MAE JOAN YN HELPU ACHOSION DA.

DYW JOAN DDIM YN ALCOHOLIC..."

Ceisiodd godi, ond roedd gwadnau ei draed wedi llosgi. Rhythodd yn dawel i gyfeiriad Luc a oedd yn dal i'w wylio o'r drysau di-wydr. Gwelodd Luc fod coesau ei dad yn bothelli gwaedlyd o ganlyniad i effeithiau'r tân.

Gwenodd John ar ei fab trwy fwgwd tywyll ei wyneb a sylwodd Luc ar y gwacter amlwg yn ei lygaid. Deallodd Luc yn y fan a'r lle ei fod ar fin colli ei dad. Rhuthrodd i'w gysuro.

Gyda'r ffôn yn canu dros sŵn dagrau ei fam, cofleidiodd Luc ei dad yn ei freichiau ifanc wrth i John fwmian yr atebion yn feddal drosodd a throsodd fel rhyw dafod-droellwr di-derfyn. Lledai'r pollethi dros ei gorff noeth. Ymhen deng munud ymunodd sŵn newydd â'r symffoni seicotig.

NEE-NAW-NEE-NAW-NEE-NAW...

Sgrechiai seiren yr ambiwlans wrth i'r cerbyd aros y tu allan i'w tŷ, ac ymhen eiliadau roedd y paramedics wedi codi John ar stretcher a'i glymu wrth y gwely, wrth iddo geisio dianc. Wrth i John gael ei wthio tua cherbyd y cleifion, rhedodd Luc lan lofft er mwyn gwylio'r orymdaith o'r ystafell ffrynt. Roedd trigolion yr ardal hefyd yn gwylio John yn cael ei dywys tua'r ambiwlans mewn tawelwch angladdol. Ymunodd John yn y tawelwch pan chwistrellodd un o'r paras ef â mesur hael o zuclopenthixol acetate gan waredu'r ardal rhag dioddef ei lais aflafar. Caewyd drws yr ambiwlans a rhuthrodd y cerbyd i ffwrdd mewn fflach o oleuadau glas.

Ymlusgodd y dorf fusneslyd yn ôl i'w cartrefi gan baldaruo wrth ei gilydd am wallgofrwydd John Swan. Gyda'r ffôn yn dal i ganu, Joan yn dal i grio a dwrn Mr Jones yn cnocio'n gymdogol ar y drws, eisteddai Luc yn y ffenest ffrynt gan edrych allan ar y stryd wag.

Meddyliai'r plentyn am yr hyn a welsai heddiw ac, yn wir, am yr hyn roedd wedi ei weld dros y blynyddoedd ers iddo allu cofio gyntaf. Roedd e'n drist iawn bod ei dad, ei arwr, wedi mynd a'i adael. Ond roedd e'n siŵr ei fod e wedi mynd i rywle gwell na'i gartref – rhywle lle byddai'n cael ei werthfawrogi, ei garu a'i barchu am fod yn fe ei hun.

O, am fod yn saith mlwydd oed.

The Dreamtime is the story of things that have happened;
how the universe came to be,
how human beings were created
and how the Creator intended for humans
to function within the cosmos.

www.crystallinks.com

Wedi noson o gwsg ysbeidiol o ganlyniad union-gyrchol i sychder y noson gynt, mae'r larwm yn fy mrawychu'n ôl i ymwybyddiaeth. Fy ymateb cyntaf i'r ysgytwad yw 'hwrê, weekend!' ond mae'r gorfoledd yn cyflym ddiflannu wrth i fi gofio bod cyfweliad 'da fi heddiw.

Llithraf o'r gwely a theimlo'r llawr moel yn estyn croeso rhewllyd i fodiau fy nhraed. Ma 'mhen i'n llawn pwyntiau bwled wrth i mi frasgamu i'r lle chwech a gwagio fy mhladren gan feddwl yn ddwys am fy nhoreth o gryfderau a fy unig wendid, sef diffyg arbenigedd mewn unrhyw faes. Canlyniad gorfod gweithio mewn nifer o feysydd, yn hytrach na chanolbwyntio ar berffeithio un agwedd neu sgil benodol. Hynny yw, dim gwendid go iawn o gwbl, ond yn hytrach cryfder amlwg sydd wedi ei guddwisgo i dwyllo'r panel a thanlinellu fy ngalluoedd diderfyn. Ha!

Am eiliad annisgwyliadwy, yn nrych y bathrwm, gwelaf f'esblygiad ar lwybr etifeddiaeth, wyneb mab ei dad. Gwnaf nodyn meddyliol i fynd i weld yr hen ddyn cyn hir – pwy a ŵyr, efallai bydd newyddion da 'da fi iddo fe? Wedi golchi'r cwsg o'n llygaid a golchi 'nannedd gyda'r Blue Minty Gel fresh sylwaf ar felyndra afiach fy smyg-fysedd gan gofio cwestiwn ar y ffurflen gais: *Ydych chi'n ysmygu – Ydw/Nac ydw?* Gan 'mod i'n berson mor onest, rhoddais gylch clir o gwmpas y 'NA'. Ond, wrth edrych ar fy mysedd sy'n amlygu 'nghelwydd, rwy'n difaru gwneud gan fod y mefl bron yn amhosib ei waredu.

Er hynny, rwy'n eu sgrwbio a'u sgrwbio nes bod fy mysedd yn gwynegu dan bwysau'r brillo pad. Fi'n meddwl wedyn am geisio defnyddio sudd lemwn, cyn cofio taw bollocks yw'r driniaeth i godi gobeithion y boblogaeth ifanc o smygwyr sy'n credu bod potel o Jif yn mynd i guddio'r ffaith oddi wrth eu rhieni, wedi iddyn nhw fod yn mygu fel Mount Vesuvius wrth wersylla yn yr Eisteddfod.

Yn hytrach na hyn, penderfynaf lapio'r bysedd mewn elastoplast, a mwy o gelwydda, pe bai rhywun yn holi beth sy'n bod arnynt. Anaf chwaraeon o ryw fath; squash, croquet neu hurling efallai! Wedi powlen o gornflakes sych, oherwydd diffyg llaeth yn hytrach na chwaeth bersonol, i waredu'r pangs swnllyd yn fy mola, af yn ôl i fy stafell wely i baratoi.

Er gwybodaeth, y swydd dw i'n ceisio amdani yw 'ymchwilydd cerddorol' i gwmni cynhyrchu Dreamtime – nhw sy'n gyfrifol am y rhan fwyaf o allbwn cerddorol cyfoes ein sianel genedlaethol. Gwisgaf bâr o bants glân gan ailadrodd y pwyntiau, y syniadau, fy nghryfderau a'r gwendid twyllodrus drosodd a throsodd fel feinyl diffygiol ar droellfwrdd di-stop.

Taniaf Fenson ac eistedd yn noeth i'w mwynhau ar fy ngwely cyn gwisgo'r siwt. Gyda haul llachar yr hydref yn tywynnu drwy'r ffenest gan fy moddi yn ei belydrau, teimlaf don o bositifrwydd yn torri drostaf gan greu hunan -hyder annisgwyl.

Edrychaf ar y cloc, 08:37; dros awr cyn y cyfweliad. Wrth gamu i mewn i'r siwt, meddyliaf am yr eironi amlwg yn y ffaith bod yr hyn y bydd y cyfwelwyr yn ei weld yn hollol wahanol i'r hyn fyddai'n dod i'r gwaith ar y diwrnod cyntaf, taswn i'n llwyddo. Bydda i'n creu ffug ddelwedd; fel lluniau bwydlen Burger King neu hysbysebion pryfoclyd Channel-X – what you see you do not get.

Wedi gwisgo, anelaf y Lynx Java tuag at fy ngheseiliau gan felltithio taw dim ond aer oer sy'n dianc o berfedd y can. Cynnaf Fenson arall wrth gamu allan i wynebu'r realaeth sy'n bodoli yr ochr draw i'r drws ffrynt cyn gyrru mewn tawelwch tua Stryd Tyndall gan edrych am fferyllfa er mwyn prynu deodorant i waredu arogl fy nghelwydd rhag trwynau'r cyfwelwyr.

Prynaf gan arall o Java yn Splott, cyn troi i'r chwith wrth y cylchdro hudol a chyrraedd swyddfeydd a stiwdios Dreamtime mewn digon o amser i leddfu'r nerfau a chadarnhau'r holl bwyntiau dw i am eu hadrodd yn ogystal â masgio fy nghelwydd o dan haenen ffres o anti-p.

Wrth gamu o'r car a cherdded yr hanner can llath tua'r adeilad, caf fy hudo gan arogl y bacon butties yn treiddio o'r treiler sy'n gwasanaethu chwantau poblogaeth cigysol yr ystâd.

Gwena'r ysgrifenyddes arnaf yn bryfoclyd wrth i mi gamu i'r dderbynfa. Dw i'n gwenu'n ôl gan obeithio'n arw y caf y swydd jyst er mwyn cael cyfle i'w ffwcio hi'n racs rywbryd. The Lynx effect? Na, jyst hwren front yw hi.

Cyflwynaf fy hun cyn eistedd yn y man aros yng nghwmni dau ymgeisydd arall. Dw i'n gwybod mai cystadleuwyr ydynt gan fod golwg gachlyd ar eu hwynebau. Er y straen amlwg, mae 'ngobeithion i'n diflannu wrth i fi ddweud helô ac adnabod un ohonynt – dw i ddim yn cofio ei henw cywir, ond dw i'n cofio ei hwyneb ac enw ei chymeriad yn ystod ei chyfnod yng Nghwmderi – Non. Gyda'r wybodaeth yma yn fy mhen a 'ngreddfau cystadleuol yn amlygu eu hunain, dw i'n dweud:

"Fi'n dy adnabod di o rywle," gan wybod bod y math yma o sgwrs yn dryllio hyder actorion i'w craidd. "Ti'n mynd i'r Claude o gwbl?" A chyn iddi gael cyfle i ateb:

"Hang on, ti off y teli. Ti oedd Eileen ar *Pobol y Cwm*, yn dyfe?" Sa i'n gwybod os y'ch chi'n dilyn y gyfres, ond Eileen oedd gwraig Denzil aeth ymlaen i chwarae Sali Mali pan ddaeth ei chyfnod yn y Cwm i ben.

Wrth gwrs, roedd cael ei hadnabod fel un hanner o deulu tew Cwmderi'n dorcalonnus i'r ferch yma sy'n amlwg yn stryglan i ffeindio gwaith actio. Tonight, Matthew I'm going to be a television researcher. Ond, fel dw i 'di sôn yn barod, mae terfysgaeth seicolegol yn rhan o fy ngholur genynnol. Cyn iddi gael cyfle i gywiro fy nghamgymeriad bwriadol, mae drws cyfagos yn agor ac mae menyw ganol oed yn dweud:

"Nicola, ni'n barod amdanat ti nawr." Ac wrth i Nicola godi, sibrydaf y geiriau 'pob lwc' wrthi a gwerthfawrogaf ei phen-ôl toned wrth iddo siglo tua'r cyfwelwyr.

Wedi 52 munud o aros diflas (dw i'n casáu'r ffordd mae cyfwelwyr yn gwneud i chi aros; profi'ch amynedd siŵr o fod), o'r diwedd mae'n bryd i fi wynebu'r panel. Oherwydd y cyfnod unig a thawel dw i newydd ei oddef, mae fy atebion sicr i'r cwestiynau tebygol yn ddryswch annhrefnus yn fy mhen. Ond, o leiaf, mae'r nerfusrwydd wedi diflannu yn ystod diflastod yr awr ddiwethaf.

Caf fy nghyflwyno i bedwar aelod y pwyllgor – Gwyn Teifi, cyfarwyddwr y cwmni a chynhyrchydd toreithiog o fideos diddychymyg grwpiau Cymraeg ers dros ugain mlynedd; Carol-Anne Teifi, Cyfarwyddwraig y cwmni a gwraig Gwyn – menyw anghroesawgar, ddi-wên, oedd yn taflunio'r teimlad yr hoffai fod yn rhywle arall (fine by me – fuck off, luv!); Elin Rigsby, Cynhyrchydd y rhaglen gerddorol *Brechdan Jam*; a Llion Smith, Cyfarwyddwr 'deinamig' *Brechdan Jam*, oedd yn amlwg wedi cael ei ddysgu bod cyfarch gyda llaw gadarn yn arwydd o bwysigrwydd, parch a phŵer – gullible twat.

Wedi'r cyflwyniadau, eisteddaf ar gadair yng nghanol yr ystafell o dan drem y panel. Dw i'n teimlo fel cystadleuydd ar *Mastermind*, ac wrth bendroni i gofio enw cyflwynydd y gyfres honno, mae'r cyfweliad yn dechrau hebddof fi!

Ar ôl ateb nifer o gwestiynau ro'n i 'di eu paratoi ar eu cyfer – y 'pam wyt ti eisiau'r swydd yma?' a 'beth yw dy gryfderau/gwendidau?' – dw i'n hwylio'n hyderus tuag at swydd newydd a bywyd gwell. Ond, allan o'r llonyddwch, daeth storom wyllt ar ffurf dau gwestiwn annisgwyl a gwreiddiol iawn. Yn gyntaf, gofynnodd Llion:

"Yma yn Dreamtime, syniadau yw ein 'currency' ni (gan wneud dyfynodau gyda'i fysedd wrth ddweud 'currency'). Off top dy ben, Luc, sut baset ti'n ymateb i hyn?"

Wedi trechu'r chwant i ddweud 'beth ti'n siarad am you fuckwit twat', mae'r ateb perffaith yn dod i'r amlwg. Gan edrych i'w lygaid gleision a heb hint o goegni, dw i'n ateb yn hyderus:

"Os taw syniadau yw eich currency chi, fi yw'r Bureau de Change."

Mae gwên fach yn ymddangos ar wyneb Llion sydd, i fi, yn arwydd da, ond cyn i fi gael moment i werthfawrogi ac adlewyrchu ar fy ateb gwych, dw i'n clywed llais Elin yn gofyn:

"Yma yn Dreamtime, ni'n anelu i greu perffeithrwydd yn unol â chred brodorion Awstralia, yr Aboriginies, o'r cread." Fuckin what? Ma hi off 'i phen os yw hi'n credu bod cynnyrch y cwmni'n berffeithrwydd. Dylse hi swopio lle â John Swan os yw hi'n meddwl bod fideos cach gan fands fel Socretes, Superfuzz a'r Cylchoedd Hud wedi eu creu am fifty quid yn berffaith!

Dw i'n nodio 'mhen wrth iddi gario 'mlaen. "Taset ti wedi gallu creu un peth, Luc, unrhyw beth yn y byd neu'r bydysawd, beth fase fe?" Blankety fucking blank. Shit. Dw i 'di cael fy nal off guard fan hyn… Beth yn y byd ti'n siarad am, ey? Seriously. Beth? Dw i'n racio'r brain. Dreamtime. D-R-E-A-M-T-I-M-E. Dim clem. D-R-E-E-E-E-A-M-T-I-I-M-E. Na. Fuck all. Beth oedd y cwestiwn 'to? Dw i'n fucked fan hyn… mae'r panel yn edrych arnaf a dw i'n ceisio gwneud yr amhosib drwy eu hanwybyddu nhw i gyd. Dw i'n gwenu, sy'n neud dim ond gwneud i fi edrych fel village idiot. Creu? Un peth. Fuck. Creu? Dw i'n edrych o gwmpas yr ystafell yn y gobaith o ffeindio ysbrydoliaeth. Loads o luniau lliwgar – anifeiliaid, pysgod, adar. Dots dw i'n credu. Ar ddefnydd. Drws. Cadair. Telly yn y cornel. Desg. Cyfrifiadur. Cadair arall…

"Luc, ti'n iawn?"

"Cadair." Fuck.

"Beth?"

"Cadair… chi'n gwybod…"

"Cadair?"

"Ie. Un peth fasen i 'di hoffi creu." Gwên. Un wan.

"Cadair?"

"Ie. Fel y… beth chi'n galw… Dreamtime?"

Mae eu hwynebau'n dweud y cyfan. Yn syml, blown it. Fucking cadair for fuckssake! Mae hi fel bod ar *Mastermind* pan fo'r set yn tywyllu a dw i newydd anghofio fy specialist subject. Mae hyn yn boenus. Rhaid meddwl, rhaid meddwl, rhaid mynd.

Dw i'n llyncu, dw i'n gwenu a chyn bod unrhyw un yn dweud dim, dw i'n codi ar fy nhraed, ysgwyd llaw â phob aelod o'r rheithgor ac yn cerdded mas heb air pellach.

Fuckin cadair!

Winciaf ar yr ysgrifenyddes wrth gamu i'r haul a chynnau Benson o fewn deg llath i'r drws. Dw i'n gwenu wrth dynnu'r elastoplast oddi ar fy mysedd ac yn llacio fy nhei a thynnu fy siaced cyn camu i'r car.

Wrth deithio am adref gyda'r ffenest i lawr a'r gwynt yn oeri fy annifyrrwch, dw i'n gwenu wrth gofio. Cadair. O'r holl bethau gallen i fod wedi dweud. Fuckin cadair for fuckssakes!

Fel blaenwr sydd newydd fethu open goal ym munud ola'r FA Cup final a'r sgôr yn un yr un, bydda i'n meddwl nôl i'r cyfweliad yn aml iawn yn y dyfodol agos. Ac er bydda i'n meddwl am y digwyddiad yn llai a llai aml wrth i'r blynyddoedd basio, bydd e, heb os, yn aros am byth yn top three most embarrassing moments fy mywyd. Fucking cadair!

A beth yw Dreamtime ta beth? Rhyw fucking gap year cunt o gyfryngi'n mynd i Awstralia, prynu didgeredoo a convertio i Aboriginality! Yn unol â chred y…

FUCK OFF!

I got a ho from the east
Got a ho from the west
Got a ho that likes to jack it off and rub it in her chest.

I got a ho from the north
Got a ho from the south
Got a ho that likes to suck it long and hold it in her mouth.

Ice T

Wedi gwaredu'r siwt oddi ar fy ysgwyddau, bwyta beans ar dost ac yfed dau beint o laeth full cream, dw i'n patio fy mhocedi cyn gadael y tŷ – waled, ffags, allwedd, Zippo. Gyda Benson yn fy ngheg cerddaf heibio i dafarn fwyaf lliwgar Caerdydd, The Yellow Kangaroo, cyn cyrraedd y bus stop ger clwb rygbi mwyaf nefolaidd y ddinas, St Peter's, ar Newport Road.

Dw i'n gutted wrth i'r 25 gyrraedd a finne'n dal ond hanner ffordd trwy'r Benson. Cymeraf ddrag hir cyn camu 'mlaen a nesáu at y Rasta sy'n gyrru'r bws. Ydy'r boi ma'n saff i yrru cerbyd cyhoeddus o wybod am hoffter ei gred at y Mari Joanna, meddyliaf yn rhagfarnllyd, wrth bysgota am newid yn fy mhoced.

Ond wedyn dw i'n cofio 'mod i 'di gyrru o dan ddylanwad y pleser-berlysyn ar fwy nag un achlysur. Ac ar wahân i un dent bach yn nrws car cyn-gariad (ha!ha!), baswn i'n taeru 'mod i'n gyrru'n well pan dw i'n caned. Neu o leiaf mae'n hawdd perswadio fy hun o hyn pan mae angen Rizlas arna i yn hwyr y nos…

"One to town please."

"Ninety pee, mon," yw ateb y gyrrwr, mewn llais dwfn tebyg i'r Luuurrrve Walrus ei hun.

"Ninety pee!" ebychaf yn or-ddramatig. "It's only down the road!"

"I know where it is, mon. Are you coming with me?" ymatebodd y gyrrwr mewn patois braidd-ddealladwy.

Gyda'r ateb yma'n dod â gwên i fy wyneb, tolltaf newid cywir i geg y derbynnydd, rhwygo fy nhocyn ac eistedd yn un o seddi gwag yr hen bobl y tu ôl i'r cab.

Gyda'r traffig yn llifo'n hamddenol tua'r CBD, edrychaf 'mlaen at y noson oeliog sydd ar fin cychwyn… Wedi i fwyafrif y teithwyr adael ger Sainsbury's, mae'r bws yn ymuno â'r dagfa draffig sy'n cripian tua Boulevard de Nantes a'r ganolfan ddinesig.

Wrth ymdroelli'n araf ar hyd Stuttgart Street tuag at groesffordd Park Place, mae'r rheswm am arafwch y cerbydau'n cael ei amlygu; mae damwain newydd ddigwydd ar y groesffordd sy'n effeithio ar yr holl yrwyr yn y cyffinie. Mae tagfa Park Place yn llonydd heb siawns o symud am amser maith tra bod ceir Stryd Stuttgart a Boulevard de Nantes yn ansicr o ble i fynd a phryd. Tarddle'r holl ddryswch yw Calibra coch sydd wedi uno ag arhosfan bws mewn dryswch o alwminiwm, gwydr a gwaed. Gyda'r paen gwydr sy wedi chwalu'n disgleirio yng ngolau'r haul, mae'r gyrrwr yn gorwedd yn llipa ar fonet ei fodur mewn môr o sgarlad.

Mae nifer o bobl yn gwylio o bell, yn aros am yr ambiwlans wrth ddifaru peidio â chymryd y cwrs cymorth cyntaf yn y gweithle. Gyda'r gyrrwr yn araf bobi yng ngwres yr haul hydrefol, daw arwr o nunlle i arbed y dydd. Gyda'r bws ond 30 llath o'r ddamwain gallaf ei glywed yn gorchymyn:

"Has anyone called an ambulance?"

"Yes," daw'r ateb wrth lais di-wyneb gerllaw.

Mae'r gŵr yn troedio'n ofalus drwy'r gwydr a lleoli ei fynegfysedd ger curiad calon y crash test dummy. Mae'n tynnu ei jwmper gan helpu'r gyrrwr i'r recovery position. Ar y gair daw'r lluoedd argyfwng gan atal y tagfeydd rhag symud 'run fodfedd. Edrychaf mewn parch a chenfigen i gyfeiriad yr arwr gan deimlo cywilydd yn y sicrwydd, taswn i'n cerdded heibio, na faswn i byth wedi codi bys i helpu.

Ond mae'r cywilydd yn troi'n atgasedd wrth i fi adnabod y dyn dewr. Wrth i belydrau'r haul ei glodfori, edrycha Emlyn Eilfyw-Jones yn angylaidd wrth i wŷr yr ambiwlans ei holi a mynegi diolch. Mae'n sefyll i'r naill ochr gan dderbyn cymeradwyaeth gan y gyrwyr cyfagos a'r cerddwyr stond wrth i'r paramedics drin y claf.

Os nad yw hyn yn ddigon i gorddi fy nyfroedd, dw i'n gweld Cariad yn rhedeg ato a'i gofleidio a'i gusanu fel mae gwir arwr yn ei haeddu. Wrth wylio hyn o unigrwydd y Caadiff Clipper, nid yw fy nghalon yn deilchion fel y disgwyliwn iddi fod; wedi'r cyfan dw i'n gwylio fy nghasddyn yn cusanu fy nghar-ferch. Yn hytrach, mae gwacter yn fy llenwi, a brad yn fy moddi wrth sylweddoli bod Cariad yn pellhau er ei bod hi mor agos. Gwyliaf y pâr yn cusanu fel rhyw olygfa mewn ffilm Hollywoodaidd lle mae Keanu newydd achub y dydd ac yn cael ei haeddiant 'wrth Sandra fucking Bollocks.

Wrth i'r Calibra coch gael ei symud o'r ffordd a'r ambiwlans gripian am yr Heath, mae'r tagfeydd yn dechrau symud yn araf o'r groesffordd. Edrychaf drwy'r ffenest ar y cariadon wrth i'r bws adael yr ardal a ffeindiaf fy hun yn syllu'n syth i lygaid Cariad sy'n gwneud double-take a chodi'i llaw cyn i fi ddiflannu'n ôl i ddryswch y ddinas.

"Ond gwelais i Luc ar y bws, Emlyn," plediodd Cariad wrth iddi hi a Keanu ddychwelyd i Cadno yn y car ar ôl eu cinio drud yn La Fosse. Roedd hi'n teimlo braidd yn euog wedi gweld yr olwg ar wyneb ei ffrind wrth iddo rythu i gyfeiriad y bws.

"So?"

"So! So do'n i ddim isho iddo fo wybod amdanon ni eto."

"Pam?"

"Emlyn, mae Luc a fi yn ffrindia. Ac wythnos diwethaf nath o ofyn i fi fynd allan ar ddêt. Mae o'n hogyn clên ac yn haeddu brêc o'r holl shit mae'n cymryd yn y gwaith heb orfod gweld ni ar y stryd yn snogio fel plant ysgol."

"Ti nath 'y nghusanu i. Ro'n i'n brysur yn achub y gyrrwr nes i ti gyrradd!"

"Paid bod yn dwat, Emlyn!" Hwffiodd a phwffiodd Cariad mewn ymdrech wirioneddol i fod yn pissed off gyda'i dyn. Edrychodd Emlyn arni'n ceisio actio'n anhapus, ond roedd e'n gwybod nad oedd e mewn trwbl go iawn pan welodd e wên fach yn ymddangos. Trodd Cariad i edrych arno. Gwenodd Emlyn gan ei hybu i wenu'n ôl.

"Taset ti'n gallu ffeindio swydd iddo fo yn Akuma baswn i'n ddiolchgar iaaaawn," amrantodd Cariad yn goeglyd.

"O ie, pa mor ddiolchgar?" gofynnodd E-J yn bryfoclyd.

Heb oedi, dangosodd Cariad yn union pa mor

ddiolchgar, drwy ddatgloi ei gwregys diogelwch ac ymgrymu tuag isfyd Emlyn, lle gwariodd hi 72 eiliad union cyn codi eto gan lyncu ei lefrith dynol.

"Cei di un o rheina bob tro ni'n mynd i rywle yn y car os rhoi di swydd i Luc," datganodd Cariad gan olchi'r blas cas o'i cheg â llymaid o Brecon Carreg cyn cynnu Marlboro Light.

"Cool. Bydda i'n gyrru i bobman nawr!"

A chwarddodd y cwpwl wrth hedfan dros gyfnewidfa Gabalfa ar eu ffordd yn ôl i Cadno.

Er yr ysgafnder, roedd Cariad yn gobeithio'n arw y basai Emlyn yn helpu Luc tra, ar yr un pryd, roedd Emlyn yn meddwl am yr holl bleser y byddai'n ei dderbyn am wneud un peth bach i'w phlesio.

Dw i'n camu o'r bws yn Cardiff Central â 'mhen yn gorlifo mewn cymhlethdodau – mae cymaint o gwestiynau i'w gofyn ond does neb yn y byd yn gallu eu hateb.

Dw i'n croesi'r Taf llygredig sy'n llifo'n wyrddfrown tywyll, fel Jalfrezi a Guinness i lawr yr U-bend ar fore Sul, heibio i'r bwystfil Mileniol cyn cyrraedd tŷ Whitey'n teimlo mor isel â Chymro manic depressive yn dychwelyd o Twickenham. Dw i'n synnu braidd nad yw'r llifddorau 'di agor, ond hefyd yn falch nad oes tras o ddagrau ar fy mochau, wrth i Whitey agor y drws ac ysgwyd fy llaw à la Llion Smith.

Gyda brwdfrydedd Whitey'n codi fy hwyl, dw i'n cofleidio'r siom yn yr unig ffordd synhwyrol: meddwi'n fucking rhacs.

Fel Botham ar y ffordd i Lands End, ni'n gorymdeithio tua'r Westgate – hoff pub Whitey. Fucking dive os chi'n gofyn i fi. Wrth i'r Stella cyntaf ddiflannu mae'n cael yr un effaith arna i â sbigoglys ar Popeye; mae'r sgwrs yn llifo a'r gofidiau'n encilio gyda phob dracht.

Mae pethau'n cymylu yn ystod y sesh hir, a'r peth nesa fi'n cofio yw bod yn y Glassworks yng nghanol y dre. Mae'n dywyll tu fas ac ae 'ngheg i'n blasu o barmesan er nad y'n ni 'di bod yn agos at fwyd Eidalaidd.

Erbyn nawr, yn amlwg, ni'n hollol bollocksed. Dw i'n casáu meddwi mor gynnar – wel falle dim casáu yw'r gair cywir, ond mae popeth mor ddryslyd (er bod y ffaith 'mod i 'di yfed fy mhwysau mewn alcohol ddim yn helpu chwaith!).

So, ni yn y Glassworks; lle poblogaidd gyda hen parties a stwff fel 'na. Yn anffodus, 'sdim parti o'r fath ma heno. Ni'n siarad loads o shit, bod yn uchel ein cloch ac obnoxious. Ni'n gweiddi ac yn denu sylw, ond ni mor feddw fel ein bod ni mor oblivious i hyn ag mae Americanwyr i eironi.

Yng nghanol dadl am ddim byd pwysig, ma Whitey'n dechrau pysgota yn ei boced ac yn gwneud i fi anghofio fy mhwynt, gan fod yr hyn ma fe'n neud yn lot mwy diddorol na beth bynnag o'n i'n rantio amdano. Wedi ymbalfalu am sbel ma fe'n stopio, a gyda'i law yn dal yn ei boced, ma fe'n edrych arna i gan wenu.

"Be fuck ti'n neud?" Dyw e ddim yn ateb, yn hytrach, ma fe'n gofyn, "Beth yw'r gair hud?"

'Sdim clem 'da fi am beth ma fe'n siarad, so fi'n dweud, "Abracafuckindabra?"

"Agos… gesa 'to."

"Fuck off, dim ond un gair hud sy 'na, a fi newydd weud e!"

"Wrong!"

"Well fucking enlighten me then!"

Ac ma fe'n wippo bag plastig bach allan o'i boced ac yn ei ddal e o flaen fy llygaid. Dw i'n gwybod beth yw'r gair hud nawr a ni'n cydadrodd e cyn codi ar unwaith, gadael ein diodydd ac anelu am y bogs.

"Cocaine."

Yn y ciwbicl, ma Whitey'n plygu lawr dros y tanc dŵr tra mod i'n cynnu dwy sigarét ar unwaith ac yn pasio un i fy ffrind. Mae'r mwg, diolch byth, yn masgio arogl amoniaidd yr ystafell. Gyda'r mwgyn yn hongian ar ongl amhosib o'i geg, ma Whitey'n gwagio cynnwys y bag ar y porcelain ac yn mynd ati i dorri dwy linell swmpus. Ryn ni mor feddw fel bod amser yn sefyll yn stond, ac yn hytrach na brysio i wneud ein gwneud a thoddi'n ôl i'r byd tu allan, ni'n dechrau sgwrsio am ryw bollocks neu'i gilydd. Dim byd o bwys, ac yn sicr dim byd na alle fod 'di aros tan wedyn.

Yn hamddenol braf ar ôl anghofio'r pwynt, mae Whitey'n cymryd papur deg punt o'i boced ac yn ei rolio'n dynn fel gwelltyn. Ond cyn iddo allu sugno'r powdwr i'w ben, ma drws y tŷ bach yn agor gyda chlec, ac o fewn eiliad ma dau fownser yn edrych dros dop y ciwbicl ar yr olygfa islaw. Dw i'n edrych lan ac yn gwenu'n gachgïaidd. Shit…

"Wo'ruh fuck are you two doin' in 'ere?" Ond cwestiwn rhethregol yw hwn, gan fod y rholyn papur sy'n styc lan trwyn Whitey'n ei ateb heb yr angen am eiriau.

"C'mon 'en," mae'r llall yn bloeddio. "Gerrr-out." A dw i'n datgloi'r drws yn araf tra bod Whitey'n brwsio'r powdwr oddi ar y platfform porcelain fel ei fod e'n disgyn i'r llawr ac yn ymuno â'r piwbs a'r biswel ar y teils llygredig.

Mae'r bownsers yn ein tywys gerfydd ein coleri allan drwy'r dafarn dawel. Mae'r cwsmeriaid call yn edrych arnom gydag atgasedd ar eu hwynebau – scum y'n ni iddyn nhw. Mae'r epaod yn ein hyrddio allan drwy'r drws, achos 'na fel cawson nhw eu dysgu yn eu dosbarth nos, a dw i a Whitey'n stymblo oddi yno'n hanner chwerthin, hanner crio (does dim byd yn fwy upsetting i piss-head na gwastraffu peint). Fase lein o garlo 'di neud byd o les 'fyd…

Dw i'n gweld Whitey'n cymryd y bag gwag o'i boced ac yn ei daflu i fin sbwriel wrth i ni basio. Heb feddwl, dw i'n stopio, yn camu at y bin ac yn twrio i'w grombil ar salvage mission. Mae'r bin yn gorlifo â gwastraff y diwrnod ac wrth balu'n ddyfnach ar drywydd y bag mae'r arogl yn afiach.

Wedi brwydro'n erbyn y paledi curry a'r mochyndra amrywiol am gwpwl o funudau, dw i'n ailgodi'n fuddugoliaethus ac yn troi i wynebu Whitey gan afael yn y bag. Mae'r bag mor seimllyd ag arfordir Galicia ac mae fy ffrind yn ysgwyd ei ben wrth edrych arnaf, felly dw i'n penderfynu peidio siario fy ngwobr 'da'r snob. Dw i'n datgloi'r zip-lock ac yn gwthio 'nhafod i'w grombil, fel lesbian gorawyddus, ac yn llyfu'r powdwr nes ei fod yn lân.

Gyda'r cemegau'n nymio fy ngheg a 'nghalon yn gwneud y samba, mae Whitey'n fy ngalw i'n 'fuckin gyppo' ar yr union adeg ma hen gwpwl yn cerdded heibio'n gafael mewn bagiau Howells llwythog. Gyda'u llygaid yn ein beirniadu a'u mynegiant corfforol yn adlewyrchu eu hofn, dw i a Whitey'n chwerthin yn uchel ac yn ailgydio yn ein taith.

Onwards and… fu… fuckwards…

Niwl trwchus yw gweddill ein odyssey – er mod i *yn* cofio prynu kebab o Ali Babas cyn bod yn sick ar stepen drws y siop wedi cymryd ond un llond ceg yn unig – a'r peth nesa, ni yn y George ar Crwys Road yn yfed gin a siario spliff drewllyd i gyfeiliant y gloch last orders.

Amser mynd adref. Not quite. Wedi camdriniaeth ar y fath raddfa, dim ond un lle arall sydd i fynd i hawlio'r hyn sydd ar fy meddwl. Felly, bagliad byr i lawr City Road i'r *L'hotel de Ville*. Enw od am buteindy, a phrawf bod pobl ddi-chwaeth yn credu bod popeth Ffrengig yn 'classy' (hyd yn oed neuadd y fuckin ddinas a cheseiliau blewog). I adio at yr abswrdiaeth, mae un o *L*s yr arwydd wedi cwympo o'r *Ville* i angof tywyll lôn gefn yr hwrdy llwm.

Mae'r gair newydd-ffurfiedig hefyd yn rhybudd o'r hyn sydd i ddod. Ond:

i – gan nad ydw i'n psychic;

ii – gan fod fy nghalon i'n deilchion (ish, ond mae'n esgus da i'w ddefnyddio);

iii – gan 'mod i'n gaib fel Burton a dwy waith mor horny, i mewn â ni mor frwdfrydig â John Owen i (un)dress rehearsal o *Bugsy Malone The Musical*. Gyda'n cocs yn un llaw a'r garden gredyd yn y llall, un peth yn unig sydd ar ein meddyliau – pussy.

Gan ymdonni i gyfeiliant yr alcohol wrth aros i gamu dros drothwy'r bwchdy, dw i'n cael y teimlad mwyaf anhygoel yn corddi yn fy nghylla. Adrenalin. Cyffro. Ansicrwydd.

Edrychaf ar Whitey'n gwneud ei orau i edrych yn hanner sobor – stad amhosib i'w gwatwar pan rych chi mewn gwirionedd mor hammered â Hurricane Higgins ar ôl sesiwn hir o fframiau agos. Teimlaf gan gwaith yn fwy sobor wrth i fi weld poer trwchus yn llithro o geg fy ffrind ac yn sglefrio i lawr ei ên Desperate Dannaidd fel Eddie the Eagle ar naid eira.

"Beth ni'n neud fan hyn, man?" Fuck. Dw i really yn fucked.

"Hookers," yw ateb Whitey wrth iddo bwyntio at y drws caeëdig sydd o'n blaenau.

Meddyliaf am eiliad cyn sibrwd yng nghlust Whitey, "Fi braidd yn gallu sefyll heb sôn am ffwcio."

Mae Whitey'n cymryd cam yn ôl ac yn edrych arna i'n fanwl fel petai e jyst eisiau cadarnhad 'mod i actually *yn* sefyll 'na, ond cyn iddo gael cyfle i ymateb, mae agorfa gudd yn agor a dau lygad yn rhythu arnon ni.

Ni'n sefyll yn unionsyth fel Boy Scouts ar fwstwr ac ar ôl pasio'r prawf, heb yngan gair (falle mai dyna pam ni *yn* pasio'r prawf) ni'n camu'n ansicr i'r hwrdy wedi i'r drws agor. Dilynwn y wraig mewn tawelwch i lawr coridor byr a thywyll. Gyda 'mhen yn dechrau troelli yn y tywyllwch ni'n cyrraedd cyfeillgarwch y 'saloon'. Yn sefyll o'n blaenau yng ngolau isel a myglyd yr ystafell mae tair merch. Hyd yn oed yn fy nghyflwr i, mae'n amlwg taw dim ond un sydd heb fod yn broffesiynol am fwy na blwyddyn. Mae golwg galed yn llygaid y ddwy arall ac mae'r ffaith bod un yn ei 60au yn cadarnhau fy namcaniaeth.

Mae un o'r merched sydd 'i'w gosod' yn gwisgo gŵn nos sidan sy'n cadw danteithion, neu erchylltra, ei chorff yn gudd oddi wrth y cwsmer tan ei bod hi'n rhy hwyr i ofyn am yr arian yn ôl. Mae'r llall, sy'n edrych yn anghyfreithlon o ifanc, yn gwisgo pyjamas navy sgleiniog â smotiau gwyn. Dw i'n stryglo i benderfynu pa un dw i am ffwcio (eenie-meenie-minie-mo) pan fo'r Madame yn dechrau siarad â ni mor ddideimlad â checkout assistant yn Tesco's sy'n dod i ddiwedd shifft ddeuddeg awr.

"Ok, these are the rules. The cost is eighty pounds for an hour in the company of one of these ladies. This eighty pounds includes anything you desire as long as your hostess agrees to it. Anal, watersports, strap-on action, humiliation, electrocockolisis. Heather in room two's even got a hamster, but they're both busy at the moment. Within the hour you can fuck as many times as you want stroke can…'

"That's great news for Luc, he'll have ten shags in that time!" Hilarious, Whitey. Les fucking Dennis! Ond, diolch byth fod y Madame mor finiog ag y mae hi'n brofiadol.

"And how many could you manage, luv? One if you're lucky, I'd say." Gwych, fuckin deadly! "Now, I need your credit or debit cards. Company policy, all above board. As I'm sure you can appreciate, we sometimes have a little bother from our clients when things don't go, how can I say, when things don't go according to plan. As I said, we charge you by the hour, your cards will be returned after you've finished doing whatever you came here to do. If you stay for sixty-one minutes you *will* be charged the full rate on the second hour, ok?'

Gyda'r alcohol yn drysu ei geiriau mae'r ddau ohonon ni'n nodio fel moshers mewn gig Megadeth ac yn pasio'n cardiau iddi.

O'n blaenau mae'r merched yn loetran; Nadja, o ryw weriniaeth Baltig anynganadwy. Mae hi'n anhygoel o bert ac yn meddu ar ddeg gair o Saesneg (fuck, eighty pounds, no up the arse, big boy, yes); a Leanne, Caaaaaadiff slag sy'n hen ben (geddit?) ar ysgwyddau ifanc sy'n methu stopio siarad (er dw i'n gwybod am un ffordd sicr o'i hatal).

Er cyflwr sigledig Whitey, mae e'n dal yn berchen ar adwaith cynt na fi ac mae'n gafael yn Nadja cyn i chi allu dweud Uzbekistan. Bastard. Wrth iddi ei arwain i'w hystafell breifat yng nghefn yr adeilad am awr o fochyndra – Eastern Block style – dw i'n cael fy mwydro gan Leanne. Nid 'mod i'n gwrando ar ei geiriau ond mae ei sŵn hi'n ddigon i wneud i fi redeg am y drws. Mae ei ffrâm fach a'i cholur trwm yn addo noson o anal action, ond yr unig beth alla i feddwl amdano yw cau ei cheg hi…

Mae hi'n cymryd fy llaw chwyslyd ac yn fy arwain mewn tawelwch (o'r diwedd) tuag at y twlc. Mae'r adrenalin yn dechrau pwmpio unwaith eto, yn fwy grymus y tro hwn, a'r pwysau o berfformio yn dechrau sibrwd yn fy nghlust gan f'atgoffa bod rhaid cael gwerth fy arian. 'Sdim ots saethu'n gynnar yng nghwmnïaeth rhyw ferch ddienw sy'n derbyn min eich cyllell boced wedi bwcedaid o Hooch, ond mae'n wahanol pan chi'n talu £80 up-front, yn ogystal â'r llog ar y Visa.

Gyda phwysau'r isymwybod yn amharu a hefyd effeithiau'r alcohol dw i'n dechrau sobri (ychydig) ac yn cachu pants wrth gyrraedd yr ystafell gnychu sy'n drewi o Fabreeze (a hooker's best friend) a choesau lled. Dw i'n eistedd mewn cadair ledr ac yn edrych o gwmpas yr ystafell. Fuck! Mae'n gwawrio arnaf fod y brothel yma'n well na fy fflat i. Dw i yn y proffesiwn anghywir!

Mae Leanne yn sefyll yn awdurdodol o 'mlaen i yn gwisgo ei gŵn-nos. Yn yr ystafell hon, *hi* yw'r madame.

"Luke. Ir is Luke innit?" Nodiaf fy mhen yn fud. "Luke, it's your lucky ni'ht. You might think your mate's gonna have a hell of a time with the mute next door but I guarantees you it won't be in the same universe, never mind league, as what's on offer in 'ere. To put it another way, it's a fuck-me free-for-all. You can do whatever you want to me, and I means *whatever*. I knows you're pissed and that's ok cos I knows I'm not the prettiest woman on the premises, but what I lacks in looks I makes up for in dirt. When we're done in 'ere they'll need a JCB to clean up the filth." Mae fy ngên yn glep ar y llawr ond dw i'n gorfoleddu ar y tu fewn.

Gyda fy nghalon yn carlamu i lawr yr home straight, dw i'n methu ag aros i ddechrau ar y gnychŵyl sydd ar fy mhlât yn gyflawn â BBQ sauce hot & spicy. Bant â fy nillad mewn eiliad, ond siom sy'n fy nghroesawu.

Efallai bod fy nghalon ar yr home straight, ond mae fy nghoc yn dal yn y stalls. A dweud y gwir, mae hi mor ddifywyd fel ei bod hi'n edrych fel petai rhywun wedi ei saethu'n farw. Eisteddaf yn orchfygedig ar y gadair gan rythu'n grac ar fy nyfais ddifywyd.

"Luke," medd Leanne mewn ffordd sy'n cadarnhau ei bod hi wedi gweld ac wedi delio â'r fath sefyllfa ar nifer o adegau. "Just relax. All it needs is a little mouth-to-mouth resuscitation. Let me be your nurse." Sôn am broffesiynoldeb!

"Who am I then, Nurse?" gofynnaf yn goeglyd.

"Doctor Dick." Ac i ffwrdd a'r ŵn-nos a dangos corff siapus noethlymun sy'n gyflym gwrcydio o 'mlaen, â'i choesau'n agored a'i bys canol yn chwarae'r clit fel bwa ar linynnau soddgrwth. Mae hyd yn oed awgrym o'r fath sefyllfa fel arfer yn gwneud i fy nghledd galedu. Ond heno – fuck all.

Wedi pum munud o sugno-wankio-sugno-wankio heb hint o lwyddiant, a fi'n treial pob tric i galedu (wel, dw i'n tynhau crothau fy nghoesau nes bod cramp yn gafael) mae Leanne yn edrych lan arnaf gan gwyno am lock-jaw ("it goes with the job," mae hi'n adio'n anystyriol heb dras o goegni).

Mae hi'n codi'n boenus â chlic ei phenliniau'n atseinio'n aflafar oddi ar yr anaglypta, ac yn cerdded yn araf at y stereo sydd yng nghornel bella'r ystafell. Trwy lygaid niwlog a'r golau isel dw i'n gwerthfawrogi ei chorff, ond heb unrhyw effaith o bwys i'r de o 'motwm bol.

Ymlaen â'r gerddoriaeth – Sade for fuckssakes! Beth mae hi'n ceisio 'wneud, f'atgoffa o Mam? – a nôl â hi at y meicroffon llipa. Wedi cwpwl o funudau diffrwyth ar y cockioci mae hi'n codi ac yn dawnsio o 'mlaen i megis polwraig broffesiynol. Dw i'n dechrau ei cholli hi o dan y straen, y siom a'r rhwystredigaeth. 'Na gyd dw i moyn yw marchogaeth y gaseg ma – y dead cert – a dw i'n methu â chredu bod fy Frankfurter i wedi dewis yr awr yma i benderfynu terfynu ei gytundeb.

Wedi rhwbio ei chrotch o flaen fy wyneb a chymryd fy llaw a mewnbynnu fy mysedd yn ddwfn rhwng ei llenni gwlyb, mae hi'n camu ar ei phedwar ar y gwely ac yn codi ei thin tua'r nenfwd. Gan edrych i fy llygaid dros ei hysgwydd mae hi'n llyfu ei bys canol ac yn hollti ei chedorau gan fwmian yn dawel mewn undod â'r dôn gefndirol. Wrth iddi wancio'n rhythmig i gyfeiliant 'Your love is King' ('your love is nonexistent' more like) nid yw hi'n tynnu ei llygaid oddi arnaf. Mae hi'n rhythu â'i llygaid gleision, yn annog, yn mynnu codiad. Ond, dim yw dim.

Nôl â hi ar ei gliniau o 'mlaen gan gymryd y llysywen lipa yn ei cheg unwaith eto. Ar ôl cyfnod arall o sugno aflwyddiannus mae hi'n codi gan ddweud, "Do' worry, I knows one more thing that might jus' wurk."

Erbyn hyn 'na i dreial unrhyw beth i atgyfodi'r diawl bach so dw i ddim yn meddwl ddwywaith pan mae hi'n fy ngorchymyn i benlinio ar y llawr a gwynebu'r gwely gyda 'mhenolws yn agored i'r awyr.

Dw i'n siŵr na wnewch chi 'nghredu i, ond doeddwn i wir ddim yn gwybod beth oedd ar y fwydlen. Beiwch yr alcohol, yr anobaith; does dim ots. Heb rybudd, a heb iriad o unrhyw fath yn ôl y boen, lan fy nhin aeth ei bys canol, sovereign knuckle duster et al. Sgrechiais fel banshee a sobri'n syth.

Allan o'r blocs fel Billy Whizz gan gyrraedd y bog mewn record byd. Er yr hast dw i dal ddim mewn pryd i sicrhau bod cynnwys fy nghylla'n bwrw'r badell.

Gyda'r bustl yn gwasgaru dros lawr a wal y bathrwm, yn ogystal â'r badell, mae awydd i ddysgu gwers i'r butain yn darostwng drostaf. Dw i am sgwaru ei thrwyn dros ei hwyneb a'i dyrnu… a'i dyrnu… a'i dyr… mae'r teimlad yn pasio cyn i fi gael cyfle i symud. Teimlaf gywilydd wrth i fi gofio pa mor gymwynasgar oedd hi.

Dw i'n codi'n sigledig ac yn troi i'w gwynebu trwy lygaid sobor am y tro cyntaf. Sylwaf fod Leanne mor arw â Bulldog y Tyllgoed: mae 'na varicose veins yn peintio labyrinth glas ar ei choesau gwyn gan fy atgoffa o Stilton drewllyd. Yn eironig, mae'r ferch, fel y glasgaws, yn blasu'n well wedi dwy botel o Shiraz. Dw i'n gwisgo fy nillad mor gyflym a gwnes i eu tynnu a'i gadael hi'n ail wisgo ei gŵn-nos wrth sugno ar rywbeth cadarnach na gsydd gen i i'w gynnig: sigarét.

"That was quick. Your mate was right, then!" yw ymateb y Madame pan dw i'n cyrraedd y saloon.

Dw i'n arwyddo'r slip a chydio yn fy ngharden cyn bolltio am y drws, am awyr iach ac am adref. Cerddaf yn igam-ogam i lawr City Road gan ystyried fy mhroblem newydd; wedi gorwedd yn nistawrwydd unig fy nghartref dw i'n cwympo i gwsg anghyfforddus wrth i fi groesawu ellyll arall at gasgliad niferus fy isymwybod.

Gyda golau cynta'r bore'n treiddio trwy grac tenau llenni ystafell Nadja, roedd corff dynol noethlymun yn troi a throsi i gyfeiliant colomennod boliog yr ardal a'r dynion sbwriel, wrth iddynt wagio City Road o'i budreddi pydredig. Yn araf ac yn boenus agorodd llygaid Whitey gan gofleidio'r dydd fel rhywun yn croesawu'i fam-yng-nghyfraith am fis o visit. Cyn iddo gydnabod bod diwrnod arall wedi gwawrio trwy dawch ei hangover, rholiodd sigarét ac edrych mewn penbleth o amgylch yr ystafell.

Cynnodd y Cutter's Choice, a gyda'r mwg yn chwyrlïo tua'r nenfwd roedd golwg bryderus yn gwawrio ar ei wyneb, cyn newid yn banig afreolus. Gydag atgofion cymylog neithiwr yn llifo'n ôl i'w ymwybyddiaeth edrychodd Whitey i gyfeiriad y cloc digidol.

06:45

"Fuckshitomygodjesusfuckinchristdwi'nfuckedfuckfuckfu ckfuckfuckfuckFUUUUUUUUUUUUUUUUUUUUUUUUUU UUUUUUUUUUUUUUUUUCK!"

Wrth iddo adrodd yr haiku las ma o dan ei anadl gwisgodd ei ddillad mor chwim â chariad cudd wrth glywed allwedd yn y drws lawr stâr. Camodd o'r ystafell wely a cherdd-ed yn ansicr tua'r saloon. Wrth gyrraedd canolfan busnes yr hwrdy safodd yn yr unfan wrth iddo weld dau gorff benywaidd yn cysgu ar y soffas lledr. Nadja ar un a'r Madame, yn chwyrnu fel pitbull, ar y llall.

Yn araf bach, ar flaenau ei draed, anelodd Whitey am ddesg/til/checkout y tŷ. Dau beth oedd ar ei feddwl: bachu ei gerdyn a rhedeg. Gyda Whitey'n ymestyn dros ben y ddesg/til/checkout yn edrych am ei gyfaill hyblyg agorodd llygaid craff y Madame i weld y cwsmer heger yn ceisio dianc heb dalu.

Cheeky little bastard! meddyliodd, cyn codi ar ei heistedd yn araf a thynnu cerdyn Whitey o boced ei chardigan felfed.

"Are you looking for this?"

Wrth glywed ei llais bu pen Whitey bron â bwrw'r to a throdd yn araf i wynebu ei holl hunllefau.

Camodd y Madame at y ddesg gan gynnu Superking cynta'r diwrnod. Wrth estyn cyfrifiannell o'r drôr, pesychodd mor dreisgar nes bod Nadja'n dihuno o'i thrwmgwsg a syllu ar Whitey drwy lygaid cysglyd. Wedi i'r pesychu beidio tynnodd y Madame yn hir ar ei sigarét cyn dweud:

"We'll just settle the bill before you leave, shall we, sir?" Chwythodd lond ysgyfaint o fwg i wyneb Whitey wrth iddi ei herio gyda'i chwrteisi annidwyll.

"Right, you arrived at midnight...' dwedodd wrth iddi ymgynghori â'i horiawr cyn cario 'mlaen.

"... and it's now six fifty-one a.m. Your seventh hour. Seven times eighty pounds gives us a grand total of five hundred and sixty pounds. I hope you got your money's worth."

Gyda'i gylla'n chwyrlïo fel peiriant golchi ar fast-spin, a'i ben tost yn gwaethygu wrth glywed y cyfanswm, gwaeddodd Whitey ar y Madame mewn anobaith.

"Fuck off. I fell asleep. I didn't even have one shag!" Trodd yn sydyn at Nadja a gofyn. "Did we?"

Ateb Nadja yw, "No."

"Just checking. Look, I know I occupied the room but I didn't occupy the lady. She was still free to fuck allcomers.'

"I know what you did and you have my sympathy... "

"No I don't! You're going to charge me five hundred and sixty pounds for nothing!"

"Rules are rules."

Ar y gair hyrddiodd Whitey ei hun i gyfeiriad y Madame yn y gobaith o gipio'r garden o'i gafael. Gyda'i freichiau wedi'u plethu o'i hamgylch sgrechiodd Nadja yn ei chyflwr bregus mewn ymateb i wallgofrwydd Whitey.

Allan o ystafell Heather a'r hamster daeth cawr cyhyrog yn gwisgo dim ond lederhosen masocistaidd, a chreithiau gwaedlyd ar ei gefn. Gafaelodd y gŵr yn ddiymdrech yn Whitey a'i daro i'r llawr cyn dechrau ei gicio. Gyda Whitey'n sgrechian fel putain Faltig, Nadja'n sgrechian fel cantores operatig, a'r peiriant credydu'n whirran mewn hapusrwydd wrth dderbyn taliad Whitey, roedd y saloon fel darlun o hwrdy yn y Gorllewin Gwyllt. Allan o'r anhrefn daeth bloedd y Madame:

"ENOUGH!" A bu tawelwch.

Cerddodd draw at Whitey, oedd nawr yn bentwr o broblemau yn y gornel, a gosod ei gerdyn yn ei frest-boced gan ddweud:

"Thank you for your custom. If you ever come back, I'll have you killed."

A gyda hynny cafodd Whitey ei lusgo wrth ei war at y drws gan Goliath. Agorodd y drws ac allan â Whitey gan gwympo i mewn i'r wal gyferbyn. Llithrodd i'r llawr yn llipa a chaeodd y drws yn glep. Cododd ei ben a gweiddi:

"I'm going to tell the pigs, you fucking whores!"

Ar y gair, agorodd yr agorfa gudd i ddatgelu bathodyn South Wales Constabulary. Taranodd llais Goliath o'r tu fewn:

"We already know you, you little prick. Now take your card, take your small todger, take your pathetic little threats and FUCK OFF!"

Brwsiodd Whitey y baw wrth godi a'i throi hi am City Road i ymuno unwaith eto â'r byd a'i bethau. O fewn degllath deialodd rhif ar ei Vodafone.

BRRRR-BRRR!!

Fucking bastard! Os nad yw'r larwm yn fy nihuno, mae'r bastard ffôn yn canu! Am groeso ben bore – pen anferth, impotence a bring bring fucking bring.

BRRRR-BRRR!!

"Whitey ya bastard, be ti moyn?"

Wedi iddo adrodd ei helynt mewn manylder lliwgar mae 'mhroblemau i'n ysgafnhau rhyw fymryn. Mae e'n ffarwelio yng nghanol araith hir am 'petrol bombs, whores a credit rating' a dw i'n chwerthin yn uchel ac afreolus am ben fy ffrind.

Dw i'n teimlo'n dda o ystyried helyntion ddoe ac yn penderfynu cael wank – breakfast of champions – yn bennaf er mwyn gwaredu atgofion llym neithiwr yn y ffordd orau bosib, sef ennyn stiffy.

Dw i'n codi'r fatras ac yn pigo'r ffefryn o fy nghasgliad eang – cylchgrawn 'arbenigol' o'r Iseldiroedd. Dw i'n pwyso ar fy mhenelin chwith ac yn tyner lawio fy mhidyn fel dw i wedi gwneud filwaith o'r blaen (conservative estimate). Ond mae'r brwdfrydedd yn gyflym droi'n anghrediniaeth wrth i fy ffrind ffyddlon ballu dod allan i chwarae. Wedi cryn amser yn ceisio'i berswadio i godi'i ben mae'r ffôn yn canu eto. Market research – FUCK OFF!

Sdim gobaith ailgydio wedi'r alwad ac anyway, dw i'n sort of disgwyl ffaelu nawr. Gorweddaf yn y gwely yn nyfnderoedd fy hunandosturi yn ceisio ateb ambell un o'r cwestiynau sy'n llusgo'n araf trwy fy ymennydd.

Dw i'n arnofio'n dawel ar gefnfor tywyll fy isymwybod ac yn ffeindio fy hun yn glwm wrth gadair mewn ystafell dywyll. O nunlle, mae gwely'n ymddangos â chyrff noeth – dyn a menyw – yn ymgodymu'n rymus arno. Yn araf bach mae wynebau'r cyrff yn cymryd ffurf adnabyddus a chyn i fi allu cau fy llygaid dw i'n edrych ar sesiwn XXX rhwng Cariad ac Emlyn.

Mae Emlyn yn edrych i mewn i'm llygaid â gwên wybodus ar ei wep, fel petai wedi gweld fy mherfformiad yn L'hotel. Mae'n tynnu Cariad oddi ar ei gig yn araf i ddatgelu'r rhesymeg y tu ôl i'r wên; prenllawn pymtheg modfedd. Mae Cariad yn ailosod ei hun yn araf ar ei ddynoliaeth gan fewian yn werthfawrogol ac wedyn yn ei farchogaeth megis Pigott ar Party Politics. Mae Cariad yn troi ei phen ac yn edrych arnaf am y tro cyntaf gan godi ei bys canol yn fygythiol. Cyn i fi adael Uffern f'ymennydd mae Cariad yn gofyn:

"Ble ti moyn hwn, Luc – unrhyw le'n arbennig?"

Gyda'r geiriau a'r delweddau'n ffresh yn fy meddwl, dw i'n ailgroesawu'r diwrnod ac yn codi ar unwaith cyn i fy isymwybod gael cyfle i ailafael ynof.

I am gross and perverted
I'm obsessed 'n deranged
I have existed for years
But very little has changed
I'm the tool of the government
And industry too
For I am destined to rule
And regulate you
I may be vile and pernicious
But you can't look away
I make you think I'm delicious
With the stuff that I say
I'm the best you can get
Have you guessed me yet?
I'm the slime oozin' out from your TV set.

Frank Zappa

Gyda'r gaeaf yn cau amdano a'r boreau'n hybu iselder ym mhoblogaeth y ddinas, camodd Emlyn i'w T(wa)T gyda hop a sgip. Roedd e wedi ffwcio Cariad tua hanner awr yn gynharach; y dechrau gorau y gall unrhyw un ei gael i ddiwrnod ac yn 'well na fucking cornflakes' yn ôl Euros, ei frawd.

Roedd Emlyn, heb os, yn cytuno gyda fe ar y pwynt yna. Ond nid y ffaith ei fod wedi bwcho cyn brecwast oedd unig gatalydd y positifrwydd roedd e'n ei deimlo ac yn ei daflunio'r bore hwn. Roedd yn rhaid iddo gael agwedd gadarnhaol heddiw gan ei fod ar ei ffordd i HQ ein sianel genedlaethol i werthu syniad am gyfres newydd i'r comisiynwyr.

Yn ei Sunday Best, a'i sgidiau'n sgleinio, sglefriodd y car tuag at swbwrbia ac Emlyn yn siarad ar ei ffôn yn trefnu diwrnodau pobl eraill cyn i'w ddiwrnod e ddechrau. Trefnodd fore ei gynorthwyydd personol, ac wedi iddo orffen gwnaeth nodyn meddyliol i roi'r sac iddi. Hi, wedi'r cyfan, ddylsai drefnu ei ddyddiau e! Siaradodd gyda Kenco yn Cadno i gadarnhau y byddai yno tua deuddeg cyn siarad â'i ladies, Mam a Cariad.

Atgoffodd Cariad fe o'i haddewid pe basai'n cynnig swydd i Luc, a chadarnhaodd Emlyn y basai'n gwneud hynny tasai ei gyfres newydd yn cael ei chomisiynu. Wrth i Cariad fynegi ei gwerthfawrogiad gydag ambell addewid anhygoel ychwanegol, esblygodd trowsus siwt Emlyn yn brism crychlyd anghyfforddus yng nghrombil y car. I waredu'r anghyfforddusrwydd, galwodd Emlyn ei fam. 'Contraceptive gorau'r byd' yn ôl ei frawd. Unwaith eto, roedd yn rhaid i Emlyn gytuno.

Wedi sgwrs fer am ei chynlluniau, a gyda'r codiad wedi dadchwyddo, cyrhaeddodd Emlyn y parc diwydiannol amhersonol a digymeriad sy'n gartref i'r ganolfan ddarlledu. Meddyliai Emlyn pa mor salw yr edrychiff y byd mewn can mlynedd gyda'r holl bensaernïaeth rhad a'r adeiladau rhatach. Parciodd y T(wa)T cyn cerdded yn hyderus, fel dylsai exec ifanc wneud, tua'r dderbynfa.

Roedd Emlyn yn gynnar. Roedd e'n gwybod mor bwysig yw argraffiadau cyntaf a hefyd yn gwybod pa mor amhroffesiynol yw bod yn hwyr i gyfweliad. Wedi arwyddo'r gofrestr ymwelwyr am 08:57, eisteddodd ar soffa gyfforddus o flaen sgrîn deledu anferthol.

Wrth i'r staff lifo drwy'r drysau, gwelodd Emlyn ambell wyneb cyfarwydd yn cerdded heibio, ond neb yn ddigon pwysig i sgwrsio â nhw, na neb oedd yn mynd i darfu ar ei gynllunio a'i ganolbwyntio'r bore ma.

Erbyn i Heddwen Macintosh, Rheolwraig Adran Rhaglenni Plant y cwmni, ddod i'w gyfarfod, roedd hi'n 09:10. Roedd hi'n hwyr ac nid oedd Emlyn yn hapus. Arweiniodd Heddwen y ffordd trwy'r coridorau llachar, heibio i swyddfeydd oedd yn ei atgoffa o lociau gwartheg yn y Royal Welsh, i swyddfa fawreddog Hopcyn Dafis, Prif Gomisiynydd y cwmni, ar y llawr cyntaf.

Sgwrsiai Heddwen yr holl ffordd drwy droi ei phen dros ei hysgwydd wrth gerdded o flaen Emlyn. Oherwydd hyn, ni sylwodd fod Emlyn yn gwerthfawrogi ei thin siapus yn ei throwsus lledr. Roedd Emlyn yn siŵr bod ei phen-ôl yn bwnc llosg yn yr adeilad yma – there's always one.

Roedd hunanbwysigrwydd yn cystadlu gyda chyfforddus-rwydd am ddrewdod amlycaf ystafell Hopcyn Dafis. Hunanbwysigrwydd oedd yn ennill y bore ma. Eisteddai Hopcyn wrth ei ddesg gan estyn llaw lipa i Emlyn ei hysgwyd. Ni chododd i'w gyfarfod. Trodd Emlyn at Steffan Grey, y Comisiynydd Rhaglenni Plant, gan estyn ei law ato'n frwdfrydig.

"Steffan, sut wyt ti?"

"Good diolch. A ti?"

"Grêt," a gyda'r positifrwydd yn byrlymu, roedd Emlyn ar dân i ddechrau'r pitch.

"Cym' sêt," dwedodd Heddwen gan ei dywys at gadair ledr oedd yn wynebu'r pwyllgor.

Aeth Heddwen at y troli arlwyol gan arllwys coffi i Hopcyn. Sylwodd Emlyn fod y ddau ddyn yn syllu ar ei thin bron yn anymwybodol. Daliodd Steffan lygaid Emlyn gan wincio'n slei arno ac yn reddfol ymunodd Emlyn â'r ddefod wedi iddi roi'r coffi i Hopcyn a chynnig un i Emlyn a Steffan yn eu tro.

Cyn dechrau ar ei gyflwyniad, edrychodd Emlyn ar y pwyllgor i geisio dyfalu at bwy y dylsai daflunio ei araith. Roedd hi'n gystadleuaeth amlwg rhwng y ddau ddyn. Tu ôl i'w ddesg roedd Hopcyn yn eistedd yn ei siwt frethyn a'i dei Cardiff RFC. Roedd ei hunanhyder yn amlwg ac roedd yn meddu ar flynyddoedd o brofiad yn cyf-weld pobl fel Emlyn. Wedi'r cyfan, roedd e'n un o arloeswyr y sianel.

Gyda hanner ei gorff yn golledig o dan y ddesg, daeth delwedd i feddwl Emlyn – Lassard, podium a Police Academy. Cadwodd Emlyn y llun yn ei feddwl trwy gydol y cyfweliad fel rhyw fath o amddiffyniad yn erbyn agwedd ddychanol a hunan-wybodus y comisiynydd.

I'r chwith iddo eisteddai Steffan, gŵr ifanc oedd wedi cyrraedd ei safle oherwydd cysylltiadau yn hytrach na thalent, chwant neu uchelgais. Yn ei siwt Armani, tei Burberry a'i esgidiau Lacoste, profodd Emlyn deimlad estron: cenfigen.

"Beth sy 'da ti i ni?" yw'r cwestiwn sy'n ysgwyd Emlyn allan o'i swyngwsg. Wedi eiliad o saib, dechreuodd.

"Wel, yn gyntaf hoffwn eich sicrhau chi na fydda i'n eich cadw chi'n hir. Mae'r hyn sydd 'da fi i'w gyflwyno mor anghredadwy o syml dw i'n sicr y byddwch chi'n ei chomisiynu. Sa i eisiau swnio'n ddigywilydd, ond dw i wedi cynhyrchu dau brosiect i chi'n barod ac ma hwn yn well o bell ffordd."

Allan o'i fag estynnodd Emlyn dri ffoto sgleiniog a'u rhoi i aelodau'r pwyllgor cyn parhau.

"Dyma Marcel, Snez a Stifyn, aelodau'r grŵp

pop Fflach!. Falle'ch bod chi'n adnabod Marcel; fe chwaraeodd ran Jacob, mab y ficer, yn *Pobol y Cwm* y llynedd. Ar y foment maen nhw yn y stiwdio, yn fy stiwdio i, yn recordio eu cryno-ddisg cyntaf. Maen nhw'n mynd i fod yn enfawr yng Nghymru gan eu bod nhw'n apelio at bawb. Plant, pobl ifanc yn eu harddegau, hyd yn oed oedolion."

"Teledu yw ein cyfrwng ni, Emlyn!" yw ymateb Hopcyn i'r hyn y mae e wedi ei glywed hyd yn hyn.

"Mr Dafis. Hopcyn. Dw i eisiau cyflwyno Tŷ Trybini. Rhaglen sy'n gyfuniad o *The Fun House* a *SClub7*. Cystadlaethau yn y tŷ gyda phlant ysgol o bob cwr o Gymru a chaneuon byw y bechgyn. Set lachar, lot o sŵn, lot o symud, cyffro, cyffro a mwy o gyffro." Difarodd Emlyn yngan 'cyffro' dair gwaith ond roedd hi'n rhy hwyr erbyn hyn, roedd e ar dân.

"Dw i eisiau i sengl gynta'r grŵp gael ei hyrwyddo a'i rhyddhau'n gydamserol â dechrau'r gyfres. Dw i am greu ffenomen, bwrlwm... cyffro."

Shit!

"Bydd y ddau ddigwyddiad yn meddwl bod proffil y rhaglen a phroffil y band yn anferth cyn bod unrhyw un wedi gweld y rhaglen na phrynu'r CD. Sefyllfa anhygoel i bawb sy'n gysylltiedig â'r cynhyrchiad. Mae gen i gopi o'r sengl gyntaf os hoffech chi ei chlywed."

Rhoddodd Emlyn y CD i Heddwen er mwyn iddi ei gosod yn y stereo cyfagos. Unwaith eto, syllai'r dynion i'w chyfeiriad wrth iddi blygu i gwblhau ei thasg. Doedd dim byd unigryw na gwreiddiol yn y gerddoriaeth; yn hytrach, pop didramgwydd ydoedd a fyddai'n apelio at blant ifanc a merched yn eu harddegau, yn ogystal â'u mamau. Perffaith. Roedd lleisiau'r bechgyn yn angylaidd dan effeithiau arbennig a vocoders, a Hopcyn yn amlwg yn mwynhau'r hyn roedd e'n ei glywed.

Gorffennodd y gân a chlapiodd yr hen ddyn. Dim yr ymateb roedd Emlyn yn ei ddisgwyl… ond rhaid cymryd yr hyn a roddir i chi yn y busnes ma.

"Diolch, Mr Dafis. Hopcyn. Cyn i fi fynd a'ch gadael, hoffen i ddweud 'mod i'n credu bod potensial yn y rhaglen ma i gystadlu â rhaglenni'r rhwydweithiau Seisnig. Dw i wir yn credu bod cyfle gyda ni i hyrwyddo'r rhaglen yn gywir trwy dargedu ysgolion a llwyddo lle nad oes unrhyw raglen arall wedi llwyddo yn y gorffennol. Diolch. Dyma fy ngharden."

Ar y gair cododd Emlyn ar ei draed gan roi carden yr un i'r panel. Ysgydwodd law gyda'r tri a chamu o'r ystafell a'u gadael i'w penderfyniad.

Wedi i Emlyn adael, trafododd y triawd ei syniad gyda holl frwdfrydedd grŵp o blant yn trafod gwyddor tŷ. Defnyddiaf y gair 'trafod' yn llac iawn fan hyn gan fod y 'drafodaeth' mor unochrog ac annheg nes ei bod hi'n anhygoel nad yw Heddwen Macintosh yn cymryd y ddeuddyn i'r cwrt am gross misconduct on sexual grounds.

Gyda holl ffieidd-dra praidd o udfilod yn cweryla dros laddfa, bygylodd a bychanodd y dynion Heddwen pan feiddiodd hi feirniadu syniad Emlyn oherwydd ei ddiffyg dychymyg a gwreiddioldeb – roedd Heddwen yn sicr ei bod hi 'di clywed y gân yn rhywle o'r blaen. Cafodd ei hanwybyddu'n llwyr a phenderfynwyd yn y fan a'r lle bod Fflach! a'r Tŷ Trybini'n mynd i gael eu datblygu, eu cynhyrchu a'u hyrwyddo'n helaeth gan ddod â chryn lwyddiant i'r sianel a'r cynhyrchydd ifanc, heb ystyried barn y rheolwraig.

Ymlaciodd Emlyn yng nghadair ledr foethus ei swyddfa yn darllen y *Telegraph* gyda'i draed ar y ddesg pan ganodd ei ffôn symudol ei thôn boenydiol, 'Knowing Me Knowing You' gan Abba. Enghraifft arall o'i chwaeth gerddorol uffernol yn hytrach na gwerthfawrogiad o gomedi Alan Partridge. Atebodd ar y 'there is nothing we can do' cyntaf.

"Emlyn Jones."

"Emlyn, Hopcyn Dafis. Newyddion da."

Symudodd Emlyn ei draed oddi ar y ddesg a chydio mewn beiro er mwyn nodi'r manylion.

"Roeddwn i… roedden ni'n tri…" rhaffodd Hopcyn "… yn hoff iawn o dy syniad. Ni'n cytuno fod potensial enfawr i'r rhaglen lwyddo lle nad 'yn ni wedi llwyddo o'r blaen. Hoffwn i ti ddatblygu'r syniad a chyflwyno dy gynllun i ni ddydd Gwener, os yw hynny'n gyfleus i ti?"

Agorodd Emlyn ddrôr uchaf ei ddesg – drôr y prosiectau newydd – ac estyn ffeil drwchus gyda'r gair Fflach! wedi ei ysgrifennu ar y clawr.

"Dydd Gwener, ddylsai hynny ddim fod yn broblem."

Daeth Emlyn yn ymwybodol yn ystod y sgwrs fod rywbeth cyfarwydd yn chwarae'n isel yn y cefndir. Wrth ffarwelio â'r hen ddyn, sylweddolodd Emlyn fod Hopcyn Dafis, gŵr traddodiadol, asgell dde, yn agosáu at ei chwe deg, yn gwrando ar gân gachlyd ei boy band.

Roedd Emlyn, yn amlwg, wedi tanbrisio apêl Fflach!

Dreaming men are haunted men.

Stephen Vincent Binet

Wedi gwastraffu rhan helaeth o ddiwrnod ola fy 'mhenwythnos' yn poeni am ddiffyg caledwch fy nynoliaeth, gan adael i holl dywyllwch fy meddyliau ostwng drosof fel y Zulus ar y Fyddin yn Rourk's Drift, dw i'n cofio bod heddiw'n ddiwrnod arbennig: pen-blwydd Dad. Rhaid codi o'r soffa a gadael Petrocelli'n brwydro'n ofer am sylw gwylwyr teledu'r prynhawn, a theithio'n ddigalon am yr Eglwys Newydd.

Ar y sêt wrth fy ochr mae ei anrheg. Gan fod fy nhad yn fythol fud yn ei gatatonia, yn ogystal â bod yn ddigyffro a heb ddiddordeb mewn dim, mae hi'n gamp anferthol gwybod beth i'w brynu iddo. Mae'n benbleth flynyddol. Yn y gorffennol dw i 'di prynu llyfr iddo er nad yw e'n darllen, slippers er ei fod e'n dal i wisgo'r un rhai ers pymtheg mlynedd, a walkman er nad yw e byth yn gwrando ar gerddoriaeth. Ond dros y blynyddoedd dw i 'di gwneud ymdrech i brynu rhywbeth nad oes rhaid iddo fe ei ddefnyddio er mwyn cael mwynhad ohono.

Y peth gorau galla i feddwl amdano yw'r lava lamp brynais iddo ddwy flynedd yn ôl – ma hi 'mlaen drwy'r dydd yn ei stafell. Sa i'n siŵr ai'r nyrsys sy'n gofalu amdani, ac a dweud y gwir, sa i eisiau gwybod. Gwell 'da fi feddwl mai Dad sy'n ei thanio'n ddefodol bob bore er mwyn mwynhau anrheg ei annwyl fab.

Eleni dw i 'di dod â rhywbeth gwreiddiol iawn iddo fe. Sylwch mai 'dod' ddwedais i, nid 'prynu'. Ar fy mhen-blwydd i, prynodd Cariad dreamcatcher i fi. Nid fy mod i'n hippy, far from it, ond mae Cariad, fel pob merch dw i'n nabod, yn fwy ysbrydol na ni'r dynion. Pan roddodd hi fe i fi, dwedodd y byddai'n dal fy mreuddwydion ac yn eu gwireddu.

Nawr, sa i'n gwybod ai dyna yw ei wir bwrpas, ond y peth dwetha dw i eisiau yw i fy mreuddwydion ddod yn wir. Uffern ar y ddaear fyddai gwireddu tywyllwch fy isymwybod. Y rheswm dw i'n yfed cymaint yw er mwyn gwaredu'r breuddwydion o 'mywyd. Wel, o leiaf er mwyn i fi allu esgus nad ydyn nhw'n bodoli. Ni roddais i'r dreamcatcher lan yn fy stafell ac mae e 'di gorwedd yn ei fag bach o bapur hemp yn f'ystafell fyw tan heddiw.

Er nad oedd e'n anrheg da i fi, mae'n anrheg perffaith i'r hen ddyn. Sa i'n disgwyl gair o ddiolch oddi wrtho ond dw i bron yn siŵr y bydd e, a'i gyfeillion lu yn John Swan Land, yn gwerthfawrogi'r breuddwyd bysgotwr, filwaith yn fwy na fi. Hoffwn gredu, a dw i 'di credu hyn ers iddo fe 'ngadael i'r holl flynyddoedd 'na'n ôl, fod ei freuddwydion e'n werth eu dal. Rhaid eu bod nhw'n well na'i realaeth…

Dw i'n cyrraedd Coryton a pharcio'r car ar gerrig mân y maes parcio, sy'n crenshan o dan yr olwynion, tu ôl i'r cartref sy'n sefyll gyferbyn ag Ysbyty'r Eglwys Newydd. Bu Dad yn denant ym mhrif adeilad yr ysbyty am fisoedd cyntaf ei salwch. Ond ar ôl i'r cyffuriau, y trydan a'r trafod fethu, a phan ddaeth hi'n amlwg nad oedd e am ddychwelyd i'r byd go iawn, cafodd ei symud dros y ffordd i un o gartrefi dinod yr ymddiriedolaeth iechyd.

Mae 'na gartrefi tebyg dros y wlad i gyd ar gyfer gorlif yr ysbytai meddwl, gan fod yr awdurdodau eisiau symud yr enghreifftiau gwaethaf o'r golwg. So nhw eisiau cipio'r gobaith oddi ar deuluoedd y day-trippers a chleifion tymor byr yr ysbytai. Ar ôl i'r triniaethau ffaelu, dim ond un peth sydd i'w wneud: eu cloi nhw o'r neilltu, ymhell oddi wrth y brif ffrwd.

Carcharorion y meddwl ydyn nhw i ddechrau ond, ar ôl cyfnod, maen nhw'n bodoli fel carcharorion cyffredin. O dan glo, heb obaith dianc. O'n i'n arfer bod yn grac am i Dad gael ei drin fel hyn, ond nawr sa i'n gweld beth arall gall unrhyw un 'neud…

Cerddaf at fynedfa'r adeilad llwydwyrdd, dri llawr. Mae angen eillio'r mwswm oddi ar y waliau a brwsio dannedd y lle. A dweud y gwir, mae'r adeilad yn edrych mor ddiflas â'i gleifion dynol.

Wrth agor y drws teimlaf euogrwydd yn pwyso ar fy nghydwybod. Ro'n i'n arfer dod i'w weld yn ddyddiol i ddechrau, ond erbyn nawr rhyw unwaith y mis, os hynny. Sa i'n ei garu fe fymryn yn llai, ond mae'n anodd wynebu realaeth y sefyllfa'n rhy aml. Pan fo arwr yn peidio â bodoli, ar wahân i du fewn i ddimensiwn eang ei benglog, mae'n dorcalonnus ei weld e'n gyson.

Pan gafodd ei gymryd oddi arna i gyntaf ro'n i'n rhy ifanc i ddeall 'mod i wedi ei golli am byth. Ro'n i'n credu y base fe gartre cyn hir ('na beth ddwedodd Mam wrtha i ta beth), ond wrth i fi aeddfedu (dim gags plîs!) a dechrau deall, do'n i ddim ar lefel emosiynol yn gallu dod i'w weld e mor aml. Er y straen emosiynol, roedd y larynccs yn cael amser gwael hefyd. Anodd iawn siarad â rhywun sydd ddim yn ymateb, sydd yn anwybyddu pob dim mewn gwirionedd, ddydd ar ôl dydd ar ôl dydd ar ôl…

Cerddaf heibio i'r dderbynfa gan gyfarch y nyrsys sy'n clebran wrth y ddesg. Maen nhw'n ymateb mewn corws o "Helô, Luke." 'Na beth sy'n digwydd pan chi'n perthyn i un o'r lifers.

Troediaf y grisiau a'r coridorau cyfarwydd tuag at ystafell Dad ar y llawr cyntaf. Er 'mod i 'di bod ma filwaith o'r blaen, mae'r lle'n codi ias arna i o hyd. Caf fy aflonyddu gan salwch meddwl yn fwy na gan anafiadau corfforol – efallai oherwydd eu cymhlethdodau anesboniadwy, neu yn fwy tebygol oherwydd breuder fy meddwl fy hun. Beth bynnag, mae'r lle rhywffordd yn adlewyrchu neu'n atseinio yr hyn dw i'n ei deimlo, yr hyn sydd i ddod...

Cnoc ysgafn ar y drws ac i mewn â fi heb aros am ymateb. Dw i'n gwybod nad oes un i ddod. Agoraf y drws a chael déjà vu. Dim un go iawn, jyst bod Dad yn eistedd yn yr un gadair yn gwisgo'r un peth bob tro dw i'n dod i'w weld – pyjamas, slippers a dressing gown. Mae e'n troi ei ben wrth glywed y drws ond nid yw ei edrychiad yn newid.

"Pen-blwydd hapus, Dad!" gwaeddaf yn y ffug obaith y bydd e'n ymateb. Camaf ato a'i gofleidio – mae e fel rhoi cwtsh i surfboard.

Rhoddaf y dreamcatcher iddo, wel dw i'n ei roi e yn ei gôl. So fe'n edrych arno, yn hytrach, mae'n edrych yn ôl allan drwy'r ffenest; ar y zebra crossing islaw, y wal frics goch gyferbyn ac ar do'r ysbyty, yn gudd yn y coed derw tu hwnt. Dw i'n sylwi bod Mam wedi bod i'w weld, neu o leiaf wedi anfon carden sy'n fwy tebygol. Wrth ochr ei charden mae yna gacen flasus yr olwg sydd heb ei chyffwrdd ac sy'n fy atgoffa nad ydw i 'di bwyta ers oriau.

"Chi moyn darn o gacen, Dad?" Dim ateb, so fi'n torri dau ddarn ac yn pasio plât iddo. Wel, dw i'n ei roi yn ei gôl ar ôl symud y dreamcatcher.

Eisteddaf ar stôl, ei wynebu a chlosio ato. Dechreuaf fwyta'r gacen ac, yn rhyfeddol, mae e'n gwneud yr un peth. Edrychaf i mewn i'w lygaid sy'n syllu i nunlle gan ddymuno bod yn psychic. Dymunaf fod ar ei lefel e. Dymunaf...

Ro'n i'n arfer eisiau ei ysgwyd allan o'i iselder. Ro'n i eisiau ei fwrw mas o'r bastard salwch ma. Ond erbyn nawr dw i jyst yn eithafol drist oherwydd fy mod i'n gweld ei eisiau. Dw i eisiau mynd i'r pyb i ddathlu ei ben-blwydd, ddim i'r fucking ysbyty! Wedi gorffen fy nghacen dw i'n codi a tynnu'r breuddwyd bysgotwr allan o'r bag gan esbonio i Dad.

"DREAMCATCHER," dywedaf yn uchel fel petawn i'n siarad â rhywun trwm ei glyw. "Dw i'n mynd i'w roi e lan fan hyn, ok?"

Cymeraf ddarn o blu-tack o'm poced – once a Scout always a Scout – a sefyll ar y stôl er mwyn rhoi'r dreamcatcher i hongian uwchben cadair John. Fel jiráff, so Dad yn gorwedd i gysgu. Wedi gorffen, rhaid meddwl am rywbeth i'w ddweud. Nid yw Dad yn cymryd unrhyw sylw ohona i. Mae tawelwch bythol yr ystafell yn arafu'r amser, a dw i'n edrych ar y cloc i geisio penderfynu pa mor hir sydd rhaid i fi aros er mwyn peidio teimlo'n euog wrth adael.

Mae'r eiliadau'n ticio 420 o weithiau cyn fy mod i'n codi ac yn estyn ein platiau a'u rhoi nhw ar y cabinet pren wrth y drws. Dw i'n rhoi hyg arall iddo fe ac yn ei atgoffa 'mod i'n ei garu cyn gadael yr ystafell a throi fy nghefn ar yr ysbyty am fis, neu fwy, arall. Maen 'nhw' yn dweud pan fod gennych ormod o broblemau, y ffordd orau i chi i deimlo'n well yw mynd i weld rhywun sydd â mwy o broblemau na chi.

Bollocks.

Dw i'n gadael yr ysbyty o dan gwmwl du a'm calon yn gwaedu mewn hiraeth am fy arwr, John Swan, 63 oed heddiw.

Dw i ddim yn credu mewn lwc.
Dw i'n credu bod reswm dros bopeth sy'n digwydd.

Cornell Haynes Jnr

Taflaf stwmp y sigarét drwy awyr iach y bore hydrefol a chwythaf y mwg olaf sy'n ymuno â'r aer barugog gan ychwanegu at broblemau'r haenen osôn. Trof a cherdded y deg llath i'r feddygfa. Chi'n gwybod pam dw i ma. Cerddaf at y cownter trwy fôr o fenywod o bob oed a'u disgynyddion swnllyd.

"Luc Swan. Nine thirty."

"Take a seat," yw ymateb y dderbynwraig ddifrifol.

Eisteddaf yng nghornel pella'r ystafell, mor bell oddi wrth y twrw ag sy'n bosib. Wrth eistedd, sylwaf 'mod i 'di gwneud camgymeriad costus. Commando for fuckssake! Doedd dim shreds glân yn y tŷ... actually, mae hynny'n gelwydd. Ro'n i methu ffeindio pâr o grots, glân neu frwnt, y bore ma, felly do'n i ddim yn gallu gwisgo rhai. I chi'r merched, sydd ddim yn ymwybodol o ganlyniadau gweithred mor ddifeddwl ar ddiwrnod mor oer, 'na i weud wrthoch chi'n blaen: mae 'nghoc i wedi encilio i mewn i'r ceillfag, fel pen crwban yn cuddio rhag pig cigfran!

Edrychaf o 'nghwmpas gan gonsidro plymio fy llaw

i berfeddion fy slacs ac atgyfodi'r milwr bychan, ond mae gormod o bobl yn bresennol, gormod o lygaid. Mae gen i ddigon o broblemau heb gael fy nghyhuddo o gael tomi tanc yn y dderbynfa. Codaf *Hello!* magazine o'r pentwr o hen gylchgronau yn y gobaith y bydd merched y tudalennau'n denu'r crwban allan o'i gragen. Ond wedyn cofiaf pam dwi ma yn y lle cyntaf, so dwi'n codi *Bella* ac yn ffeindio'r problem page. Rhifyn arbennig ar 'impotence' would you believe?

Darllenaf lythyr gan ddyn, 'Bruce' yn ôl pob sôn, sydd heb gael codiad ers ugain mlynedd. Nid yw newyddion 'Auntie Janice' yn magu hyder: nid oes ffordd naturiol o ailafael yn y reddf unwaith i chi ei cholli. Fuck.

Blahblahpsychologicalblahblahblah.

Mae agony aunts yn swnio'r un peth, beth bynnag yw'r broblem. Ond mae 'na ychydig o newyddion da i 'Bruce', ac i fi – mae cyffur arbennig ar y farchnad agored, cyffur sy'n rhoi codiad mawreddog i'r mwyaf cysglyd ohonon ni. Ymlaciaf ychydig wrth ddarllen y newyddion ysblennydd yma am stiffy ar ffurf tabled.

"Luc Swan. Upstairs, third door on your left. Doctor Powell."

Shit. Lan â fi gan lawio fy nghoc trwy boced fy nhrowsus. Cnoc ar y drws.

"In," medd llais o'r ochr arall.

Dw i 'di bod yn un o gleifion Doc Pow ers cael fy ngeni. Mae e'n really fucking hen erbyn hyn. Y broblem waethaf dw i wedi ei chael ac wedi gorfod mynd i'w weld e ynglŷn â hi cyn hyn yw tonsils tost, a nawr dw i am iddo gael golwg fanwl ar fy nghoc.

"Luc, what can I do for you?" mae'n gofyn gan anadlu'n drwm. Mae Doctor Powell yn hysbys gwych i unrhyw un sydd am roi'r gorau i smygu.

"I'm not sure how to put this…" dw i'n mwmian i gyfeiriad y llawr.

"Cock problems is it, Luc?"

Rhythaf arno'n syn.

"No… no… I mean yes. How did you…'

"Experience. Intuition. Call it what you like, but I've seen so many men with cock problems over the years that I can spot the body language and the air of helpless hoplessness a mile off." Anadl dwfn. "Behind the screen, trousers down, let me have a look at her."

Her?! Dw i'n camu tu ôl i'r sgrîn ac yn tynnu fy nhrowsus. Daw ei lais o ochr draw'r llenni print paisley. "Lie down and relax. I'll be there in a minute."

Gorweddaf ar ledr oeraidd y bwrdd archwilio, sy'n helpu dim ar ei maint 'hi', ac aros.

Clywaf y llenni'n cael eu lledu ac mae fy llygaid bron â sboncio o'u socedi. Nid Doc Pow sydd 'na ond Doctor Jones. Doctor Eilfywfuckingjones! Yn ei got wen a'i stethosgop sgleiniog, mae e'n chwerthin ac yn syllu ac yn pwyntio at fy nghywilydd. Bastard…

Dw i'n fucking casáu dydd Mercher. A dweud y gwir dw i'n casáu pob bastard diwrnod ar hyn o bryd, hyd yn oed fy nyddiau off. Mae hi dros wythnos bellach ers i fi golli'r gallu… y gallu i fod yn gyflawn. Mae wythnos ers pen-blwydd Dad. Mae hi wedi bod yn wythnos undonog – gwaith, gatre, yfed, cysgu. Gwaith, gatre, yfed, cysgu. Gwaith, gatre, yfed, cysgu. Gwaith, gatre, yfed, cysgu…

Yr unig beth da sydd wedi digwydd yw bod Cariad yn teimlo'n euog uffernol am y digwyddiadau diweddar. Yn amlwg, mae hi'n meddwl 'mod i'n gutted oherwydd yr hyn a welais i. So hi'n gwybod am fy 'mhroblem fach', felly dw i'n ddigon hapus ei bod hi'n credu mai hi yw craidd fy hwyl dywyll, ac felly yn fy nhretio fel brenin. Mae euogrwydd a charedigrwydd Cariad yn golygu ei bod hi'n gweithio ddwywaith mor galed ag arfer i 'nghadw i'n hapus. Dyna pam dw i'n gallu eistedd yn Edit 3 gyda 'nhraed lan, coffi ffres a Benny.

Mae'n od meddwl tasai hi wedi actio fel hyn tuag ata i ryw bythefnos yn ôl baswn i'n credu 'mod i 'in there'. Wedi meddwl, mae Emlyn wedi bod yn llai o arse hefyd. Hynny yw, sa i 'di gweld lot ohono fe.

Er fy mod i'n morio mewn hunandosturi, mae tudalen flaen y *Western Mail*, am unwaith, yn rhoi pethau yn eu cyd-destun. Ar y dudalen flaen mae'r pennawd:

SOMALI CRIME KINGPIN WALKS FREE

O dan y bennawd, mewn print llai, mae'r manylion sy'n gwneud y stori yn fwy na jyst geiriau digyswllt mewn papur newydd:

Organised crime trial collapses as chief witness is found dead in suspicious circumstances.

Mae delweddau'n fflachio. Dw i 'di gweld y llofrudd, neu o leiaf ran o'r gadwyn. Mae hyn yn codi ias arnaf wrth gofio llygaid marmoraidd cwsmer Doc. Mae geiriau fy mrawd yn atseinio ynof. Ai euogrwydd dw i'n ei deimlo, neu ofn?

Wedi darllen gweddill yr erthygl dw i'n darganfod bod y gŵr marw yn dad i dri sydd heb wneud dim o'i le, heblaw bod yn y lle anghywir ar yr amser anghywir. Mae fy mhen yn tywyllu ac yn gwneud i fi ystyried galw'r rhif ar ddiwedd y darn sy'n cynnig £20,000 am unrhyw wybodaeth yn arwain at arrest.

Maen 'nhw' hefyd yn dweud nad yw arian yn arwain at hapusrwydd. Yn fy stad feddyliol presennol, dw i'n gallu gwarantu bydde £20,000 yn fwy tebygol o ddod â hapusrwydd i fi nag unrhyw deimlad arall. Ond wedi meddwl, dw i'n sylweddoli y basai ffonio'r rhif yn dod â lot mwy na bwndel o gash i fi. Gallai'r wybodaeth sydd gen i arwain at y prynwr a hwnnw wedyn, efallai, yn arwain at y llofrudd. Ond ar yr un pryd, basai'r llofrudd neu'r prynwr yn arwain at Doc ac wedyn yn ôl ata i.

I beth baswn i eisiau ugain mil ta beth?

Dw i'n gwibio drwy weddill 'newyddion' arwynebol ac annigonol '*The* Newspaper of Wales' gan gyrraedd yr adran swyddi. Dw i'n edrych ynddi bob wythnos yn y gobaith fod 'dream job' yn mynd i ymddangos rhyw ddydd. Never has. Never will.

Heddiw, fel arfer, fuck all. Yr unig rai sy'n apelio ata i yw'r swyddi tramor, y training programmes ble mae cyfle i ddysgu rhywbeth a fydd o fudd i chi yn y dyfodol a 'Be a Driving Instructor and earn £500 a week'. Nid dim ond yr arian sy'n apelio ata i, ond y ffaith byddai hi'n swydd ac yn sefyllfa berffaith i gwrdd â merched ifanc sy'n desperate i basio eu prawf gyrru. Oral exam? Reverse parking? Humpback bridge? Professional ethics. Beth fuck yw rheina?

Â finnau ar goll yn nyfnderoedd brwnt fy nychymyg, sa i'n ymwybodol o'r ffaith bod Emlyn yn yr ystafell nes ei fod e'n peswch yn dawel ac yn fy ysgwyd allan o ddyffrynnoedd danteithiol y merched ysgol. I lawr â fy nhraed yn reddfol o ben y ddesg olygu, fel tasai Emlyn yn ficer sydd wedi fy nal yn chwyrnu yn y sêt fawr. Trof i'w wynebu. Wrth i fi edrych arno, mae holl arswyd y freuddwyd ges i'r bore ma'n llifo'n ôl a bron yn fy atal rhag siarad.

"Alright, Luc?" Mae e nawr yn eistedd ar y gadair droelli ger y ddesg gymysgu. Mae ei dôn mor ddilys nes i fi bron ag anghofio gyda pwy dw i'n siarad.

"Ok."

"Ok? Ti'n siŵr?" Mae'n gwenu arnaf trwy ddannedd perffaith yn ysu am i fi ddatgelu fy ngwir deimladau. Ac, er mawr syndod, dyna'n gwmws beth dw i'n neud.

"Ok, shit. Dw i'n teimlo'n shitty. Yn teimlo'n shit." Digon clir i ti?

"Ti moyn siarad am y peth?"

"Gyda ti! Na." Alla i ddim credu hyn. Y twat. Pwy mae'n 'feddwl yw e, Richard fuckin Madeley? Cariad sydd wedi ei anfon e i weld ydw i'n iawn, sy'n ei gwneud hi'n dwat hefyd.

"Dw i'n deall. Dim probs." Dw i'n casáu pobl sy'n dweud 'dim probs'. "Gwranda, Luc, dw i'n gwybod bod... bod pethe'n shit ar hyn o bryd i ti ond bydd pethe'n gwella..."

"Emlyn," torraf ar ei draws. "No offence, ond beth fuck wyt ti'n gwybod am 'y mywyd i?"

"Dim lot, ond mae gen i gwestiwn i ti."

"Beth?" gofynnaf gan ddisgwyl cwestiwn am Cariad. Yn nhawelwch y stafell mae Emlyn yn codi ac yn cau'r drws. Nawr dw i *yn* poeni. Mae'n aileistedd yn ei gadair ac yn ymlacio cyn edrych i fyw fy llygaid. Taniaf sigarét sigledig wrth i'r gwewyr gydio.

"Dw i'n cymryd taw nid yn unig dy fywyd personol... y datblygiadau diweddar, hynny yw... yw'r unig shit ti'n cyfeirio atyn nhw."

Fi'n meddwl am eiliad gan geisio dyfalu beth sydd ar

fin dod allan o'i geg. Ysgwydaf fy mhen mewn ymateb i'w gwestiwn.

"Wyt ti'n hapus yn dy swydd?"

Beth? Ai trap yw hwn? Edrychaf tuag at y drws yn hanner disgwyl gweld pen y Caws yn cripian i glywed yr ateb. Ond does neb 'na. Cymeraf ddrag hir, dwfn ar y cysurydd myglyd cyn ateb.

"Hapus? Na. Bodlon? Am nawr." Mae e'n edrych ar y *Western Mail*, sy'n agored ar yr 'Appointments'.

"Oes unrhyw beth yna heddiw?"

"Fuck all." Bron i fi ddweud wrtho am apêl y driving instructor ond gwell peidio.

"Beth wyt ti eisiau'i neud – yn dy yrfa, hynny yw?"

Meddyliaf am ateb call.

"Dw i'n caru cerddoriaeth, wastad wedi. Felly base rhywbeth i neud â hynny'n apelio. Mae cynhyrchu rhaglenni teledu o ddiddordeb hefyd, er bod y diwydiant yn 'y niflasu'n amal."

"A fi, Luc. A fi." Bron i fi weiddi 'Bollocks' mewn ymateb i'w gelwydd noeth… ond yn hytrach, dw i'n ateb fel y cachgi ydw i.

"Fi 'di meddwl mynd i'r coleg. Cwrs cynhyrchu cerddoriaeth neu beirianneg. Rhywbeth galla i gredu ynddo fe."

Dw i'n rhyfeddu clywed fy hun yn siarad mor rhydd 'da fe.

"Diddorol…"

"Ym mha ffordd?"

"Wel, mae gen ti ddiddordeb mewn cerddoriaeth a chynhyrchu rhaglenni. Luc. This is your lucky day. Dw i, neu'n hytrach, mae Akuma, wedi cael ein comisiynu i gynhyrchu cyfres o raglenni cerddorol ar gyfer pobol ifanc. Mae angen runner stroke cynorthwyydd cynhyrchu arna i. Be ti'n feddwl?"

"O beth?" Dw i ddim yn siŵr beth sy'n cael ei gynnig fan hyn.

"Luc, fi'n cynnig swydd i ti. Cyfle i ti ddatblygu sgiliau cynhyrchu yn lle…" Mae e'n edrych o gwmpas gan feddwl am y gair cywir. Dyw e ddim yn eu ffeindio. "Anyway, mae'r cyflog yn bymtheg mil i ddechre ac unwaith ti'n gweithio i ni, mae llu o bosibiliadau'n agor. Be ti'n feddwl?"

Beth ydw i'n feddwl? Hmmm… Eisteddaf mewn myfyrdod am amser maith. Mae teimladau cymysg yn llifo trwof – ydw i'n gallu trystio Emlyn? Ai jôc yw hon i fy anfon gam yn nes at y clogwyn? Dw i fod casáu'r bastard ma – ydy hi'n bosibl casáu bos ar lefel bersonol yn ogystal ag ar lefel broffesiynol? Pymtheg fucking grand – neis.

Wedi i'r tawelwch gyrraedd pwynt annioddefol a finne'n dal i rythu i ryw ofod yn chwilio am yr ateb, mae Emlyn yn holi:

"Luc. Ti'n iawn?"

"Ydw. Ydw." Y gwir yw 'mod i eisiau dweud wrtho fe i sticio ei fucking swydd reit lan ei seren fôr frown. Ond y realiti yw ei fod e'n gynnig teg ac yn gyfle gwell – dw i ar fin camu oddi ar ris waelod yr ysgol yrfaol.

"Does dim rhaid i ti benderf…."

"Emlyn, sixteen grand a 'na i roi fy notice i mewn heddiw."

"Fifteen five…"

"Wela i ti mewn mis."

Mae e'n gwenu ac yn addo rhoi cytundeb a'r manylion i fi o fewn yr wythnos nesa cyn codi a chynnig ei law. Dw i'n codi ac yn ei hysgwyd hi. A dyna fi wedi selio fy ffawd yn Edit 3.

Wedi i Emlyn adael, dw i'n estyn Stella o'r oergell ac yn mwynhau mwgyn wrth i rym estron lifo trwof. Mae fy meddwl yn llawn uchelgais ffres a dw i'n ysu am adael Cadno a dechrau ar bennod newydd. Wrth i ddiwedd y botel nesáu ac wrth i'r hyn dw i am ddweud wrth y Caws ffurfio yn fy meddwl mae'r ffôn yn canu.

"Helô."

"Luc, Mr White line two."

"Cheers," gwasgaf y botwm a chyfarch fy ffrind. "White…" ond cyn i fi gael cyfle i ddweud unrhyw beth pellach mae Whitey, sydd yn amlwg yn y pub, yn dweud:

"Wheeeeeeeeeeeeeeeyyyyyyyyyyyyyyyyyyyy, Luc. Nei di byth gesio beth dw i 'di ffeindio."

"Ti'n probably'n iawn. Jyst dwêd wrtha i."

"Job, Luc. Fucking job! Hospital radio, man. DeeJay mother fucking Whiteboy!"

"Brilliant! Ble rwyt ti?"

"Yn y Westgate gyda Doc, come on doooowwwwwwwn.'

"Fucking right. Rho awr i fi…"

"Iawn."

"Mae gen i newyddion da fy hunan 'fyd…" fi'n dechrau esbonio, ond mae fy ffrind yn terfynu'r alwad cyn i fi allu parhau.

Ro'n i'n disgwyl iddo fe ofyn beth oedd fy newyddion i, ond 'sdim ots. Dyma job gyntaf Whitey erioed. Mae hawl 'da fe fod yn hunanol heddiw.

Mae gweddill y prynhawn yn hedfan heibio. Dw i'n teimlo'n born again ac yn llawn hyder. Wedi cael sgwrs gyda'r Caws, dw i'n gadael Cadno'n teimlo'n rhydd. Dim yn rhydd fel diwedd dydd ond yn rhydd fel carcharor sy'n cyfri'r dyddiau tan ddiwedd ei ddedfryd. Gallaf deimlo'r cadwynau'n llacio.

Ydw i'n mynd i gyfri'r dyddiau?

Fi 'di dechrau'n barod…

Yn ystod y glasoed, gwnaiff llais bachgen ddyfnhau. Ceisiwch osgoi canu achos gall eich llais chwarae triciau. Dyma'r amser i roi'r gorau i'r côr a'r band am gyfnod.

www.teenpuberty.com

Wythnos ar ôl ei ben-blwydd yn un ar ddeg oed, dechreuodd pethau rhyfedd iawn ddigwydd i Luc Swan. Yn gyntaf, sylweddolodd fod blew yn dechrau ymddangos o gwmpas ei bidlen. Un i ddechrau, dau o fewn wythnos ac ymhen dim, roedd toupee tenau'n gorchuddio ei 'ardal arbennig'.

Yn ail, darganfyddodd Luc fod ei bidlen yn creu hylif gludiog ('ectoplasm' galwai Luc e ar ôl ei hoff ffilm, *Ghostbusters*) wrth iddo 'chwarae' gyda'i ffrind gorau mewn ffordd benodol. Roedd Luc yn mwynhau'r teimlad a gâi yn ei goesau jyst cyn iddo saethu'r gludlif, ond doedd e ddim mor hoff o'r llanast a wnâi lle bynnag y glaniai.

Yn olaf, gwnaeth ei lais main a merchetaidd ddyfnhau dros nos, gan roi iddo lais cryg heb fod yn fain mwyach nac yn ddwfn iawn chwaith. No man's land o lais. Yn wahanol i'r ddau ddarganfyddiad cyntaf, roedd y trydydd yn drychinebus.

Pedair blynedd ar ôl i John Swan 'adael' ei wraig a'i annwyl fab am dawelwch mewnol bydysawd ei ben, roedd Joan a Luc wedi cyrraedd rhyw fath o 'normalrwydd' unwaith eto. Hynny yw, roedd Luc wedi stopio trochi ei bants yn ddyddiol ac roedd Joan mewn perthynas rywiol am y tro cyntaf ers i John adael. Roedd Joan fel person newydd â min ei chariad yn teimlo'n enfawr wrth ledu ei gwefusau. Roedd hi'n teimlo fel merch bymtheg oed yn colli ei gwyryfdod gyda John Holmes.

Sylwodd Luc fod ei fam yn gwenu mwy nag iddi wneud ers oes, a meddyliai ai cwmni Steve oedd tarddle'r hapusrwydd. Actor oedd Steve a fu ar nifer o raglenni teledu. Ffefryn Luc oedd ei berfformiad ar *Minder,* lle cafodd grasfa gan Dennis Waterman. Roedd Luc yn ymwybodol mai actio roedden nhw, ond yn aml dychmygai taw John Swan oedd Dennis Waterman a Steve oedd, wel, Steve.

Er teimladau negyddol Luc tuag at yr actor, roedd y datblygiadau corfforol diweddar yn achos dathlu. Ar wahân i'r hyn oedd yn digwydd i'w lais, hynny yw. Roedd Luc Swan yn gantor dawnus ac wedi ennill cystadleuaeth yr unawd i fechgyn dan 10 yn Eisteddfod yr Urdd, Maldwyn '88 hyd yn oed. Gyda brwdfrydedd ei fam a'i lais angylaidd e, bu Luc yn dalent amlwg yn y cylch Eisteddfodol.

Dyna, yn syml, pam roedd hi'n drychineb bod llais Luc wedi torri. Ar ben hyn i gyd, roedd criw *Dechrau Canu Dechrau Canmol* wedi trefnu dod i'r capel lle 'addolai' y Swans, i recordio rhaglen, ddeuddydd ar ôl i lais Luc dorri. Roedd Luc i fod ganu unawd gyda chôr y capel yn ogystal ag arwain côr y plant mewn cân arall. Yn syml, trychineb.

Meddyliodd Luc fod 'na gysylltiad rhwng yr ectoplasm

a'i lais ac felly stopiodd chwarae 'da'i goc am y deuddydd cyn y recordio yn y gobaith basai hynny'n adfer ei lais. Doedd e ddim yn gwybod mai mynd yn ddall yw canlyniad gorwancio, yn hytrach na llais cras.

Gan ei fod yn benderfynol o ganu ar y teledu, ddwedodd Luc ddim gair wrth ei fam am ei broblem. Yn hytrach, siaradodd e ddim â hi yn ystod y deuddydd. Roedd Joan yn rhy brysur ac wedi ei swyno gormod gan hud rhywiol i sylwi ar y diffyg cyfathrebu rhyngddi hi a'i mab.

Ar y bore Sul arbennig hwnnw, aeth Luc, gyda'i fam a Steve, i'r capel. Wrth eistedd yng nghefn y car, sylwodd Luc fod Steve yn llawio coes ei fam wrth yrru, a phan gyfarfu llygaid y ddau yn y rear-view, trodd y bachgen i edrych allan drwy'r ffenest pan winciodd Steve arno. Roedd Luc am weiddi arno i adael llonydd i'w fam ond cadwodd yn dawel oherwydd ei lais. Wrth basio yn y car gwyliai Luc y bobl yn cerdded eu cŵn o gwmpas Llyn y Rhath . Wrth edrych, pigai ei drwyn nes bod ei ddwy ffroen yn glir o lysnafedd, a sugnodd y gwyrddni hallt yr holl ffordd i'r capel.

Yn y capel cwrddodd Luc â'i ffrindiau, Gareth a Dan. Ond, cyn iddo allu symud cam oddi wrth ei fam, gafaelodd Joan yn llawes ei siwt gan fynnu ei sylw. Pwyntiodd Joan tuag at y nenfwd gan ddweud:

"Bihafia nawr, Luc. Cofia pwy fydd yn dy wylio di. Iawn?"

Nodiodd Luc a phrancio'n llon tuag at ei ffrindiau. Tynnodd Steve ei gariad tuag ato gan ddweud:

"Fawr o neb, yn ôl y ffigurau gwylio!" A chwarddodd y ddau wrth gerdded tuag at res gefn llawr gwaelod yr addoldy.

Sylwodd Luc fod llawer mwy o bobl nag arfer yn bresennol yn y capel y bore hwnnw. Roedd y lle'n llawn dieithriaid, camerâu, weiars a chlustffonau. Doedd Luc ddim yn deall.

Pam roedd yr holl bobl yma yn y capel? Roedd y camerâu yno am resymau amlwg, ond pwy oedd yr holl bobl arall? Beth roedden nhw'n neud yma? Clywodd wraig yn sibrwd wrth ei gŵr:

"Mae e'n rhoi delwedd mor ffug i'r gwylwyr."

"The magic of television," oedd ei ateb.

Ble roedd yr holl bobl yma ar foreau Sul arferol? Twtiodd Luc gan wybod mai'r teledu oedd yn gyfrifol. Efallai eu bod nhw'n gallu twyllo gwylwyr y rhaglen ond allen nhw ddim twyllo Duw yn ei gartref ei hun. Suckers!

Ymhen dim roedd y capel yn llawn a chymerodd Luc ei le gyda gweddill y plant gan sefyll yn awdurdodol o flaen y meicroffon. Dringodd dieithryn canol oed mewn jeans a chrys-T (ble roedd ei Sunday best?) i'r pulpud. Roedd golwg bell arno. Roedd pob gair yn ymdrech amlwg.

"Helô, bore da, good morning. Fi yw Jeremy Davies a fi yw'r cyfarwyddwr. Dw i'n gobeithio peidio'ch cadw chi am fwy na ryw awr a hanner ("Bollocks!" oedd ymateb Steve i hyn a chafodd benelin Joan yn ei asennau am regi yn y capel). Y gân gyntaf yw 'Teilwng Yw Yr Oen'. Gallwn ni ei chanu hi unwaith i checio'r lefelau ac wedyn bant â ni 'da gweddill y show. Ok?"

Yn amlwg doedd y cyfarwyddwr ddim eisiau bod yno o gwbwl. Gymaint yn well fyddai bod gartre yn y gwely gyda'i gariad yn goroesi'r hangover yn y ffordd orau bosib – lie-in tan un-ar-ddeg a lawr i'r local am ginio rhost a chwpwl o beints. Gwnaeth nodyn yn ei feddwl i chwilio am waith arall cyn gynted ag y gallai.

Wrth i Jeremy gerdded yn ôl at ei gydweithwyr, sylweddolai Luc pa mor ffug oedd yr achlysur; roedd e mor wahanol i wasanaeth arferol fel y bu'n rhaid i Luc edrych i weld a oedd Mr Gidder, y Pregethwr, yno o gwbwl. Ciliodd y pregethwr oedrannus oddi wrth ei bulpud gan adael i'r syrcas gario 'mlaen hebddo. Teimlai Luc dristwch enfawr. Wedyn clywodd Jeremy yn bloeddio:

"Pawb yn barod? From the top!"

Dechreuodd yr organ seinio'r dôn adnabyddus cyn i'r holl gapel ymuno i mewn. Doedd Luc erioed wedi clywed y fath ganu. Byddai'r emynau fel arfer yn fflat a dideimlad, ond heddiw roedd hi fel petai corws o angylion wedi ymuno â'r gymanfa. Canodd Luc gymaint ag y medrai ond roedd un peth yn amlwg; doedd ei lais ddim wedi gwella o gwbl os rhywbeth, roedd e wedi gwaethygu. Edrychodd ar yr holl wynebau dieithr oedd yn canu mor swynol. Edrychodd ar y bobl gyda'r clustffonau; roedden nhw'n trafod yn ddwys gyda Jeremy. Rhywbeth o'i le, meddyliodd Luc. Roedd e'n iawn.

"Cut! Cut! Cut!" Bloeddiodd y cyfarwyddwr dros y cacoffoni o leisiau. Yn raddol, daeth y canu i ben.

"Ble mae microphone three?" gofynnodd y pypedfeistr.

Pwyntiodd un o'r clustffonwyr yn syth i gyfeiriad Luc a cherddodd y cyfarwyddwr tuag at gôr y plant. Roedd hyn yn waeth na'r ysgol! Safodd y cyfarwyddwr o'u blaenau, ac anwybyddu pawb ond am y tri oedd yn sefyll yn uniongyrchol o flaen y meic – Luc, Gareth a Dan.

"Rhaid i un ohonoch chi symud. Pwy sy'n methu canu?" gofynnodd yn ddiseremoni gan sychu chwys oddi ar ei dalcen gyda chefn ei law.

Dim gair. Ond roedd Luc yn gwybod yn iawn mai fe

oedd y drwg yn y caws di-alaw.

"Ok. Canwch i fi." Dim ymateb. "Come on, peidiwch bod yn shei. Canwch y gân o'r top."

Ceisiodd Luc lyncu ond roedd ei geg mor sych â bodiau traed y Bedouin. Edrychodd am ei fam yn y môr o wynebau dieithr. Gwelodd hi'n edrych arno gyda gwên galonogol yn annog iddo ganu a dangos i'r dyn melltithiol 'ma taw Luc Swan oedd seren y sioe a neb arall.

"Come on. The sooner you start the sooner we can all leave." Chwifiodd Jeremy ei ddwylo fel arweinydd gan ddweud, "Un, dau, tri."

Dechreuodd y triawd ganu. Roedd hi'n amlwg o'r nodyn cyntaf pwy oedd yn mynd i orfod symud. Llenwodd llygaid Luc wrth iddo fethu â bwrw un nodyn call.

Teilwng yw yr oen ga's ei ladd
A'r un a'n prynodd i Dduw trwy ei waed...

Roedd ei lais fel bloedd buwch mewn lladd-dy a'r siom yn llygaid ei fam yn brifo Luc i'w graidd. Edrychodd draw at Mr Gidder yn y gobaith o weld anogaeth dyner y dyn Duwiol, ond roedd yr hen ddyn yn hanner cysgu. Dechreuodd Luc weddïo wrth ganu gan ofyn am help Duw ei hun. Ond doedd divine intervention ddim ar y fwydlen heddiw.

I dderbyn gallu a chyfoeth, doethineb a nerth...

"Cut! Cut! Cut!" daeth y floedd unwaith eto. Stopiodd y canu. "Ti!" Pwyntiodd y cyfarwyddwr at Luc. "Mae gen ti ddewis. Aros lle'r wyt ti a meimio neu symud ym mhell oddi wrth y meic. What'll it be?"

Sut gall hyn ddigwydd heddiw o bob diwrnod? Ble'r wyt ti, Dduw? Ble? Edrychodd o gwmpas unwaith eto. Roedd wyneb ei fam yn llawn siom yng nghesail siaced Steve. Roedd Mr Gidder yn chwyrnu'n dawel. Nid oedd Duw – a oedd i fod yn bresennol ym mhobman yn ôl athro'r Ysgol Sul, ei fam a'r gweinidog – yn bresennol yn ei gartref ei hun. The lights are on, but nobody's home. Brad oedd yr unig beth a deimlai Luc – brad yn llygaid ei fam, brad yn y celwydd Duwiol.

Trodd Luc a cherdded allan drwy'r drws ochr ac i lawr y coridor hir tuag at gyntedd blaen y capel. Cerddodd allan o'r addoldy i genllif o law, yn fachgen gwahanol i'r un oedd wedi cerdded i mewn hanner awr ynghynt.

Roedd Luc Swan wedi colli ei ffydd yn un-ar-ddeg blwydd oed.

"Mam, ble roedd Duw bore ma?" gofynnodd y bachgen ifanc ar y ffordd adre, ond mae yna rai cwestiynau nad oes ateb iddynt.

From ghoulies and ghosties and long-leggedy beasties,
And things that go bump in the night.
Good Lord, deliver us.

Hen Ddywediad Albanaidd

Swigod.
Sigaréts.

Stainless steel.

Fi'n cymryd piss.

Fi i ar y piss.

Fi 'di bod ar y piss trwy'r dydd. Mae hi nawr yn wyth o'r gloch, dw i'n fuckin fucked ac ar ben hynny, dw i'n ysbryd. Mae Frankenstein yn piso i'r cafn ar fy ochr dde gan greu trobwll amoniaidd yn y biswel, ac Uncle Fester yn snortio Bronson yn y ciwbicl. Dw i'n ymwybodol bod hyn siŵr o fod yn swnio fel bollocks llwyr, ond na, nid celwydd mohono.

Mae hi'n Galan Gaeaf – sy'n esbonio'r angenfilod yn y lav. Mae hi hefyd yn digwydd bod yn ddiwrnod olaf yours truly fel rhan o 'dîm' (dw i'n defnyddio'r gair yn ei ffurf fwyaf llac) Cadno Cyf. Mae'r cwmni cyfan ar y lash. Dw i hanner ffordd trwy'r top shelff ac ni i gyd mewn clwb Ceidwadol yn y Tyllgoed yn 'mwynhau' (gweler y cromfachau blaenorol) noson o garaoce a gwisg ffansi. Fi fel arfer yn rhoi wide berth i nosweithiau fel hyn, ond ma heno'n wahanol. Ma heno'n freebee. Fuckin sorted.

Nath y bois graphics a Col fy 'ngorfodi' i fynd i'r pub amser cinio, ac ar wahân i bicio gatre i newid – sheet wen a thwll ynddi dros fy mhen, voilà, bwci-bo – dw i 'di bod ar y pop drwy'r dydd.

Pasiodd y mis diwethaf yn ddidrafferth, hynny yw, gwnes i fuck all o waith gan wybod bod fi m.o.m.y.f.g. Mae Cariad ac Emlyn yn caru 'o ddifrif' erbyn hyn, sy'n fy ngwneud i'n sâl, so dw i 'di bod yn ei hanwybyddu hi dros y mis diwethaf, tra 'mod i'n neis-neis tuag at Emlyn. Wedi'r cyfan, alla i ddim anwybyddu fy mos newydd. Mae gen i deimladau cymysglyd ynglŷn â mynd i weithio iddo fe, ond wedi cloriannu'r sefyllfa, dw i'n credu 'mod i'n gwneud y peth iawn.

Dros fy ysgwydd, dw i'n clywed Uncle Fester, neu 'Snez' fel bydd ei ffans yn ei 'nabod, yn hwfro lein swmpus o garlo yn ddwfn i agen 'i drwyn. Dw i'n siglo 'nghoc ac yn dilyn y drips o'i blaen hi i'w gorffwysle gwlyb yn y cafn drewllyd cyn sychu fy nghlochben yn y lliain. Dim ond pâr o shorts dw i'n wisgo o dan y lliain ysbrydol ac mae'n fuckin freezing. Ble ma'n wisgi i?

Trof o'r piswel i wynebu Snez sydd newydd ddod mas o'r ciwbicl wedi tair llinell o'r gwyngalch hudol.

"Luc," medd Snez trwy lygaid gwydrog cyn roi ei fynegfys wrth ei ffroen a thynnu gweddillion y powdwr i mewn gyda rhoch ddofn.

"Ti isho lein?"

"Is Emlyn Jones a fuckin cunt?" Ac i mewn â ni i'r cuddygl.

Taniaf sigarét wrth i Snez dorri'r crisialau'n fân gyda'i gerdyn credyd ac edrychaf ar ei wyneb-wallt mewn manylder am y tro cyntaf. Mae ei sidies a'i farf mor raenus â chloddie labarynth Hampton Court. Synfyfyriaf am eiliad gan feddwl beth yw'r pwynt mynd i'r fath drafferth dim ond i edrych fel twat yn y pen draw? Boy band cunt.

"Serious Luc, top stuff, ia. Only the best, ia. 'Na i ddim prynu shit, ia," ailadroddodd Snez drosodd a throsodd yn ei acen Cofi-dre; acen sydd o hyd yn rhoi'r argraff, i fi o leiaf, bod brodorion Caernarfon yn hollol sarcastic, beth bynnag yw'r pwnc.

Ymhen dim, mae Snez yn plymio am ei bedwaredd lein mewn deg munud cyn cynnig ei bapur pumpunt i fi. Trwy fy llygaid niwlog mae'n anodd gweld y llinell wen ar y cefndir seramig o'r un lliw. Ond, wedi ailffocysu, lan fy ffroen chwith â'r llinell arw. Only the best, my arse.

Mae 'nghalon yn carlamu o dan effeithiau'r gorymdaith-bowdwr wrth i ni gamu allan o'r cubicle. Fuck! Bron iddi neidio'r Beechers Brook wrth i fi ddod wyneb yn wyneb â hunllef bersonol: Emlyn a Cariad yn mynd ati brin lathen o'r urinal drewllyd. So nhw'n fy ngweld i'n sleifio heibio gan fod eu llygaid ar gau mewn moment drachwantus. Wrth i fi adael yr ystafell a dychwelyd i fwrlwm y parti, gwelaf y ddau'n cau drws y cuddygl drachefn. Bastard.

Cerddaf yn sigledig tua'r bar i brynu wisgi arall – 'sdim syniad 'da fi ble gadawais i'r un diwethaf – gan basio pob math o ryfeddodau ar y ffordd. Fy hoff beth am bartïon Calan Gaeaf yw merched mewn catsuits – oes 'na unrhyw beth gwell ar wyneb y ddaear? Ar wahân i Cariad, mae o leiaf pum merch arall mewn catsuits du â mygydau i gwaetha'r ddelwedd. Pe bawn i'n gallu cael codiad, basai'r bwci-bo yma'n rhoi braw i ambell un! Fuck me fi'n frustrated...

Ar wahân i'r cathod, mae 'na dri Dracula, lot o wrachod,

rhywun mewn mwgwd Maggie Thatcher (oooo!), torrwr beddau, amryw aelod o'r Adam's Family a'r Munsters. Mae Kenco wedi gwisgo fel Batman ac yn edrych yn debycach i aelod o Go West nag i Adam West; y Caws wedi gwisgo fel môr-leidr a Kylie – y thick twat – wedi dod fel nyrs! Yn ogystal â'r holl amrywiaeth ma, mae un aelod o Fflach! a'i reolwr/greawdwr yn rhagori ar bawb arall gyda'u dewisiadau damweiniol eironig. Mae Marcel – prif leisydd a chyfansoddwr y 'band', Gary Barlow if you like – wedi dod fel y bwystfil, Frankenstein, tra bod Emlyn wedi dod fel y Doctor. Doctor Frankenstein, hynny yw. Fucking genius! Sa i'n siŵr oes unrhyw un arall wedi sylwi ar symboliaeth y cysylltiad, ond dw i wedi.

Wrth y bar, mae'r Caws yn prynu double wisgi a pheint o Stella i fi. Mae e'n rantio am ba mor anodd fydd hi i ffeindio rhywun i gymryd fy lle. Dyma beth dw i'n gasáu fwyaf am y diwydiant. Yr holl fuckin bollocks. Yr holl ganmol gwag. Yr holl gelwydd. Mae'r Caws, wedi blynyddoedd o hyrwyddo ei gwmni ei hunan a hob-nobio gyda fuckers ffug fel fe ei hunan, wedi anghofio sut i fod yn ddilys.

Codaf fy niodydd a throi 'nghefn arno fe yng nghanol brawddeg wag arall yn canmol fy ngwaith da i'r cwmni. Sa i'n dweud diolch. Fi'n llwyddo i gyrraedd y bwrdd sy'n gartref i Tony, Tony, Lee a Tony, Col, Snez a shitload o wydrau gwag lle cymeraf lymed anferthol o'r Stella a chlecio'r wisgi cyn i'r cwrw gael cyfle i glirio o 'ngheg. Cyn i wres y wisgi adael fy mhaled, mae Col yn codi ac yn mynd i'r bar i brynu un arall i fi. Mae gadael gwaith yn fucking brilliant.

Gyda'r swigod yn tagu f'ymennydd a'r celloedd prin yn diflannu un wrth un, mae'r caraoce-ddyn yn ymddangos ar y llwyfan gan gyhoeddi:

"Laydeeeeez aaaand gentlemen, our first performance of the night comes from the naughty nurse, Miss KYLIEEEEEEE!"

Wrth i Kylie lofruddio 'Manic Monday' gyda'i llais main annioddefol, mae Col yn dychwelyd gyda wisgi mawr a pheint arall i fi. Clec i'r wisgi cyn ymlacio'n ôl i wylio'r slwten fach yn symud ei chorff fel llysywen ar y llwyfan. Trof at Col gan ofyn, "Would you?" a nodio i'w chyfeiriad.

"Dim mater o 'would you' yw hi 'da fi, Luc. Ond 'have you?' Yr ateb wedyn fyddai, 'I have'."

Mae f'ymennydd yn gweithio overtime i ddeall beth ddwedodd Col, cyn ffaelu, ac yn y cyfamser, mae Kylie'n cwpla â'r caraoc-ddyn ac yn cyflwyno'r cantor nesaf, Marcel.

Gyda nodau agoriadol *Je Ne Regrette Rien* yn adleisio oddi ar welydd chwyslyd yr ystafell, ma jyst digon o amser 'da fi i glecio wisgi arall cyn i Marcel ddechrau ar y gân. Mewn acen Ffrengig 'Allo-'Alloaidd, mae prif leisydd Fflach! yn profi bod ei lais o leiaf yn well nag un Kylie, ond mae ei acen Ffrengig yn dechrau fflagio ar ôl y pennill cyntaf sy'n datgelu'r celwydd tu ôl i'w 'enw'. Rhodri Jones yw ei enw iawn, 'Marcel Menteur' yw ei enw llwyfan. Yn ôl Snez, roedd Rhodri eisiau twyllo plant Cymru i feddwl bod e'n rhyw fath o Gallic Stud o'r Dordogne neu rywle tebyg. Ond y gwir yw bod y llyffant yn fy llwnc yn fwy Ffrengig na'r fucker ffug yna. Erbyn iddo orffen, mae ei anallu i daro nodyn yn siŵr o fod yn peri gofid i gynhyrchydd y band. Ond sa i'n meddwl bod Emlyn wedi sylwi gan fod ei dafod wedi sefydlu ei hun bron yn barhaol i lawr corn gwddwg Cariad ers iddyn nhw ailymddangos o'r tŷ bach.

Wedi cymeradwyaeth goeglyd – gan ein bwrdd ni, o

leiaf – yn annog Marcel oddi ar y llwyfan, dw i'n codi unwaith eto ac yn troedio tua'r bar. Wedi cyrraedd, trof at y 'gath' nesaf ata i gan ddweud "Nice pussy", a heb rybudd, mae hi, pwy bynnag yw 'hi', yn bwrw fi'n sgwâr ar fy moch gyda chledr agored, gweiddi "FUCK OFF YOU TWAT!" a'i throi hi o 'na'n fucking gloi.

Fi'n gweiddi ar ei hôl: "Make that a smelly pussy, ya humourless whore!" cyn archebu drinks 'wrth Lurch.

Gyda fy moch yn dychlamu, ailymunais â'r criw o feddwon a chario 'mlaen i arllwys hylifau amrywiol i lawr fy nghorn gwddw.

Ar ôl dehongliad uffernol o 'It's Raining Men' gan dair cath a'r ast nath fy mwrw i; llofruddiad cyhoeddus gan Snez o 'Word Up'; 'The Green Green Grass of Home' gan y Caws; rhyw hen fenyw wedi gwisgo fel Grotbags yn canu 'Big Spender'; a pherfformiad poenus o 'Brown Eyed Girl' gan drydydd aelod Fflach!, Stifyn, oedd wedi gwisgo fel the Phantom of the Opera, camodd Emlyn ar y llwyfan.

Gyda'r hyder yn ffrydio oddi wrtho fel rhyw oruwch-ddyn ymbelydrol, mae'n gafael yn y meic fel canwr cabaret profiadol, aros am ddistawrwydd ac yn datgan:

"Hoffwn i ddedicato'r gân yma i Cariad... fy nghariad," cyn edrych i'w chyfeiriad a chwythu cusan. Prick.

Mae 'nghalon yn chwalu wrth glywed nodau cynta'r gân. Cleciais wisgi arall cyn i Emlyn, mewn llais perffaith, ganu'r geiriau mwyaf teimladwy sydd erioed wedi eu recordio i gyfeiliant cerddorol:

> *Ain't no sunshine when she's gone,*
> *It's not warm when she's away...*

Gydag Emlyn yn plicio llinynnau 'nghalon, fel plentyn yn

tynnu coesau daddy-long-legs, dw i'n suddo gyda phob nodyn o dôn ddidwyll Mr Withers a phob llymaid o Stella, yn ddyfnach tuag at gasineb pur a thywyllwch llwyr. Wrth i'r nodau donni drosof a'r golau lliwgar ceclyd wneud i 'mhen droi, dw i'n gorfod goresgyn y chwant i ffoi rhag yr uffern yma.

Disgynna Emlyn o'r llwyfan i standing ovation a chael ei wobrwyo â thafod Cariad, unwaith eto, lawr ei gorn gwddw. Mae'r ffaith 'mod i'n ffinio ar y paraplegic yn esgus digon da i beidio ag ymuno yn y gorfoledd gwag tuag at Doctor Frankenstein. Crëwr y bwystfil. Tad trybini.

Sa i'n symud am weddill y noson. Dw i jyst yn yfed nes bod y lle'n gwagio. Mae Col yn ceisio fy nghyffroi ar un adeg ond ma fe'n ffaelu. Fi eisiau crio. Fi eisiau diflannu.

Edrychaf o 'nghwmpas trwy lygaid dyfrllyd a gweld Fflach! yn syllu'n ôl.

"Amser mynd, Luc," medd Marcel, heb hint o Français yn agos i'w lais.

"Cot," yw fy ymateb. "Cot!"

Mae'r tri yn edrych ar fy ngwisg ac yn chwerthin.

"Dim probs," medd Marcel. "Gwisga hon."

Mae'n pasio cot ledr gyda thrim tsieclyd i fi.

"Cheers," dwedaf gan straffaglio i'w gwisgo. Gyda help llaw Snez, dw i'n llwyddo i godi ar fy nhraed. Ceisiaf danio sigarét ond sa i'n llwyddo i wneud dim ond llosgi blaen fy nhrwyn. Dilynaf y boy band allan o'r Con Club cachlyd gan boeri llond ysgyfaint o wyrddni trwchus ar y llawr er mwyn dangos diffyg parch, cyn camu allan i awyr fain y nos.

Cerddaf yn ansicr rhyw bum llath y tu ôl i Fflach! I ble? Sa i'n siŵr. Gartref? Falle. Ond cyn cael cyfle i fynd yn bell teimlaf law ar fy ysgwydd sy'n fy nhroi i o gwmpas i wynebu ei pherchennog.

"Where the fuck are you going with my coat?"

Cyn i fi gael cyfle i ateb, gwelaf gogwrn garw â'r gair LOVE wedi ei ysgythru arno yn hedfan yn syth am bont fy nhrwyn. Cysylltiad melys, o'i safbwynt e. Cwympaf fel ceilys ar ali angau, a'r dagrau, fel brysgyll, yn llosgi fy llygaid. Trwy'r niwl, gwelaf aelodau cachgïaidd Fflach! yn cefnu arnaf gan fy ngadael i gymryd y gweir.

Mae dyrnau di-ri'n morthwylio fy mhen a thraed anfaddeuol yn hoelio fy nghorff i'r llawr. Yn yr eiliadau poenus cyn colli ymwybyddiaeth a chyrraedd cysegr y tawelwch tywyll, gwenaf yn wanllyd trwy'r dyrnu didrugaredd. Teimlaf wlypter a gwres digamsyniol cachu a phiswel yn ymgasglu yn, ac yn treiddio trwy, fy moxers. Gobeithio bod y fuckers yn gwisgo sgidiau suede.

Uh-ah-Uh-ah-Uh-ah!

Yn ôl y cloc digidol, wrth iddo daflu golau isel drwy dywyllwch fy ystafell wely, roedd yn **23:11**. Roedd ffigurau Action Force ar y silff gyferbyn yn edrych fel byddin o gysgodion corachaidd, ond dim nhw oedd yn fy nghadw fi rhag cysgu.

Uh-ah-Uh-ah-Uh-ah!

Dihunodd Mam a Steve fi o'm trwmgwsg rhyw hanner awr yn ôl, wrth iddynt ddringo'r grisiau'n feddw ar ôl sesiwn canol wythnos ar y 'stwff caled'. Gin i Mam. Teachers i Steve.

Uh-ah-Uh-ah-Uh-ah!

Ro'n i ar goll mewn man braf lle'r oedd Dad yn… norm… lle roedd Dad fel yr oedd e gynt a finnau'n hapus o fod yn ei gwmni unwaith eto. Roedd Whitey yna hefyd dw i'n siŵr, neu o leiaf fersiwn hŷn ohono. Roedd ganddo'r un wên â fy ffrind ta beth. Roedd y lle, oedd fel fforest o liwiau cynnes a dail meddal, yn llawn merched o fy hen ysgol. Dw i'n gwybod hyn oherwydd eu gwisgoedd, ond cyn i fi gael gweld yr un wyneb, distyrbodd y meddwon ni a difetha'r cyfan.

Uh-ah-Uh-ah-Uh-ah!

Ro'n i 'di gorwedd yma ers ages. Nes i geisio cysgu i ddechrau ond roedd y sŵn 'na, chi'n gwybod yr un, yn ei gwneud hi'n amhosib. Rhoddes i'r gorau i geisio treial gweithio mas beth oedd y sŵn. I fi, roedd yn debyg i anifail… fel y fuwch welais i ar ffarm Wncwl Gwyn y tro 'na.

Uh-ah-Uh-ah-Uh-ah!

Ro'n i a Gwyn a Dad allan yn cerdded y caeau un prynhawn braf o Hydref pan sylwodd Gwyn fod nifer o frain yn ymgasglu ar waelod cae cyfagos. Felly, arweiniodd e'r ffordd tuag atynt i ymchwilio, a brasgamodd Nina'r ci i ffwrdd ar drywydd arogl anweledig.

Uh-ah-Uh-ah-Uh-ah!

Gallen i glywed sŵn angheuol yn dod o gyfeiriad y cyffro, a chyflymodd camau fy wncwl. Dilynodd Dad a fi ar ei ôl, gan nad oeddwn i'n gallu symud yn gloi iawn trwy'r gwair hir gwlyb yn fy wellies trwm a 'nghoesau byr. Roedd y sŵn yn iasoer. Roedd rhywbeth, neu rywun, mewn poen.

Ar ben draw'r cae, ar waelod llethr serth o fwd, ger y nant, gorweddai fresian gloff mewn byd o boen. Roedd llwybr ei llithr yn amlwg yn y llaca ac roedd hi wedi ei bachu ar hen bolyn ffens letrig rhydlyd drwy ei gwddw. I mewn trwy'r gwaelod a mas trwy'r top ger ei hysgwydd. Roedd ei choesau blaen ar wasgar a'r gwaed yn llifo ohoni i mewn i'r nant.

Uh-ah-Uh-ah-Uh-ah!

Roedd y brain yn ei bygwth ac yn cipio cig o'r clwyfau. Roedd Nina hefyd yn llawn diddordeb ac yn ysu am flas. Codai'r fuwch ei phen gan udo, ond roedd hyn yn gwneud tasg y brain yn haws gan ei bod hi'n rhwygo ei hun bob tro y symudai. Roedd hi'n cael ei bwyta a hithau'n dal yn fyw.

Uh-ah-Uh-ah-Uh-ah!

Ro'n i'n sefyll ar ben y llethr yn syllu mewn syfrdan ar yr olygfa islaw gan wylio fy wncwl a 'nhad yn codi carreg fawr o'r nant a'i lleoli o dan ên y fuwch. Roedd yr olygfa wedi fy nhrywanu a'm parlysu yn yr unfan: roedd fy llygaid a'm clustiau yn glynu wrth boen y fuwch a chwant rheibus yr adar. Aethant i nôl carreg arall wedyn, un debyg o ran maint, ac wedi clirio'r adar o'r ffordd gollyngodd y ddau y garreg ar ben y fuwch. Atseiniodd 'crac' croyw o amgylch y dyffryn ac wedi sgrech erchyll derfynol, peidiodd yr udo.

Ro'n i'n fud mewn arswyd i ddechrau ond yn dal i

syllu wrth i'r brain ddechrau gloddesta ac Wncwl Gwyn yn rhedeg i'r shed i nôl petrol a rhaw er mwyn llosgi a chladdu'r anifail…

Uh-ah-Uh-ah-Uh-ah!

Efallai mai dyna beth oedd ei angen i stopio'r sŵn yn ystafell Mam hefyd? Penderfynais fynd i fusnesu, codi a chroesi'r landing ar flaenau fy nhraed cyn troi dolen drws ei hystafell a chiledrych i mewn.

Uh-ah-Uh-ah-Uh-ah!

Rhewais yn ddelw o syndod ac arswyd o weld yr hyn oedd yn digwydd o 'mlaen i. Roedd Joan, sef Mam, wedi ei chyffio wrth benfwrdd y gwely a blind-fold (yr un ddefnyddion ni i chwarae pin-the-tail-on-the-donkey yn fy mharti pen-blwydd diwethaf) dros ei llygaid.

Os nad oedd hynny'n ddigon gwael, roedd hi'n edrych fel petai hi mewn poen aruthrol wrth i Steve benlinio ar y gwely'n noethlymun, gan ddal ei choesau ar wasgar wrth ei phigyrnau gyda'i ddwylo blewog, a'i phwmpio mor galed ag y gallai.

Uh-ah-Uh-ah-Uh-ah!

Bob tro roedd tin wen Steve yn hyrddio tuag ati roedd y sŵn yn llenwi'r lle. Sefais yna'n syllu. Mewn rhyfeddod. Mewn atgasedd. Roedd rhyw rym yn fy hoelio wrth y llawr. Ro'n i'n methu â symud.

Uh-ah-Uh-ah-Uh-ah!

Edrychais o wyneb Mam at Steve ar yr union adeg pan drodd ei ben ac edrych yn ôl ataf. Yn hytrach nag edrych yn flin, gwenodd cyn wincio ac ergydio'n galetach i isfyd Mam.

Yes! Steve! C'mon! Yes! Fuck Me! Steve! Fuck! Yes!

oedd ei hymateb i'r newid mewn tempo. Ro'n i'n teimlo'n sick wrth ffoi am f'ystafell wely gan adael Steve a Mam i orffen yr hyn roedden nhw'n wneud. Wrth gau'r drws clywais lais Joan yn ei annog unwaith eto.

Yes! Steve! Fuck! Me! IIIII'm Cummmm-mingngngng!

Doedd dim gobaith mynd i gysgu. Roedd hi'n ddigon o dasg cynt, ond bellach… wel, amhosib. Roedd y geiriau'n atseinio yn fy mhen. Ond, ganwaith yn waeth na'r geiriau, roedd wyneb dirdynnol Mam a gwên slei Steve yn syllu'n ôl arnaf y tu ôl i gloriau fy llygaid bob tro y ceisiwn eu cau.

Agoraf fy llygaid yn araf. Poenus yw'r weithred heddiw. Pam? Methu cofio. Pen tost. Pen really fucking tost. Mwy tost na'r arfer. Yn araf, mae'r cymylau'n lledu a dw i bron yn neidio allan o 'nghroen. Yn syllu arnaf, ei llygaid yn wlyb gan ddagrau, mae blast from the past go iawn.

"O, Luc…" Mae hi'n beichio crio, gan golli pob rheolaeth a gafael yn dynn yn fy llaw gleisiog.

"Helô, Mam."

Wythnos ar ôl derbyn fy nghosb am adnabod y fath gachgwn â Fflach!, mae fy nghleisiau wedi dechrau diflannu, mae'r boen wedi dechrau peidio ond mae fy atgasedd tuag at aelodau'r boy band yn fwy byw nag erioed o'r blaen. Mae'n ddiogel dweud bod y casineb yn tyfu'n ddyddiol, yn enwedig pan dw i'n bachu cip ar fy wyneb – sy'n edrych fel powlen o rawnwin piws – mewn drych, ffenest neu lwy.

Yn fwy difrifol na'r gweir a dderbyniais oedd ymddangosiad dagreuol Joan wrth fy ngwely yn yr ysbyty. Agorodd ei phresenoldeb hen greithiau ro'n i'n ceisio eu gwaredu. Ond, wedi ei pherfformiad emosiynol, yn ôl y llifon nhw i gyd.

Ceisiodd Joan ei gorau i 'nghael i fynd 'adref' gyda hi i wella. Too little too late yn anffodus. Mae hi'n gwybod na alla i byth ddychwelyd i'r tŷ arswyd 'na. Er hynny, nes i dderbyn lifft gartref ganddi. Dyna'r tro cyntaf i ni fod yn yr un lle gyda'n gilydd ers blynyddoedd. Roedd yn neis ei gweld hi. Wel, roedd hi'n dda gwybod ei bod hi'n dal yn fyw. Roedd hi eisiau cwrdd am goffi rywbryd, ond nes i ddim ymateb a gadawais heb gytuno ar unrhyw drefniant pendant.

So, dw i 'di bod yn recuperato ar fy mhen fy hunan ers wythnos. Dw i ar gwrs o boenladdwyr cryfion ac yn cael cymorth i gysgu sy'n gwaredu'r delweddau erchyll o 'mhen heb gymorth alcohol. Bydd rhaid i fi fod yn ddisgybledig rhag ofn i fi fabwysiadu habit bach newydd. Ar wahân i Whitey a Doc, sa i 'di gweld neb. Dim 'mod i eisiau gweld neb ond basen i 'di gwerthfawrogi galwad gan fy mos newydd neu garden gan y rhai a achosodd y broblem yn y lle cyntaf. Daeth Doc â lwmpyn bach o Hocus-pocus i fi ei fwynhau a daeth Whitey â tri CD llawn blues 'i adlewyrchu lliw fy nghorff'. Top boys.

Ar ôl wythnos fyglyd, sych, o gryfhau mae'n amser dechrau ar fy swydd newydd. Ces i gyfarfod gydag Emlyn ac aelodau eraill y tîm cynhyrchu ddoe i roi syniad i fi o'r hyn sydd i ddod. Roedd pawb yn llawn brwdfrydedd ac yn bositif, ond rhaid cofio mai dechrau'r daith yw hyn. Cawn weld sut siâp fydd ar bethau erbyn y diwedd. Dw i'n teimlo'n ffres. Ai dyma sut mae reformed alcoholics a born again Christians yn ei deimlo? Os taw e, pass me that Bible and pour me a Perrier! Dw i'n barod am y sialens gyntaf, sef rhoi lifft i'r gwaith i'r bastards didalent, digeilliau, di-barch 'na, Fflach!

Bant â fi yn y Panda, gyda Tool yn darparu'r cyfeiliant, ar draws y ddinas sydd yn dal yn hanner cysgu a hithau ond yn 06:38. Mae Fflach! yn ffilmio fideo ar gyfer eu sengl gyntaf heddiw, y gân sy'n mynd i gyd-fynd â'r gyfres; eu theme tune. Dw i heb ei chlywed hi eto, ond wrth gofio'n gymylog am ddiffyg talent y triawd, mae'n anodd credu bod y dechnoleg ar gael i wneud iddyn nhw swnio'n dda.

Dw i'n sgrialu rownd cornel isaf Cathedral Road, gan anwybyddu'r golau coch am nad oes car, camera na phresenoldeb arall yno i 'ngweld i'n torri'r gyfraith, cyn cyrraedd cartref Fflach!, sydd ond tafliad carreg o'r Hanner Ffordd. Fel y Monkeys gynt, mae'r boy band yma'n cyd-fyw.

Mae cols fy nghasineb yn grasboeth wrth i fi stopio tu allan i'r tŷ. Rhaid i fi anadlu'n ddwfn a thanio sigarét er mwyn atal y chwant treisgar sy'n sgubo drosto i. Ymhen pedwar llond ysgyfaint mae Fflach! yn ymddangos fel Rod, Jane a Freddy mewn dillad llachar lliwiau'r enfys yn barod am y sialens sydd o'u blaen, sef meimio.

"Bore da," mae'r tri'n datgan wrth ymuno â fi yn y car.

"All right," dw i'n mwmian yn ddideimlad yn ôl.

Heb air o ymddiheuriad, a heb hyd yn oed sôn am yr olwg sydd ar fy ngwyneb, i ffwrdd â ni am ddociau'r Barri, am warws segur ac am ddiwrnod hir o gerddoriaeth crap.

"SHITBLOODANDCUMMEONMYHANDS…" Heb rybudd a heb ofyn caniatâd, mae Marcel yn tynnu fy nhâp i o'r stereo ac yn gosod ei dâp ei hun yn ei le.

"Beth ti'n neud, Rod?" gofynnaf mewn sioc yn fwy na dim.

"Marcel yw fy enw pan dw i'n gweithio, Luc. A'r hyn dw i'n ei wneud yw gwrando ar y gân ni am ganu heddiw. Oh-kay?"

Cyn i fi gael cyfle i (or)ymateb, mae'r twat yn gwthio'i dâp i mewn ac mae'r gerddoriaeth – sydd mor wag o deimlad ac enaid – yn gwneud i fi deimlo'n sâl. Yr unig beth galla i wneud i leddfu'r boen yw tanio ffag arall a neud yn siŵr bod y mwg yn chwythu i gyfeiriad Marcel. Trwy'r cymylau mae'r arweinydd yn troi i wynebu ei gyd-aelodau.

"Reit, dilynwch fi. Rhaid i'r lip-sync fod yn berffaith."

A dyna sut y bu hi am y chwarter awr nesaf cyn cyrraedd y set – y gân felltithiol ar loop tra bod y triawd tragic yn meimio gyda'i gilydd yn llawn brwdfrydedd ond yn amlwg ddi-glem. Dw i bron yn suicidal cyn dechrau'r dydd ac yn ysu am gael gwared ar gwmni Fflach! a dechrau ar y busnes cynhyrchu ma. Cynhyrchu beth, sa i'n gwybod.

Ni'n gadael y Panda ac yn camu i fydysawd arall. Tu mewn i'r warws mae'r dynion props a'r rhedwyr yn brysur yn creu golygfa gynta'r dydd. Off â'r triawd didalent drwy fforest o blanhigion plastig a mynydd o dywod sych i'r garafán goluro, a bant â fi i gael coffi.

Wrth y caban coffi dw i'n cwrdd â Danny Cesar, y cyfarwyddwr. Mae Danny'n adnabyddus dros Glawdd Offa fel cyfarwyddwr fideos cerddorol ac wedi gweithio gyda'r Chemical Brothers, Boyzone a Sir Elton fucking John! Y cwestiwn dw i'n ysu gofyn iddo yw 'beth fuck mae e'n neud fan hyn?' Daeth yr ateb i'r amlwg gydag ymddangosiad Emlyn.

"Daaannyyy, sut wyt ti?" sgrechiodd Emlyn yn orfrwdfrydig, gan wneud yn siŵr bod pawb o fewn dwy filltir yn ei glywed.

"Hi, Emlyn. Owkay diolch," yw ateb cynnil y cyfarwyddwr ifanc, yn ei acen hanner Luvvie Llundain, hanner Mountain Ash. "Ydy popeth bron yn barod? Rhaid i fi fod nôl yn Llundain erbyn deg."

"Dim probs, Danny. Bydd heddiw fel bubblebath o'i gymharu â dy day job di."

"Hon yw fy day job i," ydy ei ymateb dryslyd.

"Ha, ha, ha, ha, ha, ha!"

Dyma'r tro cyntaf i fi weld Emlyn yn actio fel hyn. Mae e mor heger a hunanbwysig fel arfer, mae'n sioc ei weld e'n llyfu tin a theimlo'n israddol. Taniaf sigarét a sugnaf arwyneb crasboeth y Nescafé gan barhau i wylio'r sioe. Er mawr syndod, mae Emlyn yn fy nghyflwyno.

"Danny, dyma Luc, aelod mwya newydd y tîm."

Mae Danny'n cymryd fy llaw a'i hysgwyd cyn edrych ar fy wyneb cleisiog. "Hi, Luc? Fuck. Beth ddigwyddodd i ti?"

O'r diwedd, cydnabyddiaeth wrth rywun bod fy nghleisiau'n bodoli. Gwenaf wên gam.

"Dim byd. Newydd ddod o make-up dw i."

"Eh?"

"Jôc, Danny, jôc," dwedodd Emlyn gan dorri ar ein traws.

"Wrong place wrong time, yn anffodus."

"Luc yw PA newydd Fflach!," adiodd Emlyn. Hang on. PA? PA? Personal Assistant. Fuck off! Edrychaf ar Emlyn trwy lygaid tanbaid. P-FUCKIN-A! News to me. Bron i fi weiddi ar y bastard o flaen y criw. Calliaf. Dw i eisiau gair preifat 'da fe. Dim dyma'r lle ac yn sicr dim dyma'r amser i wneud scene.

Mae llais y rheolwr llawr yn atseinio oddi ar waliau'r warws gan gadarnhau bod y diwrnod ar fin dechrau.

"TEN MINUTES TO FIRST TAKE. TEN MINUTES!

Ac i ffwrdd ag Emlyn â fi ar ei ôl.

"Emlyn!" Dw i'n cerdded wrth ei ochr, fel ci yn Crufts.

"Luc. Ti'n iawn?"

"PA, Emlyn! Personal assistant i Fflach!? Dim dyna fy swydd i." Dw i bron yn crio wrth ddweud hyn ond mae fy mochau chwyddedig yn cuddio'r ffaith. Mae Emlyn yn stopio ac yn fy ngwynebu; mae gwên lydan yn bresenoldeb gormesol ar ei wyneb.

"PA, Luc. Dyna beth yw dy swydd di. Nes ti ddim darllen dy gytundeb?"

"Wel… do… sort of…"

Wrth i'w wên droi'n chwerthiniad dw i bron â throi a ffoi am adref. Dw i eisiau diflannu.

"Production Assistant, Luc. Production Assistant. Fuck me, 'sdim angen ysgrifenyddes arnyn nhw. Dim eto ta beth."

Mae'r holl deimladau negyddol yn codi oddi ar f'ysgwyddau fel gwlith o lannerch ar fore braf. Rhyddhad. Unwaith 'to, mae 'nghleisiau'n fy achub wrth i fi deimlo 'mochau'n cochi.

"Ok?"

"Ok. Roedd e'n bach o sioc 'na i gyd."

"Yn amlwg. Reit, dyma'r plan; dw i'n gorfod mynd nôl i Gaerdydd. Mae gen i gyfarfod. Dw i moyn i ti aros ar y set am heddiw a helpu ble mae angen. Gwna'n siŵr fod y bois yn iawn a'r dawnswyr yn cael unrhyw beth ma nhw'n moyn. Jyst ceisia gael teimlad o sut mae pethau'n gweithio. Byddi di'n cymryd rôl mwy hands-on unwaith bydd y gyfres yn dechrau cael ei saethu'r wythnos nesaf. Ok?"

"Iawn. Sorry am…"

"Luc. Dim probs. Jyst mwynha dy ddiwrnod."

Mwynhau ddwedodd e? Wedi diwrnod ar y set dw i'n gwybod pam bod Emlyn mor awyddus i adael cyn bod y gwaith yn ddechrau.

Ymhen dim mae'r triawd yn wynebu'r camerâu gyda'r colur yn doesiog ar eu hwynebau a'u gwisgoedd mor ddisglair â'r goleuo fry. Gyda'u pecs a'u abs yn tonni o dan eu crysau T tynn, o leiaf ma'r fuckers yn edrych fel y dylsen. Clones. Mae chwech dawnswraig ifanc tua 14 oed o'u hamgylch. Y chwech yn bert iawn ac wedi gwisgo'n unffurf: sgert wyntyllog a fest gyda'r gair 'Fflach!' yn gorchuddio'u bronnau annatblygedig mewn ffrwydrad o liwiau llachar. Jailbait.

O fewn eiliadau i'r "Action" cyntaf mae'r gân heintus yn llenwi'r warws fel halitosis clywedol. Drosodd a throsodd. Drosodd a throsodd.

Wrth, eistedd a gwylio'r perfformiad sylwaf fod lip-synchio Fflach! mor uffernol â'r dybio ar the Big Boss, ond dyw'r choreography ddim yn yr un bydysawd. Maen nhw'n fy atgoffa i o ddosbarth aerobics i ddechreuwyr. *And step two three four... i'r dde dau tri pedwar... i'r chwith dau tri pedwar... troi o gwmpas aaaaaaaaaaaaaaand grapevine.* 'Na i gyd sydd angen nawr yw 'Jump' gan Van Halen yn lle'r trac sain 'gwreiddiol' ma er mwyn ail-greu awyrgylch y neuadd bentref ar nos Lun.

Rhaid i fi adael cyn troedio oddi ar glogwyn gwallgofrwydd. Dw i'n considro honni 'mod i ddim yn teimlo'n rhy dda gan wybod yn iawn fasai neb yn amau fy ngair gyda 'ngwyneb yn y cyflwr mae e. Ond dw i'n penderfynu aros; new leaf an' all that. Mas â fi am awyr iach, ond cyn cael cyfle i lenwi f'ysgyfaint clywaf Danny'n gweiddi "CUT" a'r rheolwr llawr yn cyhoeddi ein bod ni'n torri am chwarter awr i addasu'r olygfa. Trof a cherdded

tuag at y garafán goluro er mwyn cynnig diod i Fflach!,
yn y gobaith y bydden nhw'n tagu ar yr hylif.

Mae'r triawd yn ymlacio o flaen y drych a'r colurwyr
yn gwneud eu gwneud. Ar y soffa yng nghefn y garafán
mae'r dawnswyr di-biwb yn giglo, sibrwd a syllu ar yr
hyncs. Mae'r ferch berta'n syllu i'w cyfeiriad ac wrth
ddilyn llwybr ei llygaid caf sioc o weld Stifyn yn wincio'n
ôl arni yn adlewyrchiad y drych. Edrychaf eto ond mae'r
foment wedi went, os digwyddodd hi o gwbwl. Mae fy
llygaid chwyddedig yn gallu chwarae triciau arnaf.

Cyn i fi gael cyfle i gynnig fy waiter service, mae
Gwenlli, y rhedwraig (yn llythrennol), yn rhuthro heibio
gan ofyn: "Hei, genod, chi isho diod?" Ond cyn i'r 'genod'
gael cyfle i ateb, mae Marcel yn torri ar eu traws gan
glicio'i fysedd i fynnu sylw Gwen.

"Hei, ti. Dere â tair potel o ddŵr, tri Mars Bar a twenty
Marlboro Lights."

Mae wyneb bywiog Gwenlli'n cwympo. Llenwodd ei
llygaid wrth iddi adael y garafán heb air pellach. Dw i'n
fucking crynu. Pa hawl sy 'da fe? Pwy mae e'n 'feddwl
yw e? Fuckingprimadonnacunt. Allan â fi o'r lle cyn rhoi
cweir i'r cachgi. Rhaid dial – dim ar ran Gwenlli, ond
ar fy rhan i'n hunan. Dyw'r bastards yn y grŵp ddim yn
dangos unrhyw fath o barch nac edifeirwch; maen nhw'n
haeddu… rhywbeth. Dw i'n gwybod bod dial yn deimlad
peryglus ond mae'r chwant yn rymus ynof ar y foment.

Gadawaf heb yngan gair croes wrth Marcel. Meddyliaf
am Gwenlli; ei hwyneb coch a'i dagrau. Dymunaf fod
yn gryfach. Yn llai cachgïaidd. Meddyliaf am y pethau
y gallen i fod wedi eu dweud mewn gwrthwynebiad i'r
modd yr hawliodd Marcel ei sylw. Ond, fel arfer, mewn
sefyllfa o'r fath, mae'n hawdd meddwl wedyn a bod yn
arwrol yn fy meddyliau fy hun. Peth arall yw wynebu

bygythiadau'n union syth.

Unwaith yn gachgi, wastad yn gachgi. Woof-woof.

Pasiodd gweddill y dydd fel hunllef. Hunllef mewn surround-sound. Roedd Danny'n benderfynol o orffen yn gynnar a chafodd ei ddymuniad. Wedi pymtheg golygfa debyg yr olwg, 33 Benson a chant a mil o takes, clywais y geiriau sanctaidd:

"Cut. Diolch yn fawr pawb. That's a wrap."

Thank fuck for that. Un loop arall a baswn wedi considro hunanladdiad, neu o leiaf trawsblaniad clust. Wrth i'r criw glirio'r peiriannau, y props a'r holl eitemau amryfal sy'n rhan o set fideo, dw i'n ymlusgo tuag at y garafán er mwyn annog Fflach! i dynnu eu bodiau mas er mwyn cael gadael. Gyda'u hwynebau'n rhydd o'r colur, maen nhw mor welw â Brits abroad ar ddechrau pythefnos yn Shagaluf.

Arhosaf yn yr esgyll gan wylio golygfa ofidus arall. Mae'r dawnswyr yn awr yn amgylchynu'r triawd tra bod Fflach! yn llofnodi eu llyfrau. Tragic as fuck. Dw i'n gwybod eu bod nhw'n ifanc ond come on, mae unrhyw un yn gallu gweld, heb sôn am glywed, eu bod nhw'n shit beyond belief. Bydd hyn yn annog mwy o ymddygiad egotistical gan y cachgwns. Trwy'r chwerthin a'r chit-chat brwd dw i'n dal llygad Snez ac yn nodio tuag at gyfeiriad y Panda.

Deg munud yn ddiweddarach, wedi rownd o gusanu bochog, sgrechian a ffotos, mae Fflach! yn fy nilyn i'r car. Ymlaen â'r injan ac ymlaen â'r fucking tâp sydd yn dal i droelli yn y stereo. Yn unllais, ac mewn harmoni gwell nag sydd erioed wedi croesi eu gwefusau, mae Fflach! yn cydadrodd:

"NOOOOOOOOOOOOOOOOOOOOOOOOOOOOOOOO

OOOOOOO!"

Rhaid lladd y sŵn cyn i'r gân gael cyfle i ailfarcio f'ymennydd.

"Dw i ddim isho clywad y gân 'na byth eto, ia," medd Snez.

"Na fi," cytunodd Stifyn.

"Wel does dim dewis 'da chi," dwedodd Marcel yn amddiffynnol. Wedi'r cyfan, fe sydd wedi ysgrifennu'r shit. "Hi yw theme tune ein rhaglen ni. Chi'n mynd i'w chlywed hi bob dydd am y chwe mis nesa."

"NOOOOOOOOOOOOOOOOOOOOOOOOOOOOOOOOOO OOOOOOO!" yw ymateb Stifyn a Snez cyn chwerthin yn groch.

Wrth yrru am adref, dw i'n gwneud penderfyniad i beidio siarad 'da Fflach! os nad oes rhaid i fi. Yn ffodus, nid yw hi'n ymddangos eu bod nhw eisiau siarad 'da fi chwaith. Maen nhw'n fwy na hapus yn eu bubble bach ffug. Croeso iddyn nhw aros 'na am byth. Y broblem fawr, wrth roi lifft iddyn nhw, yw gorfod gwrando ar y cach maen nhw'n ei siarad.

"Rock and roll," yw dechreuad gwych pob sgwrs gan Stifyn.

"Ti'n iawn," medd Marcel. "Ni on the way nawr."

I ble'n gwmws – moo moo land?

"Roedd heddiw'n brill, ia. Dw i erioed wedi bod mor pampered," cyfaddefodd Snez. Dyw e, yn amlwg, heb fod yn agos at hwrdy yn ei fywyd.

"A beth am y merched? Roedden nhw all over ni…"

Hang on. Unhealthy remark, Stifyn.

"…tasen nhw ychydig yn hŷn baswn i'n ffwcio'r lot. Gang bang!"

Partially redeemed.

"'Na fel bydd hi o nawr 'mlaen – groupies yn bobman."

Groupies? Kiddies more like.

Dw i bron yn agor y drws a gwneud commando roll o'r car pan maen nhw'n dechrau canu'n a cappella wrth basio goleuadau Dow Corning. Roedd Francesco Zappa'n iawn pan ganodd nad yw'r poenydio byth yn peidio. Ni'n cyrraedd Treganna a bant â nhw heb air o ddiolch gan fy ngadael i'n ceisio ailafael ar y briwsion sydd ar ôl yn fy mhenglog. Dw i'n ailosod Tool yn y stereo a bron â thaflu tâp cachlyd Fflach! allan o'r ffenest, ond yn meddwl ddwywaith. You never know…

Ar ôl diwrnod yn eu cwmni, dim ond un peth sydd ar fy meddwl. Ac wedi wythnos ar y wagen, dw i, Luc Swan, ar fin deifio i mewn i bwll dwfn o Stella Artois.

You're a fake, baby,
I've blown your cover.
The jig is up, 'cause I discovered,
You're a fake, baby, and I'm disgusted,
The game is through and now you're busted.

Alexander O'Neil

Dw i'n dihuno'n gynnar gyda cân gach Fflach! yn troelli yn fy mhen. Nid yw cawod, coffi na sigarét yn gwaredu'r boen ac mae'r hangover yn cymryd sêt gefn i'r annifyrrwch cerddorol.

Wedi wythnos sych, rhaid oedd gadael y dafarn neithiwr ar ôl dim ond pedwar peint. Roedd waliau'r Canton yn dechrau anadlu, ac ar ôl yr holl chwerthin a thynnu coes ar ran y boys, es gartre'n sigledig. Cysgais fel carreg a nawr, wrth yrru tua'r gwaith, mae'r hangover yn amlygu ei hun ac yn mynd benben â chân gachlyd Fflach! am boen fwya'r bore.

Wrth basio'r Cylchdro Hud am bencadlys Akuma Cyf – sydd ond tafliad carreg o Dreamtime – daw atgofion neithiwr i'r cof. Cafodd Whitey syniad gwych pan soniais pa mor uffernol o shit yw Fflach!

"Pam nag 'yn ni'n gwneud taste test ar X-Ray Radio,"

awgrymodd e, heb unrhyw goegni. "'Na i gyd sydd angen yw CD."

Felly, gyda'r geiriau'n gafael, dw i'n gorffen fy sigarét wrth gerdded ar hyd y maes parcio at y dderbynfa.

"Bore da, Luc," medd Steph yn llawn chwant, yn ei hacen Rhydfelen classy. Steph yw derbynwraig y cwmni, yn ddeunaw oed gyda gwallt blond a llygaid glas. Mae hi'n freuddwyd gwlyb ar goesau sydd, am ryw reswm, yn ffansïo yours truly. Fuck-knows pam. Dw i heb fod yn neis wrthi na dim. A'r rheswm am hyn? Oherwydd allen i ddim gwneud unrhyw beth 'da hi taswn i'n treial, so beth yw'r pwynt.

Mae hi'n pwyso ei dwy benelin ar y ddesg sy'n cywasgu ei bronnau gan ffurfio cwm cnawdol uwchben y top v-neck. Am ddechreuad da i'r dydd! Gyda llenni ei llygaid yn gweithio overtime, cofiaf fod gen i rywbeth i'w ofyn iddi a llusgaf fy llygaid i ffwrdd oddi wrth ei bronnau, sydd fel gwaredu gwm-cnoi oddi ar gordyrói.

"Alright, Steph. Ti'n iawn?"

"Gwell nawr…"

"Elli di neud ffafr â fi?" Torraf ar ei thraws cyn i bethau boethi.

"Wrth gwrs, beth?"

"Ti'n gallu ffeindio un o CDs Fflach! i fi?"

"'Na i gweld beth gall fi ffeindio. But it'll cost ya!"

"O ie? Na i weld ti wedyn then," a bant â fi am gyfarfod gyda gweddill tîm cynhyrchu *Tŷ Trybini*.

Ar ôl tair awr o sgwrsio, cynllunio, coffi, trafod, beirniadu, chwerthin a mwy o goffi; o'r diwedd mae trefn cynnwys y rhaglenni'n dechrau ffurfio ac mae'r diwrnod gwaith ar ben i fi.

Dyma'r tawelwch cyn y storm. Mae'r paratoi bron ar ben a'r gwaith caled ar fin dechrau'r wythnos nesaf. Dyna pryd byddwn ni'n dechrau ar y gwaith o ffilmio'r gyfres a hyrwyddo'r bastards didalent gan geisio gorfodi plant Cymru i wario eu harian prin ar gynnyrch y boy band mwyaf shit yn hanes boy bands shit.

Wedi ffarwelio â gweddill y tîm, dw i'n dychwelyd at Steph a'i chwm croesawgar. Mae hi'n siarad ar y ffôn ac yn gwenu arnaf wrth i fi nesáu. Wrth iddi ailosod y ffôn mae hi'n gafael mewn CD gyda'i llaw arall gan adael i'r cas hongian rhwng ei mynegfys a'i bawd yn bryfoclyd.

"Edrych beth sydd gan fi-ii."

"Diolch Steph."

Mae hi'n pwyso ar y ddesg unwaith eto gan edrych i fyw fy llygaid. Fuck me, mae hi'n lush. Ond, dim smic lawr stâr.

"Mae rhain yn rare ti'n gwybod, Luc."

"Really?"

"Sa i'n gwybod os fi'n cael ei rhoi fe i ti."

"Come on, Steph. Plîs."

"Ar un condition." Dyma fe'n dod. "Ti'n gorfod dod am drink gyda fi nos Gwener."

Fuck that, luv. A heb air, dw i'n cipio'r cryno-ddisg o'i gafael mor chwim a Jedi Knight, ac yn cerdded am y drws.

Sod's law sydd ar waith fan hyn achos galla i gyfri ar un bys faint o ferched sydd wedi gofyn i fi fynd mas 'da nhw. Carys Curruthers oedd ei henw ac mae ei disgrifio hi fel merch salw'n gwneud cam â holl ferched salw eraill y byd. Ond dyna, yn syml, beth oedd hi. Ffaith nes i awgrymu iddi ar fwy nag un achlysur. What goes around...

Ta waeth, ar wahân i'r un peth bach (no pun intended)

mae bywyd yn dda ar hyn o bryd. Felly dw i'n gobeithio bydd actio fel asshole tuag at Steph yn ei hannog hi i gadw'n glir. Gyda'r CD yn fy mhoced a phrynhawn cyfan i'w ladd, dw i'n gyrru am Ysbyty'r Waun a taste-test Fflach!

Wedi hanner awr o chwilio – am le i barcio'n gyntaf, cyn colli fy ffordd wrth ddilyn cyfarwyddiadau Whitey i'r stiwdio sydd wedi eu hysgrifennu'n flêr ar gefn beermat tamp – dw i'n cyrraedd Ward 3C. C am Cancer.

Af at y dderbynfa a gofyn i'r nyrs sydd ar ddyletswydd:

"Can you tell me where the radio studio is, please?"

"Yer. Down the end of the corridor straight ahead all right luv," yw'r ateb di-saib sy'n diferu o Drelái.

Felly i ffwrdd â fi drwy ystafell aros y Medelwr Mawr tuag at X-Ray Radio – yr enw gorau am orsaf radio ysbyty yn y byd, heb os – gan edrych ar y llawr. Dw i'n casáu ysbytai fel y mae ond dyma'r ward waethaf; death's doormat, fel clywais Whitey'n cyfeirio ati neithiwr. Wedi cyrraedd cornel pella'r ward, gwelaf Whitey drwy ffenest fach dywyll y stiwdio. Cnoc, cnoc a gwthio'r drws. Er mawr syndod i fi mae'r drws ar glo. Mae'r rheswm am y caethiwo gwirfoddol yn dod i'r amlwg pan mae Whitey'n ei agor ac yn fy mugeilio i mewn gan ei gloi drachefn. Mae'r lle'n drewi fel tŷ Howard Marks.

"Gweithio'n galed?"

"Fuckin right," yw ateb Whitey â gwên lydan ar ei wyneb. "Rhaid i fi wneud rhywbeth i leddfu'r boen,"

Daw'r esgus am y drewdod trwy gwmwl porffor i gyfeiliant nod tuag at y gerddoriaeth sy'n dod o'r seinyddion – rhyw shit gan Annie Lennox dw i'n credu.

Edrychaf rownd yr ystafell sydd heb gael upgrade ers

y 70au. I'r chwith, mae wal llawn CDs; i'r dde, posteri cerddorol melynllyd, wedi blynyddoedd o hongian gyferbyn â'r ffenest sydd yn gil agored i adael i ychydig o'r mwg ddianc; ma fy ffrind yn eistedd wrth ddesg gymysgu fase ddim allan o'i le yn Sain Ffagan, ac yn y cornel ma gitâr Whitey'n pwyso'n erbyn y wal yn magu llwch wrth i'w pherchennog wastraffu ei dalent yn chwarae CDs i'r lled-feirwon preswyl.

Mae Whitey'n pasio'r mwgyn drwg i fi.

"Surely dyw hyn ddim yn dy job description."

"Ti'n iawn."

"Beth mae dy fòs di'n dweud?" gofynnaf wrth sugno'n galed ar dwll tin yr anifail drewllyd.

"Fuck all. Fi byth yn ei weld e. Fi byth yn gweld neb a dweud y gwir. Yr unig berson arall sy'n defnyddio'r ystafell yw'r DJ arall, Norm," dwedodd Whitey, "a dwi'n gwerthu iddo fe!"

Chwerthin...

"Ni'n atebol i'r personél manager, ond as long as nad oes cwynion, ma fe'n gadael ni i fod. Ma Norm a fi'n cael chwarae beth bynnag ni moyn hanner yr amser."

"A'r hanner arall?" gofynnaf, wrth chwythu mwg i gyfeiriad y ffenest.

"Shit ran fwyaf. Requests, pop. Ti'n gwybod..."

"Shit," dwedaf cyn iddo gael cyfle i orffen ei frawddeg.

"Yn gwmws. Mae'n ideal really."

"Ideal?"

"Ie. Faint o DJ's sy'n cael chwarae cerddoriaeth gan The Mothers neu Beefheart yn ddyddiol? Dim fucking lot."

"Beth am Bruno Brooks?"

"Fuck off," yw ateb pendant fy ffrind cyn i'r ddau ohonon

ni floeddio chwerthin dan effeithiau'r gwyrddni.

Gyda'r gân gachlyd yn dirwyn i ben mae Whitey'n gafael mewn darn o bapur, yn mewnbynnu CD arall i'w briod le, cyn gafael yn y meic a dweud mewn llais trwynol, cyffredin i bob DJ gwerth ei halen:

"That was Annie Lennox singing the classic 'Broken Glass'. And now a special song for a very special lady. Not my words but Mike Charles's. This is for Cynthia, ward 1B, who's celebrating her forty-second birthday today. Happy birthday, Cynthia, and get well soon. This is Diana Ross."

Gyda Whitey'n rholio ffync fwgyn arall ar y ddesg gymysgu wrth i'r diva â'r llais nefol ganu am fynyddoedd uchel a chymoedd dwfn, estynnaf y CD o boced fy nghot. Edrychaf ar ddiffyg gwreiddioldeb y llun ar glawr y cryno ddisg – Marcel, Stifyn a Snez mewn crysau gwyn yn edrych mor angylaidd. 'Band' arall oddi ar y conveyor belt bythol.

"Fuckin hell, pwy y'n nhw?"

"Fflach! The worst band in the world... probably."

"Maen nhw'n edrych fel gayboys go iawn i fi! 'Na i chwarae nhw nesaf. Faint o ganeuon sydd ar y CD?"

"Pump."

"Newn ni chwarae nhw back-to-back i weld gawn ni unrhyw gwynion." Ac ymhen dim mae Whitey'n ôl wrth y meic yn cyflwyno Fflach! i'r cleifion.

"Something a little bit special for you now. An exclusive first broadcast by a brand new boy band from Cardiff, Fflach! Which is Welsh for Fflash!"

Ymlaen â'r gân gyntaf – 'Aros 'run Fath' – a thanio'r perlysfwgyn i gyfeiliant y geiriau cyntaf.

Hei, ty'd draw fan hyn
a gad i fi dy ddal di'n dynn...

Cyn i'r pennill orffen, mae Whitey ar ei liniau o dan
straen y chwerthin. Pan mae'n estyn y spliff i fi gallaf weld
dagrau'n cronni yn ei lygaid cochion. Mae'r gerddoriaeth
mor wael a'r geiriau mor ffug fel 'mod i'n embarrassed
'mod i'n rhan o'r gadwyn sy'n mynd i'w cyflwyno nhw
i'r byd.

Mae Whitey'n codi'n araf yn ôl i'w gadair gan ddweud,
"Fi 'di clywed y gân ma rhywle o'r blaen, man."

"No way. So nhw 'di releaso dim."

"Na, na. Y dôn, y gerddoriaeth, y melodi. Mae'n
gyfarwydd. Fi'n meddwl 'mod i 'di chlywed hi heddiw
actually. Aros funud," medd Whitey wrth edrych drwy
bentwr o CDs.

"Dyma'r CDs fi 'di chwarae heddiw." Mae'n gwahanu
tua chwe CD oddi wrth y gweddill a'u dal nhw o'm blaen.
"Boy bands. Bet taw rip-off o un o'r caneuon sydd ar un
o'r CDs hyn yw hi. Tenner?"

"No chance."

Mae fy ffrind yn sganio'r rhestri o ganeuon ar gefn
pob CD yn fanwl, un ar ôl y llall.

"Bingo! All Change gan J'Adore.

Hey, come over here,
and let me hold you tight..."

Canodd Whitey'r geiriau i gyfeiliant cerddoriaeth
Fflach!

"Ti 'di clywed hon?"

"Na," yw fy ateb gonest ond dyw Whitey ddim yn fy nghredu i.

"Come on, gelli di ddweud wrtha i!"

"Serious. Sa i'n gwrando ar y radio."

"Ond ti 'di clywed am J'adore?"

"Pwy?"

'J'adore. Rhyw three piece o Bolton neu Brighton… Rhywle yn Lloegr anyway. Dyma'r promo copy o'u album nhw. 'Sdim ots. Aethon nhw i'r top twenty gyda'r gân ma, 'All Change'."

"So…"

"Sooooo, mae'r dôn yn debyg a'r geiriau'n gyfieithiad, Luc. Edrych." Mae Whitey'n agor clawr CD J'adore, tynnu'r inlay allan a ffeindio geiriau 'All Change', cyn mynnu 'mod i'n gwrando ar eiriau cân Fflach!:

Ffarwél – mae'r tacsi'n aros yn y glaw
Paid â chrio, rho i mi gusan…

Wrth wrando dw i'n dilyn bys Whitey o dan y geiriau Saesneg o'n blaen. Dw i'n methu credu beth dw i'n ei weld a'i glywed:

We've said goodbye, the taxi cab is waiting
Now don't you cry, just one more kiss…

"Fuck me."

"Rip-off llwyr, Lucster," a gyda gwên yn gwawrio ar wyneb fy ffrind, mae e'n pasio'r spliff i fi unwaith eto.

Sugnaf, darllenaf a gwrandawaf ar yr un pryd; sy'n eithaf impressive o gofio pa mor caned dw i erbyn nawr. Mae'r sefyllfa mor swreal fel ei bod hi bron yn ormod i'w hamgyffred. Dy'n ni ddim yn yngan yr un gair arall tan ddiwedd y gân pan mae Whitey'n gafael yn y meic unwaith eto.

"That was sssssssensational. I bet you want to hear some more. Well, here's another. This one's called 'Torri Calon', which is Welsh for 'breaking heart'."

Ymlaen â'r ail gân ac yn ôl â ni at eiriau caneuon J'adore.

"Beth yw'r bet bod hon yn rip-off hefyd?" meddai Whitey, trwy gwmwl o fwg.

"Surely not!" Basai'n rhaid i Marcel fod yn dwp uffernol i ddwyn dwy gân gan yr un band oddi ar yr un albwm…

Pam wyt ti'n mynnu fy ngwylltio…

Gyda geiriau agoriadol y gân yn gafael, ry'n ni'n dau'n sganio geiriau J'adore yn y gobaith o ffeindio efaill. Wedi munud dawel…

"Yes!"

"Ble Luc?"

"Gwranda."

Pam na allwn ni siarad?
Oes gen ti rywbeth i guddio?
Dwed wrthyf sut ti'n teimlo
A gad i fi fynd…

"Cyfieithiad gwael, ond definitely cyfieithiad o'r pennill:

Why can't we talk things through,

Have you got something to hide,
Tell me how you feel and let me go."

"Ti'n iawn, Lucster. Fuckin rip-off arall. Sa i'n credu hyn."

"Na fi. Ti'n gallu chwarae un arall?"

"Fi yw'r boss."

Ar ôl i'r ail gân orffen, ymlaen at y drydedd – 'Cariad ar Ffoi' – sydd yn amlwg, wedi gwrando ar y cwpled cyntaf, yn gopi o'r gân 'Love Ain't Here Anymore' oddi ar yr un albwm gan yr un grŵp! Anghredadwy!

Sa i'n siŵr ai effaith uniongyrchol y mwg yw'r gorfoledd dw i'n ei deimlo, ond ar hyn o bryd sa i'n becso. Marcel, ti'n fucked nawr. Gyda'r dial perffaith yn dechrau siapo yn fy meddwl, daw cnoc annisgwyl ar ffenest y stiwdio.

"Shit, mae'n drewi ma!"

Ond mae Whitey'n codi ar ei draed heb hint o ofid, ac yn camu tua'r drws.

"No worries, dim ond Sister Fatima sy 'na."

"Pwy?"

Wedi datgloi'r drws daw wyneb canol oed cyfeillgar i'r golwg.

"What the hell are you playing, Whitey? I've had three requests for you to turn it off and one to kill you. This is the last song, Ok."

"No worries. We're just doing a taste test on this new band. It's good to get some reaction. I wasn't aware that anyone was listening."

"They won't be if you play any more of that shit. And, Whitey, spray something in here will you. This is a cancer ward, not a coffee shop."

"Of course, Sister. Sorry about that," ac allan â hi.

Wedi i'r blas-brawf ddod i'r casgliad amlwg bod Fflach! yn shit, mae Whitey'n chwarae 'Living on a Prayer' er mwyn helpu'r cleifion i anghofio am y llên-ladron. Yn ôl Whitey, does dim byd yn gwneud i'r gwrandawyr anghofio cystal â hen ffefryn. Gyda fy ffrind yn rholio un arall, dw i'n penderfynu bod hi'n amser gadael cyn 'mod i'n anghofio'r ffordd. Cyn ffarwelio, dw i'n casglu CD Fflach! ac yn benthyg un J'adore er mwyn cymharu gweddill caneuon y bandiau.

Wrth yrru tuag adref gyda 'mhen yn fôr o ddireidi, daw syniad gwych i'r amlwg; syniad sy'n cadarnhau rhywbeth dw i 'di amau ers oes: bod Luc Swan yn genius. Wedi cyrraedd gartref dw i'n ffonio Steph yn y gwaith er mwyn gofyn am rifau ffôn symudol aelodau'r band. Wedi eu derbyn, rhoddaf CD J'adore yn y chwaraeydd, gwasgu PLAY a deialu 141 cyn galw rhif Marcel. Wedi gwneud yn siŵr bod y ffôn yn canu, dw i'n dal y derbynnydd wrth un o uchelseinyddion fy stereo.

Ar ochr arall dinas Caerdydd, eisteddai aelodau Fflach! yn ystafell fyw eu tŷ yn gwylio'r ffilm *Bugsy Malone* – un o hoff ffilmiau Marcel... yn enwedig ar comedown go heger. Yng nghanol golygfa'r frwydr custard pies – wrth i fwg drwg pur piben cerdyn credyd Marcel diclo ei donsils – canodd ffôn y prif leisydd ei thôn, 'Walking in the Air'. Atebodd Marcel er bod 'unknown number' yn fflachio ar y sgrîn fach.

"Helô."

Cafodd Marcel sioc anferthol – er iddo geisio'i orau i beidio â dangos yr emosiwn hwn ar ei wyneb – o glywed y gân 'All Change' yn chwarae'n hytrach na chlywed llais person ar yr ochr arall. Gwrandawodd am ychydig cyn terfynu'r alwad.

"Pwy oedd 'na?" Ggofynnodd Snez.

"Neb," atebodd Gary Barlow Cymru, ac er nad oedd hynny'n amlwg yn ei ateb unsill, roedd Marcel, yn naturiol, yn poeni.

Mae'r mwyafrif o ddynion yn byw bywyd llawn anobaith tawel.

Henry David Thoreau

Wedi i Luc adael stiwdio fyglyd X-Ray Radio, estynnodd Whitey fwndel o bapurau o'r cas gitâr a'u gosod o'i flaen ar y ddesg gymysgu. O dan effeithiau'r gwyrddni, bu bron iddo anghofio mai fe yw'r DeeJay, a gyda nodau diwethaf anthem enwocaf Jon Bon a'r band yn tawelu tua'i diweddglo, cydiodd mewn CD a'i phlannu'n ddiseremoni yn y chwareydd heb edrych ar y clawr.

"That was Bon Jovi with 'Living on a Prayer' and now for your listening pleasure…" oedodd wrth edrych ar glawr y ddisg ddiweddaraf cyn adio "…Boyzone with 'Love me for a Reason'."

Gwasgodd y botwm priodol a mwmian "Fucksake" o dan ei anadl. Roedd Whitey wedi cael hen ddigon ar ffug sain y pla boy-bandol am heddiw. Edrychodd ar ei oriawr gan wenu wrth weld mai dim ond ugain munud oedd ar ôl i'w oddef.

Taniodd ei getyn a gafael yn y papurach. Sganiodd y llythrennau a'r brawddegau gan ei fod e'n hen gyfarwydd â chynnwys y tudalennau. Roedd eu gwraidd ar www. dealwiththedevil.com. Gwefan sy'n esbonio'i hunan, yn adrodd straeon am bobl o bob cornel o'r byd sydd, yn ôl y sôn, wedi taro bargen â Beelzebub, neu o leiaf wedi ceisio gwneud hynny. Roedd Whitey wedi meddwl am geisio gwneud rhywbeth tebyg ers ei anlwc ariannol yn L'hotel de Ville.

Dechreuodd ei ddiddordeb yn gwbwl ddamweiniol pan brynodd ei fam lyfr am hanes ei hoff gerddoriaeth iddo, y blues. Yn ddiweddar, am amryw resymau, roedd Whitey 'di bod yn ymchwilio sut gallai gwrdd â'r Bwystddyn ei hun.

Dyna pryd y daeth ar draws www.dealwiththedevil. com. Doedd y wefan ddim yn wahanol iawn i nifer o rai eraill ar y we – www.crossroads.net, www. ridewiththedevil.com, www.sellyoursoul.com – ar wahân i un peth. Wrth ddarllen ei thudalennau a dysgu am sut i gwrdd â'r Gŵr Drwg, daeth Whitey ar draws stori gyfarwydd – stori Winston Conrad.

Darllenodd rai misoedd yn ôl am hunanladdiad y tirfesurydd o Gyncoed yn yr *Echo*. Er bod ei gwmni mewn trafferthion ariannol, roedd y ffaith iddo ddiweddu ei fywyd, yn ôl ei wraig a'i gydweithwyr, yn annisgwyl ac yn hollol groes i'w gymeriad. Roedd e'n ddigon profiadol i wybod bod trafferthion ariannol yn rhan o fyd busnes, a bod modd datrys y fath gawlach.

Roedd gŵr o Gaerdydd – Satan's Little Helper yn ôl ei ffugenw, os mai ffugenw – yn honni iddo weld Winston Conrad yn ymweld â chroesffordd yng Nghaeau Llandaf ar noson ei farwolaeth, yn ogystal ag ar ddwy noson arall yn ystod yr wythnos cynt. Yn ôl SLH, roedd Winston Conrad yn ceisio gwerthu ei enaid am gyfoeth a diogelwch ei gwmni.

Wedi darllen yr honiadau am y tro cyntaf, meddyliodd Whitey pa mor abswrd y swniai'r holl sefyllfa. Yna, dros amser, dechreuodd feddwl am wneud yr un peth, ond, yn amlwg, heb y marw. Wedi cloriannu'r rhesymau o blaid ceisio gwerthu ei enaid am bris teg yn erbyn ei broblemau personol a phroffesiynol, daeth i'r casgliad ei bod hi'n werth rhoi cynnig arni.

Wedi gorffen ei ddiwrnod mewn cwmwl persawrus i gyfeiliant y Velvet Underground, nos-daodd Whitey â'i wrandawyr a gadael yr ysbyty gyda'i gitâr ar ei gefn.

Wrth y brif fynedfa, arhosodd i gynnu sigarét. Ailosododd y fflachiwr yn ei boced wedi gweld nad oedd tanwydd ynddo a throdd at gyd-ysmygwr wrth ei ochr – gŵr heb goesau yn tynnu ar L&B yn ei gadair olwyn. Diolchodd y DJ iddo am ei gymorth, a gyda'r mwgyn yn mygu yng nghornel ei geg arhosodd Whitey am y bws i'w gario i'r groesffordd.

Wrth deithio ar y bws, meddyliodd pa mor abswrd oedd ei gynllun. Oedd e wir yn credu y gallai hyn weithio? Doedd e ddim yn credu mewn Duw, felly sut gallai gredu yn y Diafol? Gyda'r cwestiynau'n troelli yn ei ben llygredig, gwelodd enw Athrofa Caerdydd, mewn ysgrifen anferthol, yr ochr draw'r ffordd yn dynodi ei fod wedi cyrraedd pen ei daith.

Camodd o'r bws ac edrych o'i gwmpas – ar y ceir bythol yn teithio Western Avenue, ar adeiladau newydd yr Athrofa, ar amlinell dywyll Eglwys Gadeiriol Llandaf ar y gorwel ac ar yr awyr glir a'r lleuad lawn – cyn cerdded yn benderfynol, heb feddwl mwy am yr hyn roedd e ar fin ei wneud, am Gaeau Llandaf.

Ymhen dim, safai Whitey wrth y groesffordd; croesffordd Winston Conrad. Teimlai ias arallfydol yn rhuthro trwy ei gorff wrth iddo eistedd ar fainc gyfagos. Roedd yn credu bod y wefr yn gysylltiedig ag enaid coll Winston Conrad sydd, yn ôl y sôn, yn dal i grwydro'r parc a chrynodd wrth i flew ei gorff sefyll fel catrawd filwrol ar flaen y gad. Yng ngolau'r lamp uwchben, darllenodd Whitey'r graffiti ar y fainc. Casgliad diafolaidd eu harddull yn cynnwys 666s niferus, pentaclau, croesau wyneb i waered, cyrn a chynffonnau eiconig: pob cliché Satanaidd dan haul a digon i gadarnhau bod gan y Diafol fyddin o ddilynwyr ym mhrifddinas Cymru.

Wrth edrych ar y caeau gwag mor ysblennydd o dan olau llachar y lleuad lawn, cododd gwestiwn ym meddwl Whitey. Fyddai'n rhaid gwneud rhywbeth i ddenu'r Bwystddyn, tybed? Yn wahanol i Winston Conrad, doedd Whitey ddim wedi ymchwilio'n drylwyr i'r gêm dywyll roedd ar fin ei chwarae.

Meddyliodd am chwarae'r gitâr, ond roedd hi'n rhy oer a fe'n rhy caned. Spliff arall fasai'n neis, ond cofiodd, yn rhyfeddol ac ystyried ei gyflwr, nad oedd tân ganddo. Y tro nesaf, meddyliodd, rhaid dod â chlwstwr o ready-rolls a walkman...

O dan drem y lleuad laethog, eisteddodd Whitey gan geisio cadw'n gynnes. Roedd ei feddyliau'n llifo fel y llifai'r Taf i'r môr cyn adeiladu'r morglawdd. Wedi awr o aros, awr o rewi, yn ddiarwybod i Whitey, cerddodd ffigwr tywyll i'w gyfeiriad o'r gogledd.

Ni welsai'r cerddor y gŵr yn nesáu nes clywed anadlu trwm y cŵn cyfagos yn tarfu ar ei feddyliau gwasgaredig. Edrychodd i gyfeiriad y sŵn ac i mewn i lygaid dau flaidd ffyrnig. Yn ffodus, roedd yr helgwn o dan reolaeth eu meistr. Nodiodd y dyn ar Whitey gan edrych i fyw ei lygaid. Gwenodd Whitey arno cyn iddo gael ei lusgo i ffwrdd gan ei gŵn.

Wedi aros am hanner awr arall, ei gorff bellach yn rhewi yn nhymheredd isel yr hydref, cododd Whitey a throi am adref. Wrth gerdded ar hyd y rhodfa i gyfeiriad Cathedral Road, ceisiai Whitey gofio a welsai unrhyw un y gallai eu hystyried yn Ddiafolaidd.

Dim ond cwpwl o bobl aeth heibio – y gŵr ifanc yn cerdded ei gŵn a hen fenyw'n gwthio troli Tesco ychydig funudau ar ei ôl. Roedd hi'n lot rhy gran-like i fod yn Arglwyddes Dywyll ac felly doedd 'run ohonyn nhw'n ffitio'r ddelwedd.

Fuck it, meddyliodd Whitey. Efallai nad yw'r Diafol yn hoffi cystadlu gyda'r werewolves ar noson lleuad lawn?

Mae'r rhai sy'n rheoli eraill yn bwerus,
Ond mae'r rhai sydd wedi ennill meistrolaeth arnynt eu hunain
yn fwy nerthol byth.

Tao Te Ching

Codaf yn gynnar am y pedwerydd diwrnod yn olynol, sy'n anodd iawn ar fore Sul, a cherdded yn gysglyd tuag at y stereo, gwasgu PLAY, a sgipio'r pedair cân gyntaf cyn i'r CD gael cyfle i gofrestru. Dw i'n deialu 141 ar y ffôn cyn galw Marcel – yn union fel dw i wedi'u wneud yn ystod y tri bore blaenorol.

Wedi sicrhau bod y gloch yn canu, dw i'n dal y derbynnydd wrth yr uchelseinydd. Edrychaf yn gegrwth ar fy adlewyrchiad yn nrych y lolfa – dim yr enghraifft orau o ddynol ryw. Mae un peth yn sicr, faswn i byth yn cael fy newis ar gyfer ad campaign i Special K.

Estynnaf am y Bensons o'r ford goffi cyn tanio a thynnu'n galed. 'Sdim byd yn blasu mor dda â sigarét gynta'r diwrnod; dim cinio rhost Mam-gu, dim chicken fried rice wedi llond bola o gwrw, dim llenni gwlyb vixen fach frwnt. Dim byd. Wedi munud neu ddwy o 'Whatever you do to me', pumed cân cryno ddisg J'adore a tharddle cover version anghyfreithlon Fflach!, 'Cylchdro

Casineb', dw i bron â marw eisie gwybod ydy Marcel wedi ateb yr alwad. Codaf y ffôn at fy nghlust yn araf bach ac yn bwyllog, fel tase fe'n gallu 'ngweld i lawr yr ISDN. Er mawr syndod, dyw'r lein ddim yn ddifywyd. Clustfeiniaf yn y gobaith o glywed Gary Barlow Cymru yn crio neu'n mwmian. Tawelwch. Dw i bron â therfynu'r alwad pan ddaw llais Marcel yn glir i fy ysgwyd allan o fy hunanfoddhad boreol.

"Stop! Please. Please stop!"

Fuckin hell, mae e'n swnio'n ypset.

"Pwy sy 'na? Pwy wyt ti? Beth ti moyn? Plîs. Na i neud unrhyw beth."

Unrhyw beth. Diddorol iawn, jyst y gair o'n i'n moyn 'i glywed. Mae 'nghynllun yn magu ffrwyth; mae Marcel yn chwalu ac mae'n fodlon gwneud 'unrhyw beth' i atal yr artaith.

Dw i'n cofio'r olwg ar wyneb Gwenlli ac yn mawr obeithio bod yna olwg debyg ar wep Marcel nawr. Dw i'n gobeithio ei fod e'n gallu blasu'r halen wrth i'r dagrau lifo i lawr ei fochau. Bastard.

Sa i'n mwynhau'r hyn dw i'n glywed. Dim really. Ond er hynny, rhaid i fi atal fy hunan rhag chwerthin fel Bond-villain lawr y ffôn…

Rhaid i chi gredu nad ydw i'n berson cas. Ok, dw i'n ymwybodol bod yr hyn dw i 'di bod yn neud i Marcel braidd yn faleisus, ond… wel, does dim 'ond'. Dw i'n ei fuckin gasáu e. Mae e'n fwy ffug na phapur pedair punt. Mae'n gelwydd. Mae'n gachgi. Mae e'n mynd i dalu am adael i fi dderbyn ei gweir. Talu'n llythrennol, hynny yw, dim talu'n symbolaidd…

Wedi bore'n ymlacio yn fy mhants o flaen y bocs heb neud unrhyw beth mwy na chopïo CD J'adore ar dâp er mwyn i ran nesaf 'project fuck with Marcel's head' allu dwyn ffrwyth, dw i'n gwisgo ac yn gadael y tŷ tua chanol dydd.

Er mawr syndod i fi, ac i unrhyw un sy'n meddu ar y mymryn lleiaf o chwaeth gerddorol, mae'r Beeb am gyfweld Fflach! Dyna ble dw i'n mynd nawr, ar ddydd Sul cofiwch, i bigo'r bastards lan a mynd â nhw i ganolfan ddarlledu Llandaf er mwyn recordio cyfweliad fydd yn cael ei ddarlledu heno ar sioe *Tanbaid* (Tan-paid more like).

Cyrhaeddaf dŷ'r boy-band a chanu'r corn yn hytrach na cherdded trwy'r glaw at y drws. Taniaf sigarét, nid oherwydd 'mod i eisiau un, ond oherwydd 'mod i'n gwybod nad yw Marcel yn hoffi'r mwg, ac aros.

Wedi cwpwl o funudau daw'r triawd tua'r car; Snez a Stifyn yn amlwg gyffrous a Marcel, yn amlwg, wel, yn amlwg anhapus. Mae golwg ddifrifol arno a lliw gwaedlyd lle dylai gwyn ei lygaid fod.

"Iawn, Luc?" hola Stifyn ar ôl i bawb setlo.

"Alright. Chi'n barod am y cyfweliad mawr?" gofynnaf yn reddfol. 'Sdim ots 'da fi really, ond mae'r natur ddynol yn beth anodd ei wadu.

Sicrhaodd Snez a Stifyn eu bod nhw'n ysu am gael eu cyfweld, ond ynganodd Marcel yr un gair. Yn hytrach, rhythai allan drwy'r ffenest gan anwybyddu pawb a phopeth. Chwythais fwg i'w gyfeiriad yn y gobaith o ddenu ymateb, ond fuck all.

"Beth sy'n bod arno fe?" gofynnaf gan nodio i'w gyfeiriad.

"Anwybydda fe. Ma fe 'di bod fel hyn ers dyddie. Mistar Grumpy!" medd Stifyn yn gamp i gyd cyn i Snez adio'n ffraeth. "Dydy o ddim 'di deud gair ers deuddydd, ia.

Mae'n fucking ridiculous!"

Dw i eisiau esbonio nad yw ei ymddygiad yn "fucking ridiculous" o gwbl, pe baech chi'n gwybod beth dw i'n wybod. Ond dwi'n atal fy hun a gollwng fy sigarét allan drwy'r ffenest i'r gwlybaniaeth gaeafol.

Wedi parcio'r car, rhaid rhedeg am fynedfa'r adeilad er mwyn peidio â gwlychu hyd at y gonads. Fi yw'r trydydd i gyrraedd y fynedfa, ar ôl Stifyn a Snez. Gyda'r dŵr yn diferu oddi arnon ni fel aur oddi ar wddf Mr T, mae Snez yn bloeddio yn y glaw:

"Ty'd cont!" cyn troi at Stifyn a fi. "Mae o'n 'i cholli hi, ia!"

Camodd Marcel trwy'r glaw mor araf â malwen drwy bwll o fêl, ac erbyn iddo gyrraed pen y grisiau roedd ei wallt bywiog yn domen wlyb aflêr, a'r dŵr yn arllwys oddi ar ei siaced ledr. Mess yw Marcel – yn llythrennol ac yn feddyliol.

"Come on, Marcel, ni'n hwyr fel ma hi!" snapiodd Stifyn. Ond ddwedodd Marcel ddim byd; nath e ddim hyd yn oed edrych i'n cyfeiriad. Roedd Marcel, er mawr bleser i fi, yn boddi'n araf mewn baddon o boen. Roedd ei hunanbwysigrwydd wedi diflannu a'i hyder wedi ffoi.

Yn y dderbynfa roedd cyflwynydd *Tanbaid*, Rhodri Davies, neu Rod Records fel roedd e'n hoffi cael ei alw, yn aros i'n tywys yn syth i'r stiwdio i ddechrau recordio.

Cerddodd Snez a Stifyn ar flaen y gad gyda Rod tuag at Studio 3, wedi gwirioni'n lân o fod ar fin ymddangos ar y radio. Bu bron i fi fynd i'r cantîn i gael coffi ond, wedi meddwl, penderfynais aros i wylio'r sioe. Wedi'r cyfan, roedd perfformiad Marcel yn addo bod yn werth ei weld.

Eisteddodd y pedwarawd poptastic o amgylch bwrdd crwn yn Studio 3, ac eisteddais innau yn y control room gyda Derek – "call me Del, though, like *Only Fools and Horses*" – y peiriannydd canol oed. Gan taw recordio'r cyfweliad oedd y bwriad, roedd Del a Rod wedi ymlacio oherwydd bod digon o amser ganddyn nhw i olygu'r cynnwys wedi i Fflach! adael. Roedd Rod yn llawn hwyl proffesiynol wrth geisio cael aelodau boy band diweddara Cymru i ymlacio.

Roedd Snez a Stifyn yn sgwrsio'n frwdfrydig, ond doedd Marcel ddim fel tasai fe ar yr un blaned â gweddill y stiwdio.

Trodd Del ata i gan ofyn, "I take it he's the 'quiet one' then," gan nodio i gyfeiriad Marcel.

"Not usually, something's on his mind today; he doesn't seem to be himself."

"Reminds me of Steven Gateley he does. You know, the gay one from Boyzone. I did an interview with them for BBC NI couple of years ago just before they split up. That Ronan wouldn't let him get a word in edgeways. Poor bugger."

Chwerthynais yn dawel ar pun damweiniol Del, ond cyn i fi gael cyfle i ofyn oedd e erioed wedi cwrdd â J'adore, gwasgodd fotwm oedd yn cysylltu'r ystafell reoli â'r stiwdio.

"In your own time, Rod. I'll keep rolling."

Gwasgodd fotwm arall ar y ddesg reoli a dechrau'r recordio. Eisteddodd Del wrth fy ochr ar y soffa ledr ger y ffenest â'i fol cwrw'n byrlymu dros ei felt gan fradychu'r ffaith ei fod e'n gwsmer selog tafarndai ac offies ei filltir sgwâr. Estynnodd becyn o L&B's o'i boced, cynnig un i fi, a dyna lle eisteddon ni mewn tawelwch yn smoco a gwrando ar y cyfweliad mwyaf crap yn hanes darlledu.

"Jyst i esbonio," dechreuodd Rod. "Ar y rhaglen heno, cyn y cyfweliad, bydda i'n chwarae sting bach o theme tune Flash Gordon, chi'n gwybod *Flash! Ahaaaaa! He'll save every one of us!*" Canodd y cyflwynydd rhag ofn nad oedd aelodau'r band yn gyfarwydd â'r dôn. Tasai'r cyfweliad wedi bod wythnos yn ôl, dw i'n sicr base Marcel wedi gwrthwynebu'r cysylltiad yma. Ond heddiw, dim gair.

"Dw i am estyn croeso cynnes i boy band mwyaf ffres a mwyaf ffynci Cymru, Fflach! Mae aelodau'r band, sydd gyda fi fan hyn yn y stiwdio, ar fin dechrau recordio cyfres deledu a bydd eu CD pum trac newydd sbon yn y siopau y mis nesaf. Marcel, Stifyn a Snez, croeso."

"Diolch," cydadrododd Snez a Stifyn.

"Marcel, os ca i ddechrau gyda ti…" Ar glywed ei enw, cododd Marcel ei law fel rhyw Mafia don holl bwerus i arwyddo i Rod nad oedd e am gymryd rhan yn y cyfweliad.

"Ti'n iawn, Marcel?" gofynnodd Rod yn betrusgar. Cododd Marcel ei law at ei wddf i awgrymu iddo golli ei lais.

"Mae Marcel yn gorfod gofalu am ei laryncs, Rod," dwedodd Stifyn. "Collodd ei lais wythnos diwethaf ac fel ti'n gwybod, ni'n dechrau recordio fory…"

"Wrth gwrs," atebodd llais Rod, ond adroddai ei lygaid stori tra gwahanol, cyn cario 'mlaen heb edrych i gyfeiriad y primadonna unwaith o hynny tan ddiwedd y gyfweliad.

"Stifyn, beth ddaeth gyntaf – y band neu'r gyfres deledu?"

Esboniodd Stifyn mai Marcel yw 'creative force' y band (HA!HA!), a'i fod e wedi bod yn ysgrifennu cerddoriaeth ers blynyddoedd. Aeth ymlaen i esbonio rôl Emlyn ac Akuma yn y fenter a hefyd am gynnwys y gyfres deledu.

Roedd Stifyn, fel teacher's pet, wedi gwneud ei waith cartref.

Roedd y cyfweliad yn ddiflas uffernol, heb unrhyw gwestiynau dwys na diddorol. The usual shit chi 'di clywed ganwaith o'r blaen. Pan ofynnodd Rod "O ble chi'n ffeindio'ch ysbrydoliaeth, a beth sy'n dylanwadu ar gerddoriaeth Fflach!?" enciliodd Marcel yn bellach i'w gragen fel malwoden chwithig, a diflannodd yn gyfan gwbl pan atebodd Stifyn bod y band "yn ffeindio ysbrydoliaeth a dylanwadau ym mhobman – bands eraill, bywyd bob bydd, cariad a cholled – ond yn bennaf, bod Fflach! yn ceisio bod yn wreiddiol mewn maes cystadleuol."

Ond, mewn gwirionedd, yr unig uchafbwynt oedd ymddygiad Marcel. Gan mai fi oedd yn gyfrifol am yr hyn ddigwyddodd i Marcel yn ystod y dyddiau diwethaf, roedd hyn i gyd yn hollol hilarious. Roedd ei wylio'n gwingo fel cael private screening o ryw ffilm arswyd arteithiol, gyda fi'n cyfarwyddo.

Clodd Rod Records y cyfweliad drwy chwarae sengl gyntaf y band, 'Aros 'Run Fath'. Daeth hyn â phleser amlwg i Stifyn – "air-play cynta'r band, 'na exciting!" Roedd Snez yn rhy cool i ddangos emosiwn a Marcel, wel, dw i bron yn siŵr i fi ei weld e'n rhynnu pan glywodd y gân.

Ffarweliais â Delboy a cherdded tu ôl i Snez a Stifyn, ond o flaen Marcel, allan o'r adeilad llwyd-retraidd am y car. Roedd hi'n dal i fwrw glaw a'r nos yn cau amdanon ni pan yrrais am Dreganna i gyfeiliant 'Money' gan Pink Floyd – dewis pwrpasol sydd i fod symbylu'r hyn rwyf ar fin ei wneud. Parciais y tu allan i gartref Fflach! a gofyn i Marcel:

"'Nei di aros am eiliad, dw i moyn gofyn rhywbeth i ti."

Mwmiodd rywbeth annealladwy a gadael i'w gyfeillion gamu o'r car. Am change, maen nhw'n diolch i fi am y lifft ac yn f'atgoffa i wrando ar *Tanbaid* y noson honno. Not on your nelly, gwd-bois; mae unwaith yn ormod a dwywaith yn dwpdra.

Daliai Marcel i eistedd yn y car heb ddweud gair. Syllai allan ar y dagrau nefolaidd yn llithro ar hyd y bonet. Tynnais y Floyd o'r stereo a gosod tâp dienw yn ei le. Ymhen eiliadau roedd nodau agoriadol 'All Change' yn llenwi'r car.

Cynnais fwgyn ac edrych ar broffil wyneb Marcel yn newid o fod yn drist a dideimlad i fod yn gochlyd a chwerw.

"Ti!" ebychodd yn llawn anghredinedd.

Gwenais a chwythu mwg i'w wyneb.

"Ma hwn yn genius, Marcel. Fuckin genius. Ti'n genius, yn athrylith o gyfieithydd," cyn canu geiriau'r pennill cyntaf fersiwn Fflach! yn or-ddramatig gan watwar mynegiannau cyffredin pob aelod o foi bands y byd.

"Hei, ty'd draw fan hyn
Gad i fi dy ddal di'n dynn."

Edrychodd Marcel arnaf â chasineb amlwg yn ei lygaid.

"Sut nes ti ffeindio mas?"

Chwarddais ar ei gwestiwn anhygoel. "Fuck me, Marcel, mae e braidd yn obvious. 'Na gyd sydd angen yw clustie a set radio, for fucksakes! Ti heb fod yn rhy subtle yn dy lên-ladrad wyt ti, Monsieur Barlow? Ga i dy alw'n Monsieur Barlow?"

"Fuck off! Beth ti moyn wrtha i?"

"I vill come to zat now." Fuck knows pam nes i ddweud

e mewn acen Almaeneg, caught in the moment siŵr o fod. Dw i'n mwynhau ei weld e'n diodde.

"Ti'n meddwl na fydd neb yn sylwi ar y tebygrwydd, Gary?"

"Paid galw fi'n Gary!"

"Galla i dy alw'n di'n unrhyw beth fi eisie, GARY. O'r eiliad yma 'mlaen, fi yw dy silent partner di."

"Beth?"

"I have ze power," oops, dyna'r acen 'na 'to. "Gad i fi esbonio'n perthynas ni o nawr 'mlaen. Mae hi bron yn union yr un peth ag mae hi 'di bod dros y mis neu ddau diwetha; hynny yw, fi'n dal yn meddwl 'fod ti'n wanker a ti'n dal yn 'y nghasáu i. So far so familiar. Ond dyma'r gwahaniaeth. O nawr 'mlaen, ar y pymthegfed o bob mis – neu 'pay-day' fel mae gweithlu Akuma'n ei alw – ti'n mynd i roi dau gan punt i fi er mwyn cadw'n dawel am dy gelwydde..."

Er mawr syndod i fi, chwarddodd Marcel o glywed fy nhelerau felly bwrais i fe yn ei afal-Adda gyda blaen bysedd fy llaw chwith, a la Bruce Lee (sort of). Collodd ei anal am eiliad a diflannodd y wên oddi ar 'i wyneb.

Rhaid i chi gredu nad o'n i'n bwriadu ei fwrw fe; unwaith eto, caught in the moment yw fy esgus. Ond, gyda'r ergyd, stopiodd ei chwerthin wrth iddo ddechrau edrych arna i mewn goleuni newydd. Fi ddim yn prowd o'r hyn ddwedais i nesaf, ond alla i ddim ei wadu fe chwaith. Pwysais yn agos at ei wyneb. Roedd y casineb cynharach wedi diflannu o'i lygaid, ac yn ei le, ofn.

"Gary, dim trafodaeth yw hyn ond esboniad. Fi sy'n gwisgo'r trowsus. Fi yw'r Daddy nawr."

Eisteddais yn ôl yn llawn hyder, gan guddio'r wên ar fy ngwyneb gyda fy nwrn, ac esbonio iddo yr hyn fyddai'n digwydd.

"Fel o'n i'n dweud, ar y pymthegfed o bob mis ti'n mynd i roi dau gan punt i fi. Cash. Mewn amlen. Syml. Dyna'r unig newid i'n perthynas. Paid actio'n wahanol tuag ata i achos dw i ddim yn bwriadu newid."

Dechreuodd feichio crio, ond 'mlaen â fi'n ddidrugaredd.

"Paid fucking crio, y twat! Fi'n hael a dweud y gwir. Dyw dau gant yn fuck all o gymharu â beth gallen i ofyn neu neud. Cofia fod dy ddyfodol di dan fy rheolaeth i nawr. Gallen i orffen dy yrfa gyfryngol… gerddorol… whatever… cyn iddi ddechre'n iawn. Ond na, dw i'n rhoi cyfle i ti gario 'mlaen am ddau gant punt y mis. Pris teg iawn, Gary, wedi i ti feddwl am y peth. Christ, ti'n gallu ennill dau gant mewn un ymddangosiad ar *Heno*! Ti'n gwrando?"

Mae e'n dal i grio fel babi a bron i fi ei fwrw eilwaith, jyst i weld ydy dwrn yn gallu stopio crio yn ogystal â chwerthin, ond 'nes i ddim. Dw i'n teimlo'n sori drosto erbyn nawr… sort of.

"Reit, stopia grio a fuck off. 'Na i weld ti fory. Cofia mai dy air di yn erbyn fy ngair i yw popeth sydd newydd ddigwydd fan hyn. Ond yn fwy na hynny, cofia mai ti yw'r celwyddgi a 'mod i'n gallu profi hynny. Cofia hefyd fod gen ti lot mwy i'w golli na fi. Bonsoir, Monsieur Barlow. Cysga'n dawel."

Pwysais drosto i agor y drws cyn ei wthio i'r glaw.

Job done.

Wrth yrru adref sa i'n teimlo'n falch o'r hyn dw i newydd ei neud. Ond sa i'n teimlo cywilydd chwaith. Am y tro cynta yn fy mywyd dw i wedi achub y blaen ar sefyllfa sydd wedi amlygu ei hun.

Maen 'nhw' yn dweud bod rheswm i bopeth sy'n digwydd.

Pan gymerais i'r gweir ar ran Marcel fis yn ôl, baswn wedi chwerthin pe bai rhywun yn dweud hynny, ond unwaith daw'r pymthegfed o'r mis nesaf, bydda i'n cytuno'n bendant gyda'r hyn maen 'nhw' yn ei sibrwd.

Abuse is the weapon of the vulgar.

Samuel Griswold Goodrich

Mae Luc wedi bod yn gorwedd yng nghynefin clyd ei wely ers rhyw hanner awr bellach. Er ei fod wedi blino ar ôl chwarae pêl-droed yn y ganolfan hamdden ar ôl i'r ysgol gau, nid yw e'n gallu cysgu.

Chloe Jenkins yw'r broblem; mae meddwl Luc ar ras gan ei fod yn bwriadu gofyn iddi fynd mas 'da fe fory. Chloe yw'r ferch gyntaf i ddatblygu bronnau yn ei ddosbarth, ac mae Luc, wedi blwyddyn a mwy o wancio dros ddelweddau dychmygol a rhai mewn chylchgrawn, yn barod am ddyrchafiad i'r real McCoy.

Gwenodd Chloe arno heddiw. Actually edrych i'w gyfeiriad a gwenu. Arwydd da. Ac er nad oes gair wedi ei gyfnewid rhyngddynt, nid yw hyn yn ei boeni. Wedi'r cyfan, aeth Whitey allan gyda Ffion o form three am fis heb ddweud gair wrthi. A ffinger-odd e hi hefyd. Er, rhaid cofio mai Whitey ei hun sy'n honni hyn a dympiodd Ffion e pan glywodd hi'r si ar y winwydden glecs.

Felly, mae Luc wedi bod yn gorwedd yn dawel ers dros hanner awr yn meddwl am Chloe a'u dyfodol rhamantus.

Dyfodol sy'n llawn sugno a theimlo a…

Mae Luc yn benderfynol o ofyn iddi yfory, er rhaid cofio ei fod e wedi bod yn dweud hyn wrtho'i hun ers tair wythnos bellach.

Yn lolfa cartre'r Swans mae Steve yn gorweddian ar ei hoff gadair â'i draed ar y pwffe ffug-ledr brown. Ar y teledu mae *Pobol y Cwm* sydd, unwaith eto, wedi cael ei symud i wneud lle i gêm bêl-droed ryngwladol ddibwys. Nid yw Steve yn hoff o bêl-droed. Nid yw e'n hoff o'r opera sebon chwaith, ond mae'n ei gwylio er mwyn atgoffa ei hun ei fod e'n actor gwell na'r bastards didalent sy'n mynychu Swyddfa Post, Deri Arms a Deryn Skips y Cwm. Barn Steve yw bod hanner criw amateur dramatics Joan, lle mae hi heno'n ymarfer cynhyrchiad Cymraeg cyntaf o *The Graduate*, yn well na'r darnau pren sy'n byw ym mhentref enwocaf diwydiant darlledu Cymru.

Wrth ochr Steve, mae potel Teachers hanner gwag oedd yn llawn prin awr yn ôl. Yn ei law dde mae gwydryn gwag. Mae Steve yn agor y botel ac yn arllwys mesur mawr iawn arall iddo. Mae'n sythu ei gefn cyn ei glecio i lawr ei gorn gwddwg a thynnu wyneb sawrus dirdynnol. Wrth i'r hylif ei gynhesu ac anfon ton bleserus i'w frest, ei fol a bodiau ei draed hyd yn oed, mae Steve yn codi'n sigledig gan gerdded fel Val Stumps, heb ei hesgid orthopedig, tua'r neuadd a'r grisiau pren.

Diflannodd meddyliau serchus Luc wrth iddo glywed Steve yn esgyn y grisiau. Ceisiodd ei anwybyddu ac ail-greu'r ddelwedd o Chloe – ei gwallt hir tywyll, ei bronnau bach bywiog, ei choesau hir yn estyn o'i sgyrt hyd ei chlun a'i gwên sy'n ei fesmereiddio – ond heb lwyddiant.

Roedd Steve bellach yn y bathrwm. Roedd Luc yn

gwybod lle'r oedd e oherwydd bod y golau llachar yn ymlusgo o dan y drws i dywyllwch ei wâl. Wrth glustfeinio ar symudiadau Steve, roedd Luc yn gallu clywed cariad ei fam yn chwilio'n fyrbwyll drwy gynnwys y 'cwpwrdd condoms'. Dyna beth oedd enw Joan a Steve ar y cwpwrdd uwchben y sinc. Stopiodd y chwilio yn sydyn, ac wedi saib, clywodd Luc draed Steve yn symud unwaith eto.

Gorweddai Luc â'i gefn at y drws a chafodd sioc wrth glywed drws ei ystafell yn agor gan foddi'r lle mewn golau llachar. Caeodd Steve y drws drachefn cyn eistedd ar waelod y gwely. Caeodd Luc ei lygaid yn glep.

Beth yn y byd roedd Steve yn wneud? Beth roedd e eisiau? Aroglodd Luc y wisgi a'r mwg sigaréts yn llenwi'r ystafell, gan arnofio tuag ato o gyfeiriad y tresmaswr meddw.

Eisteddodd Steve ar wely Luc gan edrych ar amlinell mab ei gariad yn y lled dywyllwch. Roedd e'n gwybod yn iawn pam roedd e yma yn ei stafell wely ac yn gwybod bod yn rhaid iddo adael. Cododd yn ansicr cyn straffaglu i lawr y grisiau at y botel oedd yn aros amdano.

Teimlai Luc ryddhad anferthol wedi i Steve adael. Beth yn y byd roedd e eisiau? Roedd e'n feddw gaib. Roedd ei arogl yn cadarnhau hynny. Feddyliodd Luc ddim pellach am y sefyllfa. Roedd e'n gwybod digon am feddwi – roedd Joan yn hoff o ddropyn neu bump – ac yn gwybod bod pobl yn gallu gwneud pethe reit od o dan ddylanwad yr hylif hudol. Ymhen dim, roedd ei feddyliau ôl gyda Chloe Jenkins.

Arllwysodd Steve fesur swmpus arall o wisgi i'r gwydr a thollti'r hylif i lawr ei wddwg cyn camu'n benderfynol am y grisiau unwaith eto. Esgynnodd y grisiau dair stepen y tro ac o fewn eiliadau roedd e'n ôl yn ystafell Luc.

Clywodd Luc Steve yn nesáu, ond cyn iddo gael cyfle i feddwl beth roedd e'n wneud, daeth yr ateb yn amlwg. Yn hytrach nag eistedd ar ei wely'r tro hwn, tynnodd Steve ei Wranglers, sleifio o dan y duvet a thynnu Luc tuag ato.

"Beth ti'n neud?" gofynnodd Luc yn llawn pryder. Gallai deimlo gwrywdod cadarn Steve yn bygwth ei ben-ôl trwy gotwm tenau ei byjamas. Roedd Luc yn ddigon aeddfed i wybod yn iawn beth oedd ar fin digwydd i'w ddiniweidrwydd.

"Sori..." ymddiheurodd Steve yn aneglur dan ddylanwad yr alcohol, cyn tynnu ei goc wythiennog allan o hollt blaen ei y-fronts. Gorfododd waelodion jim-jams Spiderman Luc i lawr at ei liniau cyn gosod llaw gadarn dros geg y bachgen. Agorodd Steve fochau tin Luc gyda'i law arall a gorfodi ei goc gondom-orchuddiedig i mewn i'w geudwll tynn. Wedi ymdrechu heb lwyddiant cafodd ei rwystredigaeth y gorau ar Steve a thaflodd y duvet i'r naill ochr.

Penliniodd Steve cyn troi Luc fel bod ei wyneb wedi 'i gladdu yn y gobennydd. Gyda'i law chwith, gosododd din Luc yn y safle delfrydol, a gyda'i law arall lledodd ei fochau. Wedi poeri ar flaenau ei fysedd a gwasgaru'r gwlypter dros y bulls-eye brown, llwyddodd Steve i fwrw'r targed a gorfodi ei ffordd i mewn.

IIIIIIIIN TWO!
Gyda'i goc yn ddwfn ynddo, trodd Steve Luc yn ôl ar ei ochr er mwyn iddo allu anadlu. Roedd Steve yn disgwyl iddo sgrechian a brwydro yn erbyn y weithred, ond roedd Luc yn fud. Roedd Luc wedi ei barlysu yn y fan a'r lle, yn ddelw o dan reolaeth ei geidwad. Er mawr syndod iddo,

nid oedd yn brifo llawer, er bod y teimlad yn estron ac yn anghyfforddus. Y peth gwaethaf, heb os, oedd anadlu Steve yn ei glust.

Doedd Steve ddim yn mwynhau'r hyn roedd e'n wneud mewn gwirionedd. Ond parhaodd â'r weithred yn reddfol heb feddwl pam y gwnâi. Yr un ateb oedd ganddo bob tro; you are what you are, so live with it.

Roedd y weithred drosodd o fewn munudau – wedi'r cyfan, 'sdim byd cweit mor dynn â thwll tin bachgen deuddeg mlwydd oed – a theimlai Luc rym alldafliad Steve yn gwagio yn ei ben-ôl. Gyda hyn, dechreuodd yr oedolyn feichio crio, er mawr syndod i Luc.

"Maddau i fi…" plediodd Steve trwy'r dagrau, cyn dychwelyd i ddyfnderoedd y botel wisgi.

Ar ôl i Steve adael ei ystafell, trodd Luc yn araf a gorwedd ar ei gefn. Wrth syllu ar y nenfwd cadarnhaodd ei ddwylo yr hyn roedd e'n ei amau: nid Steve oedd yr unig un i ddod. Llenwodd llygaid Luc â dagrau hallt euogrwydd.

Toc wedi un ar ddeg, trodd allwedd Joan yng nghlo'r drws a chamodd i mewn i'w chartref. Roedd y tŷ'n hollol dawel, ar wahân i sŵn chwyrnu swnllyd Steve a llais undonog yn darlledu o'r bocs yng nghornel y lolfa.

Cerddodd i mewn i'r ystafell fyw a gweld Steve yn hollol anymwybodol yn y gadair gyfforddus o flaen y teledu. Gwelodd y botel Teachers wag yn pwyso ar ei fforddwyd, fel plentyn yn cysgu â'i ben ar gôl rhiant yng nghefn y car, a phenderfynodd beidio ceisio ei ddihuno. Trodd y teledu i ffwrdd cyn dringo'r stâr am noson unig o gwsg.

Wrth glywed ei fam yn cyrraedd gartref ceisiodd Luc stopio crio. Ceisiodd ei orau, ond roedd ei emosiynau'n rheoli ei ddagrau a doedd dim atal ar y llif. Yn naturiol, ni allai Luc gysgu wedi i Steve ei adael yr eildro. Roedd ei ben yn llawn erchylltra'r weithred a chwestiynau heb eu hateb.

Clywodd ei fam yn dringo'r grisiau ac fel y gwnâi hi bob nos, agorodd ddrws ei ystafell a sibrwd 'nos da' i mewn i'r tywyllwch. Ond heno, yn hytrach na thawelwch, clywodd Joan grio tawel o gyfeiriad gwely ei mab.

"Luc?" sibrydodd; rhag ofn bod ei chlustiau'n chwarae triciau â hi. Ar ôl ychydig o oedi, atebodd Luc trwy lond trwyn o wyrddni.

"I-e…"

"Beth sy, cariad?" gofynnodd Joan gan gamu at ei wely ac eistedd yn yr un man ag yr eisteddodd Steve. Atebodd Luc mohoni, ond llifodd y dagrau mewn rhyddhad bod ei fam wedi dychwelyd. Teimlai'n ddiogel am y tro cyntaf ers oriau. Smwddiodd Joan ben ei mab yn dyner.

"Pam ti'n crio, bach; ti 'di cael hunllef?"

Eisteddodd Luc a chofleidio ei fam. Tynnodd hi ato'n dynn. Nid oedd e'n bwriadu gadael iddi fynd.

"O, Luc bach, ti ishe dweud wrtha i beth sy'n bod?"

Trwy ei ddagrau ceisiodd Luc esbonio, ond nid oedd yn gallu rheoli ei emosiynau. Mwythodd Joan ei ben yn ysgafn.

"Shhhhh."

"Gwnaeth Ste…" dwedodd Luc cyn i'r dagrau lifo ac atal ei ddweud unwaith eto.

"Beth wnaeth Steve?" gofynnodd Joan yn bendant, wedi rhag-glywed yr hyn a ddwedodd.

"Gwnaeth Steve… ddod…"

"Gwnaeth Steve ddod? Ti ddim yn gwneud synnwyr, Luc."

"I'r gw… i'r gwely…"

"Mae Steve ar y soffa…

"I fy ngwely i…"

"Beth ti'n feddwl?"

Ceisiodd Luc esbonio, ond nid oedd hi'n dasg hawdd pan nad oedd e'n rhy siŵr beth ddigwyddodd. Wedi ceisio am y trydydd tro, deallodd Joan ddigon i ymateb.

"Luc, ma Steve yn cysgu yn y lolfa, ac o edrych ar 'i olwg, mae e 'di bod 'na ers orie. Nawr dw i'n gw'bod nad wyt ti'n rhy hoff ohono fe, ond plîs Luc, paid dechre dweud celwydde. Dw i'n 'i garu fe, Luc. Mae e'n fy ngwneud i'n hapus, yn fwy hapus na dw i 'di bod ers blynyddoedd, ac ar y foment rwyt ti'n fy ngwneud i'n anhapus. Rhaid i hyn stopo nawr, Luc. Iawn?" Cusanodd ei dalcen a rhwbio'r nentydd oddi ar ei fochau. "Nawr cer i gysgu, 'na fachgen da,"

Gadawodd Joan ei mab i bendroni dros ei geiriau. Nid dyna'r ymateb roedd e'n ei ddisgwyl.

Pasiodd y diwrnod canlynol fel angladd. Cadwodd Luc iddo'i hun. Aeth e ddim yn agos at Chloe Jenkins.

Wedi camu oddi ar fws yr ysgol ar ddiwedd y dydd, ymlwybrodd fel milwr di-arf tuag at ei ryfel cartref. Erbyn iddo gyrraedd, roedd Joan wedi gadael am noson o greu cacennau a sgwrsio yng nghwmni Merched y Wawr. Camodd i'r neuadd a theimlo'r tywyllwch cyn iddo weld y taflunydd.

"Luc…" dechreuodd Steve, ond cyn iddo gael cyfle i ymhelaethu, tasgodd Luc lan y grisiau fel gwiwer lan coeden goncyrs. Caeodd ddrws ei ystafell yn glep y tu ôl iddo cyn gafael mewn cadair gyfagos a'i gwasgu'n dynn o dan fwlyn y drws. Anadlodd yn drwm gan glustfeinio am symudiadau Steve.

Ar ôl i Luc ei heglu hi am ei ystafell wely, taniodd Steve sigarét arall. Roedd e'n brysur yn gorffen ei ail becyn ugain a hithau ond yn chwech o'r gloch. Crynodd ei law'n afreolus wrth sugno'n galed ac arllwysodd wisgi arall i'w wydr, cyn gwaredu'r gwydr o'i gynnwys mewn un llwnc llym.

Meddyliodd am ddigwyddiadau'r noson cynt, oedd mor gymylog yn ei feddwl oherwydd y botel Teachers. Gyda Joan allan, unwaith eto, roedd cyfle arall yn ei aros. Roedd e wedi blasu'r wefr ac wedi adfywio'r greddfau tywyll. Y greddfau tywyllaf. Heb rybudd, gostyngodd y niwl, ac i ffwrdd aeth Steve ar ôl ei brae.

Clywodd Luc draed trwm Steve yn dringo'r grisiau a llifodd atgofion neithiwr drosto. Gafaelodd mewn pren mesur metel oddi ar ei ddesg ac aros am yr ymosodiad.

Dair milltir i ffwrdd roedd Joan Swan yn llawn rhegfeydd o dan ei handl wedi iddi sylwi iddi anghofio prif gynhwysyn y gacen, sef bananas. Â hithau wedi gadael ei phwrs, wrth frysio allan o'r tŷ, dim ond un peth y gallai ei wneud. Trodd y car am adref ar y cyfle cyntaf gan gynnau sigarét i leddfu'r nerfau.

Aeth Steve yn syth at y cwpwrdd condoms fel y noson gynt. Rhoddodd y wain llithrig am ei ddynoliaeth gadarn. Roedd ei galon yn rhuthro a'i anadlu'n drwm wrth iddo godi ei drowsus yn ôl am ei ganol.

Caeodd ddrysau'r cwpwrdd a gweld ei adlewyrchiad. Stopiodd am eiliad i edrych. Nid oedd e'n adnabod ei wyneb; nid Steve oedd yn syllu'n ôl. Trodd a cherdded yn bwrpasol ar draws y landing at ddrws Luc. Trodd y bwlyn a gwthio.

Clywodd Luc draed Steve yn nesáu, a phan welodd fwlyn y drws yn troi, sgrechiodd mewn ymateb i'r hyn oedd o'i flaen. Gwthiodd Steve, ond daliai'r gadair yn gadarn.

Teimlai Luc fel y mochyn bach yn chwedl y tŷ to gwellt. Ac er iddi gymryd bach mwy na hyff a pyff, yr un oedd y canlyniad yn y diwedd ac i mewn y daeth y blaidd.

Camodd Steve yn ôl oddi wrth y drws a heb feddwl ddwywaith, ciciodd â'i holl nerth. Ffrwydrodd y drws ar agor gan chwalu'r gadair yn deilchion o dan rym ei droed dde.

Edrychodd i mewn a gweld Luc yn ymgreinio ar y llawr yng nghornel bella'r ystafell yn gafael yn ofnus mewn pren mesur. Cydiodd Steve yn yr arf llipa cyn gafael yn gadarn yn ei freichiau a'i orfodi'n ôl i gyfeiriad y gwely. Roedd mwynder neithiwr wedi diflannu, ac yn ei le, chwant barbaraidd. Eisteddodd Luc ar y gwely gyda'i gefn at y wal gan edrych ar Steve drwy lygaid wedi fferru.

"GAD FI FOD!"

"Pam nes ti ddweud wrth dy fam, Luc?" gofynnodd Steve. Roedd gwythiennau ei dalcen yn chwyddo dan straen ei chwant ffyrnig. "Pam, Luc?"

"CER I FFWRDD!!"

"'Sdim pwynt gweiddi, Luc bach," dwedodd Steve gan gnocio ar y ffenest gerllaw. "Double glazing, Luc. 'Sneb yn gallu clywed." Gafaelodd yng ngarddyrnau'r bachgen gan ei barlysu yn yr unfan. "Pam nes ti ddweud wrthi Luc? Wyt ti eisiau ypsetio dy fam – WYT TI?" Ceisiodd Luc ryddhau ei hun o afael ei arteithiwr, ond roedd Steve yn rhy gryf.

"Neith hi byth dy gredu ti ta beth," meddai, cyn agor ei gopish a throi Luc, fel doli glwt, i wynebu'r matras. Rhwygodd drowsus Luc wrth eu tynnu cyn rhyddhau ei fwystfil o'i gawell. Llywiodd Steve gorff Luc i mewn i safle mwy hygyrch. Gafaelodd yng ngwar ei wddwg gan wasgu ei wyneb i mewn yn y gobennydd, a gyda'i law arall anelodd ei ffon at y targed.

Er bod Luc yn fud o dan reolaeth Steve, roedd ei feddwl ar ras. Er iddo golli ei ffydd yn fachgen ifanc, roedd e'n gweddïo. Yn gweddïo ar Dduw, ar y Diafol, ar Jeifin Jenkins, Ian Rush ac ar Spiderman. Pawb, popeth a neb o gwbl.

Roedd ei fyd yn dywyll a'r dyfodol fel bol buwch. Nid oedd dianc. Rhaid oedd derbyn y boen am yr eilwaith mewn pedair awr ar hugain. Llyncodd yn galed, brwydrodd am anadl ac aros am yr artaith anochel.

Ond, heb rybudd a heb esboniad, llaciodd gafael Steve a brasgamodd yr oedolyn allan o'r ystafell.

"HELO, be chi'n neud lan fan 'na?" Clywodd Luc lais ei fam yn llenwi'r tŷ. Achubiaeth!

Trodd Luc ar wastad ei gefn a chlywed traed ei fam yn esgyn y grisiau pren. Camodd Joan i mewn i ystafell ei mab a gweld y llanast – y gadair yn deilchion, dagrau Luc a'r trowsus wrth ei liniau. Llenwodd ei llygaid ag atgasedd.

"Ti'n iawn?" gofynnodd heb agosáu ato.

Fflysiodd y tŷ bach ar draws y landing wrth i Luc nodio ei ateb. Trodd Joan ac anelu'n syth i gyfeiriad sŵn y dŵr.

Yn anffodus i Steve, nid oedd clo ar ddrws y cachdy. Hyd yn oed yn fwy anffodus, roedd y condom yn dal i arnofio ar wyneb y badell.

Agorodd y drws tu ôl iddo ac yno safai Joan, fel Ellen 'The Lady' wrth ddrws saloon, yn llawn dialedd. Roedd ei llygaid ar dân a fflamau'n bygwth ffrwydro o bob croendwll yn ei chorff. Roedd Steve yn gwybod nad oedd gobaith ganddo. Fel arthes yn amddiffyn ei hepil, roedd Joan yn greadures beryglus.

"ALLAN!" gwaeddodd a'i dynnu o'r ffordd cyn iddo gael cyfle i geisio gwaredu'r badell o'i chynnwys. Trodd Steve am yr ystafell wely a dechrau llenwi ei fag.

Edrychodd Joan i'r pydew a gweld yr hosan rwber yn arnofio. Hyrddiodd gynnwys ei chylla i'r badell, ac wedi gwagio'i stumog a gwaredu'r poer trwchus sy'n dilyn, dychwelodd at Luc oedd yn dal heb symud o'i wely. Cydiodd hi ynddo'n dynn, a thrwy ddagrau o euogrwydd ymddiheurodd iddo.

Allan aeth Steve i'r tywyllwch a'i holl eiddo mewn dau fag dillad. Gwyddai o brofiad na fyddai'n syniad da loetran.

Ni symudodd Joan na Luc o'r ystafell wely am amser maith. Roedd euogrwydd yn gwledda ar gydwybod y fam a beichiodd y ddau heb yngan gair wrth ei gilydd.

O'r diwedd, gadawodd Joan ac aeth yn syth i lawr y grisiau at y cwpwrdd cornel. Estynnodd botel ffres o London Dry a bu yng nghwmni'r botel honno, a nifer o rai tebyg, am wythnos. Llerciai Luc, ar y llaw arall, fel anifail gwyllt wedi'i gaethiwo a'i glwyfo, yn ei ystafell wely.

Aeth wythnos heibio cyn i ysgol Luc hysbysu'r Gwasanaethau Cymdeithasol am ei absenoldeb, a chyn diwedd y diwrnod hwnnw cnociodd dau swyddog cymdeithasol ar ddrws cartre'r Swans.

Roedd 'na olau yn y tŷ, a phan agorodd un ohonynt y

blwch post, ymosododd arogl afiach ar ei ffroenau. Doedd dim dewis ganddynt, rhaid oedd galw'r heddlu.

Ymhen awr roedd y Cwnstabliaid Morgan a Carver wedi cyrraedd. Wedi esboniad cyflym, ciciodd PC Morgan y drws ffrynt a chael ei groesawu gan ddrewdod annioddefol. Gyda hancesi dros eu trwynau, i mewn i'r tŷ aeth y pedwarawd gan ddisgwyl ffeindio o leiaf un corff.

Yn y lolfa, ar y llawr, yng nghanol yr holl boteli gwag, gorweddai Joan Swan yn ddigyffro. Yn ddigyffro, ond heb fod yn ddifywyd.

Yn ei ystafell wely, yn yr un lle ag y gadawodd Joan e yr wythnos cynt, eisteddai Luc. Roedd ei drowsus a'i wely'n morio mewn piswel a chach ac roedd ei wyneb yn welw o ddiffyg bwyd, diod a chariad.

Aeth Luc gyda'r gweithwyr cymdeithasol i gartref dieithr ac am yr eilwaith yn ei fywyd, gwyliodd riant yn ei adael mewn ambiwlans.

Ni allwch ddibynnu ar eich llygaid
pan fo'ch ymennydd allan o ffocws.

Mark Twain

Mae hi bron yn benwythnos. Mae'n ddydd Iau. Ac fel mae pawb sy'n gweithio'r 9-2-5 yn gwybod, nos Iau yw dechrau'r dathlu. Cwpwl o beints, smôc fach; beth bynnag sy'n eich gwneud chi'n hapus. Does dim ots am hangover ar fore Gwener gan taw dim ond wyth awr sydd cyn gorffen, cyn gallu anghofio am drafferthion y gweithle a rhoi'r traed lan am ddeuddydd. Mae'n braf bod yn normal...

Dw i yn swing y swydd newydd erbyn hyn ond, gyda cherddoriaeth Fflach! yn atseinio'n ddyddiol ar y set, a'r holl bollocks sy'n mynd law yn llaw gyda chynhyrchu rhaglen am boy-band bastards, sa i'n gwybod am ba hyd galla i oddef y job.

Ar y llaw arall, does dim amheuaeth 'mod i'n mwynhau arian Marcel; mae'n lleddfu'r boen o orfod bod gyda'r band i ryw raddau. Mae Marcel wedi landio slot wythnosol ar *Heno* fel pyndit pop i dalu am ei lênladrad. Ni'n anwybyddu'n gilydd fel cyn-gariadon deuddeg oed ac mae pawb yn hapus.

Rhaid i fi gyfadde hefyd 'mod i'n sylweddoli ar beth mae pwyslais y swydd a ddisgrifiwyd fel 'runner /production assistant'. Er bod pethe wedi dechre bant yn addawol, unwaith dechreuodd y ffilmio, roedd hi'n amlwg beth fyddai fy nyletswyddau – coffi, te, mule, sherpa, babysitter a chauffeur.

Mae 'na ychydig o'r ochr gynhyrchu yn awr ac yn y man, yn benna pan ma rhywun yn sâl neu'n methu bod yn arsed gyda rhyw alwad ffôn neu'i gilydd. Ond rhedeg rownd fel ci'n cwrso'i gwt ac yn hala lot o amser gyda'r cystadleuwyr dw i'n bennaf, sy'n meddwl nad ydw i'n hala gormod o amser gyda'r 'band'.

Yn syml, dw i'n fwy o Steve Cram nag o Lawrence Bender ar hyn o bryd.

Mae'r amheuon sydd 'da fi am y swydd yn codi am nad ydw i'n gwybod pa mor hir galla i weithio ar raglen mor ffug ac mor ddisylwedd. Pan ofynnaf hyn i fy hun, yr ateb sy'n dod i'r amlwg o hyd yw: pan wneiff rhywun sylwi ar gelwydd Marcel a'i ddatgelu'n gyhoeddus fel y twyllwr ydyw. Hynny yw, pan ddeiff y blackmail i ben bydd hi'n amser i fi adael.

Mae Steph yn dal i ofyn i fi fynd am ddrinc yn ddyddiol, ac yn araf bach dw i'n dechrau ildio. Tasech chi ond yn gallu ei gweld hi basech chi'n deall pam. Fel dwedodd y dyn gwyllt, 'galla i wrthsefyll popeth ar wahân i demtasiwn'.

Does dim bywyd yn dal yn y cwtsh dan stâr, ond dw i'n dechre meddwl mai help llaw (yn llythrennol) gan Steph fyddai'r iachâd. Fi'n ysu am fod yn agos ati ond mae'r E.G.O. yn f'atal. Fedra i ddim wynebu'r siom – yn ei llygaid nac yn fy nghalon.

Ar yr eiliad hon, dw i'n pwyso'n erbyn wal noeth mewn

saloon yn y gorllewin gwyllt. Tu ôl i'r bar mae Marcel ac i lawr y grisiau pren llydan daw Stifyn a dwy ferch ifanc. Na, nid cynnwys un o 'mreuddwydion i mohono – croeso i ddiwrnod cyffredin yn *Tŷ Trybini*.

Dyma enghraifft berffaith o'r ochr gynhyrchu'n gwneud ymddangosiad. Dw i'n gorfod goruchwilio golygfa newydd o'r sioe a rhoi gwerthusiad i Emlyn ohoni fory. Basically, 'sneb arall yn gallu bod yn fucked, so gofynnwch i Luc. Ni nawr ryw chwech wythnos i mewn i'r shoot ac wedi cael trafferthion gyda rhai o'r cystadlaethau. Syniad Stifyn yw'r olygfa hon. A disaster waiting to happen os chi'n gofyn i fi.

Dyma, yn syml, yw nod y gêm:

Mae hi'n fy atgoffa fi o stori Wiliam Tel; chi'n gwybod, y boi wnaeth saethu afal bant oddi ar pen ei fab. Mae'r ddau gystadleuydd yn cael pump shot yr un gyda bwa a saeth – saeth â phwynt rwber yn anffodus, i geisio bwrw potel frown oddi ar ben un o aelodau Fflach!

Gan taw syniad Stifyn yw e, mae e'n mynnu cyflwyno'r olygfa. Marcel yw 'Wiliam Tel Jnr' heddiw. Y cystadleuydd sy'n bwrw'r targed fwya o weithiau fydd yn ennill y wobr. Mae'n swnio'n syml…

Syniad Stifyn oedd y lleoliad hefyd – apparently ma fe'n "dwlu ar gowbois". Mae'r boi'n fwy camp na maes pebyll a dw i 'di clywed rhai o aelodau'r criw yn ei alw fe'n Stifyn Handbag. Class.

Mae'r camerâu wedi eu lleoli ac Amanda, y rheolwr llawr, yn gwneud yn siŵr bod Marcel – sydd wedi gwisgo fel un o'r Indiaid Cochion – yn sefyll ar ei farc. Mae e'n pwyso â'i gefn at y wal ac mae Amanda'n cydbwyso'r botel ar ei ben. Wedi llwyddo, mae hi'n lleoli Stifyn a'r merched yn eu mannau priodol cyn gweiddi:

"Positions everyone please. Ready for first take."

Wedi i bawb ymbaratoi mae Gwen, y rhedwraig, yn llenwi'r llun â'r clipfwrdd crocodeilaidd gan ddweud mewn llais clir, "Scene thirty-two. Take one," cyn cau ceg y croc yn glep a chamu'n ôl i'r cysgodion.

Llais Nathan, y cyfarwyddwr, sydd i'w glywed nesaf.

"Aaaand action…"

Ar y monitor o 'mlaen i mae wyneb colur-drwm Stifyn yn cyflwyno'r gêm.

"Helooooooooo a chroeso i Salŵn Stifyn, yeaaaaaaaaaah!" Clapio fel morlo. "Mae Enfys a Debbie'n barod i chwarae'r gêm, on'd ych chi ferched?"

"Ydyyyyyyyyyyn!"

"Grêt. Nawr dyma beth sydd angen 'i neud. Dyma fy ffrind, Marcel y Mohawk. How, Marcel." Mae camera two yn dangos shot ganolig o Marcel gyda'r botel ar ei ben. Mae e'n edrych yn anghyfforddus braidd wrth iddo godi ei law a dweud "How" yn ôl.

"Debbie, Enfys. Chi'n gweld y botel ar 'i ben e…"

"Ydyyyyyyn!"

"Wel, 'na i gyd sydd rhaid i chi neud yw bwrw'r botel gydag un o'r rhain." Mae Stifyn yn codi bwa a saeth o flaen y camera gan ddangos ei ddannedd i'r genedl.

"Easy-peasy, ie ferched?"

"Ieeeeeeeeee!"

"Ocê. Enfys sydd ar y blaen gyda deuddeg pwynt, felly hi sydd yn cael mynd gynta. Wyt ti 'di defnyddio bwa a saeth o'r blaen, Enfys?"

"Naddo."

"Wel, mae'n easy-peasy-lemon-squeezy," sgrechiodd Stifyn wrth glosio at Enfys i roi cymorth iddi ddal y bwa ac anelu'r saeth.

Mae cymorth y cyflwynydd yn trosi'n dda i'r sgrîn,

ond wedi edrych i ffwrdd oddi wrth y monitor i'r olygfa o 'mlaen i caf andros o sioc o weld llaw Stifyn yn cwpanu tin gynlasoedol y cystadleuydd.

Edrychaf ar Nathan, wedyn ar Amanda, ar Gwenlli, ar Dave ac ar Don ond does neb wedi sylwi. Edrychaf yn ôl ar yr olygfa yn barod i floeddio ar Stifyn a rhoi crasfa iddo pe bai rhaid. Ond mae wedi symud ei law...

Anadlaf yn ddwfn wrth i atgofion tywyll fy ngorffennol frasgamu i flaen fy myddin o ellyll amrywiol. Edrychaf ar y monitor eto gan gwestiynu'r hyn a welodd fy llygaid.

Mae'r criw'n barod am ran nesa'r gêm – saethu Marcel. Wishful thinking! Mae Enfys yn barod i roi cynnig arni ar ôl ei hyfforddiant personol dan law Stifyn.

Edrychaf ar Enfys yn monitor 1; ar ei thafod yn cael ei wasgu rhwng ei gwefusau wrth iddi ganolbwyntio ar y dasg o'i blaen.

Edrychaf ar Marcel yn monitor 2; ar y botel sy'n cydbwyso ar ei ben ac ar ei ochrfyrddau wedi eu stensilio fel ffrâm i'w wyneb sy'n gwneud iddo edrych fel yr equivalent dynol o RS Cosworth. Mae'n fy nharo bod rhywbeth o'i le ar yr olygfa ond fuck knows beth.

Wedi pendroni am eiliad mae'r ateb yn dod yn amlwg. Iechyd a diogelwch! Ble mae'r protective goggles?

Gyda'r cwestiwn ar fin gadael fy ngheg, mae Enfys yn tynnu'r bwa'n ôl at ei hysgwydd ac yn gadael i'r saeth hedfan am y targed. Mae hi'n edrych fel petai fy ngofidiau'n ddi-sail wrth i'r ergyd hwylio'n syth am y botel. Ond, ar yr eiliad olaf, mae blaen y rwber yn dipio ac mae'r saeth yn bwrw Marcel yn sgwâr yn ei lygad chwith.

"FFFOKKKINHEEEEEELL!" yw ei ymateb. Mae'r botel yn disgyn a Marcel yn dal ei ddwylo dros ei lygaid yn ddramatig.

"Forfuckssake Nathan, beth sy'n bod arnot ti? Arnoch chi i gyd? Couldn't you see that one coming or what?" bloeddiodd Marcel ar y criw.

Dw i bron yn teimlo'n flin drosto. Bron. Ond wrth i Marcel greu ffws a'r criw cyfan yn rhoi sylw iddo, sylwais ar olygfa ganwaith mwy gofidus yn datblygu o 'mlaen.

Mae'n debyg bod ymateb Marcel wedi effeithio'n eithriadol ar Enfys a Debbie. Mae bochau Enfys yn diferu â dagrau a Debbie'n amlwg ofnus.

Ond dim dyna beth sy'n fy ngofidio.

Mae Stifyn yn penlinio rhyngddynt â'i freichiau o'u hamgylch fel bachwr rhwng dau brop. Mae'r merched yn ymateb i'w gysuro ac mae gwên wan yn brwydro yn erbyn y llif am le ar wyneb Enfys.

Ond nid dyna beth sy'n fy ngofidio i chwaith.

Mae Stifyn yn dweud rhywbeth sy'n gwneud iddyn nhw chwerthin cyn adio rhywbeth arall sy'n gwneud iddynt nodio eu pennau fel ieir.

Wedyn, a dyma beth sydd *yn* fy ngofidio i, mae Stifyn yn gwthio'r ddwy'n dyner i ffwrdd oddi ar y set ac oddi wrth gynddaredd Marcel. Dw i'n gwylio'r gwthiad gyda 'ngên yn disgyn gan fod Stifyn yn cyffwrdd yn eu penolau wrth eu gwthio oddi yno.

Mae Stifyn yn edrych dros ei ysgwydd cyn dilyn y merched drwy'r drws…

"Oh for godsake, calm down, Marcel!"

"Calm down! Fi ar fuckin *Heno* mewn tair awr, Nathan, a 'na i ddim fucking calmio lawr!"

Tasai'r primadonna 'na ddim yn actio fel plentyn baswn i 'di dilyn Stifyn a'r merched. Ond, gyda Nathan yn gweiddi "CUT", dim ond un peth alla i adrodd wrth Emlyn yn y bore.

Yn hwyrach, wrth yrru am dŷ'r Doctor, mae digwydd-iadau'r dydd – hynny yw, yr hyn welais i Stifyn yn ei wneud – yn dechrau cymylu. Wedi diflannu mae'r atgasedd greddfol a'r casineb pur, ac yn eu lle mae ansicrwydd a chwestiynau'n cael eu hamlygu. Ansicrwydd oherwydd amlygrwydd yr act – pam fod Stifyn yn gwneud hynny ar set gyhoeddus? O'm profiad i, mae'r bobl yma'n gweithredu yn y cysgodion.

Mae'r cwestiynau, heb os, yn codi oherwydd fy hanes a'm profiade i ond maen nhw'n dal i fod yn ddilys. Ydy fy ellyll isymwybodol yn codi i'r wyneb ac yn effeithio arna i?

Erbyn cyrraedd tŷ fy mrawd, sa i'n convinced o'r hyn welais i, ond dw i'n addo un peth – bydda i'n cadw llygad ar Billy the Kids o nawr 'mlaen.

The mistakes made by Doctors are innumerable.

Marcel Proust

BRRRING-BRRRING!!!

Gadawodd John Swan ei wraig ifanc yn hyffian ac yn pyffian o flaen y teledu. Roedd y ffôn, fel cloch sgwâr bocsio, wedi ei arbed rhag gorchmynion a chwyno ei wraig, yn hytrach nag uppercuts, roundhouses a chombos gwrthwynebydd cyhyrog. Er hynny, roedd John yn teimlo mor flinedig â phaffiwr pwyse trwm ar ôl cyrraedd y rownd olaf.

Roedd Joan yn feichiog ers pum mis, ond roedd hi'n cwyno fwy y tro yma nag a wnaethai hi'r ddwywaith cynt gyda'i gilydd!

"Dere â phaced o Monster Munch i fi, John. Pickle…"

Caeodd John y drws ac ni chlywodd ail ran ei harcheb. Atebodd y ffôn a sefyll yn betrusgar wrth glywed llais adnabyddus yn ei gyfarch.

"Good-day-to-you, Mr Swan."

"Doctor Shaitan…"

Roedd llais y doctor yn gyfarwydd i John erbyn hyn. Wedi'r cyfan, dyma'r trydydd tro i'r doctor gynorthwyo'r Swans mewn genedigaeth. Wel, mewn cyfnod o feichiogrwydd i fod yn dechnegol gywir, gan i'r ddau gynnig cyntaf mewn torcalon i John a Joan. Am y rheswm hwn, roedd John yn cysylltu llais y doctor â newyddion drwg. Gweddïodd wrth ofyn:

"Anything wrong, Doctor?"

"Oh, no, no, no, Mr Swan, nothing at all…"

"Oh good!" Roedd rhyddhad John yn ddiamod wrth iddo dorri ar draws y doctor.

"… but is it at all possible for you and Mrs Swan to come to the hospital this afternoon?"

"What's going on?"

"It's nothing to worry about, Mr Swan, but I need to talk with you both."

Ebychodd John unwaith eto wrth glywed celwydd cysurol y meddyg.

"I'm not sure if my wife'll be able to make it. She's finding it difficult to do anything except eat at the moment."

"Then you must come alone, Mr Swan. Shall we say one-thirty?"

"One-thirty."

Gyda hanner awr wedi un yn agosáu, ffarweliodd John â'i wraig heb ddweud wrthi ble'r oedd e'n mynd, cyn neidio i'w fan a gyrru tuag at yr ysbyty.

Cyn gadael, newidiodd John o'i ddillad arferol – jeans yn drwch o baent, crys siec a Docs cadarn; gwisg pob painter & decorator gwerth ei halen – a gwisgo'i loafers newydd, trowsus glân a chrys smart. Ond, yng nghrombil ei fan waith – a oedd yn ddrewdod o baent, glud a sigarets – teimlai John yn anghyfforddus yn ei ddillad teidi. Ni ddylai dyn ei oedran e deimlo fel hyn. Roedd e wedi byw'n ddigon hir i allu mynd i rywle gan wisgo beth bynnag a fynnai.

Taniodd sigarét a thynnu'r mwg yn ddwfn i'w ysgyfaint. Wrth danio'r injan dechreuodd ei feddwl ruthro.

Roedd John yn gofidio. Ond mae pawb yn gofidio pan fo'r ysbyty'n galw, ac eisiau eich gweld. Gwir, ond wedi colli dau blentyn yn y tair blynedd diwethaf – un trwy gamesgoriad a'r llall drwy gymhlethdodau o fewn munudau i'r enedigaeth – roedd gofidiau John yn ddilys.

Roedd e a'i wraig yn awchu am ddechrau teulu. Ysai John am ail gyfle i fod yn rhiant go iawn wedi'r cawlach a wnaeth e o'i gynnig cyntaf.

Roedd ei fab, Sam, yn naw oed bellach, a gallai John gyfri ag un llaw sawl gwaith roedd e wedi ei weld. Gadawodd John ei wraig gyntaf pan oedd Sam yn saith mis oed. Roedd e a Joan, sydd bymtheg mlynedd yn ifancach na fe, wedi bod yn cael affair cyn i Sam gael ei genhedlu hyd yn oed. Rhoddodd Joan ddewis syml i John: Mrs Swan rhif 1, neu hi. Joan oedd dewis John. Pa ddyn canol oed boliog fase ddim yn gwneud yr un peth pan fo merch mor gorgeous yn cynnig ei hun iddo?

Er bod John yn difaru na chafodd y cyfle i fod yn dad i'w fab, nid oedd y berthynas gyda'i wraig gyntaf yn un gariadus o bell ffordd erbyn y diwedd. Camgymeriad gwych oedd Sam ond, yn anffodus i John, ni wnaeth ei wraig gyntaf adael iddo weld y camgymeriad hwnnw'n tyfu.

Roedd John hefyd yn gobeithio y base plentyn yn pontio'r age-gap rhyngddo fe a Joan. Ofnai John y byddai

Joan yn ei adael am fodel ifancach rywbryd yn ei bywyd, er ei bod hi'n taeru na fyddai hynny byth yn digwydd. Roedd y paranoia'n gydymaith parhaol.

Wedi parcio'i gar yn anghyfreithlon ar linellau melyn dwbl, oherwydd diffyg mannau parcio yn yr ardal, camodd John yn bryderus tuag at adeilad llwydaidd y CRI.

Roedd e'n cysylltu'r lle â newyddion drwg, a gweddïodd y byddai popeth yn iawn y tro hwn. Doedd John ddim yn credu gallai Joan ddiodde'r fath siom am y trydydd tro.

Cnociodd John yn awdurdodol ar ddrws llwyd mewn coridor llwyd.

"Come in," atebodd y llais cyfarwydd mewn acen Indiaidd.

Roedd yr ystafell yn ddryswch o bapurau, o lyfrau a llanast addysgol. Cododd y doctor ar ei draed ac estyn ei law.

"Sit down, Mr Swan, please."

Eisteddodd John gan edrych am gliwiau ar wyneb tywyll Doctor Shaitan. Gwenodd y Doctor a chododd calon John. Ond...

"I'll get straight to the point, Mr Swan," dwedodd y doctor, wrth eistedd yn ôl yn ei gadair droellog oedd yn frith o dyllau. "We've known each other too long to beat around the bush..." Suddodd calon John yn gynt nag y diflannodd gwên y doctor. "I have some bad news, I'm afraid."

"What..." Llenwodd llygaid John â dagrau hallt a gorfod iddo ymdrechu â'i holl ddynoliaeth i'w stopio rhag llifo'n gyhoeddus.

"Mr Swan, we've received the results of the amniocentesis tests."

"And…" Roedd John wedi bod yma o'r blaen.

"As you know, this test can tell us a lot about your baby's health. Although clear of almost every defect and disease, your child is afflicted with…" oedodd Dr Shaitan – DUN-DUN-DUUUUN – cyn gorffen ei frawddeg gyda'r geiriau mwyaf creulon a glywsai John erioed "… Down's Syndrome."

Syllai John ar y doctor tra arnofiai'r geiriau yn yr awyr rhyngddynt. Llyncodd, syllodd a gofynnodd:

"You mean it's a spastic?"

"It has a severe learning disability, yes…"

"A spastic. No, no, no. It can't be… I don't bloody believe this!" Roedd wyneb John yn ferw goch a'i feddwl yn toddi y tu fewn.

"Mr Swan, I know this is a…"

"Do you have any children, Doctor Shaitan?"

"Yes. Yes I do."

"I have one too. And I'm not even allowed to see him. Joan doesn't have any and now we're going to have a… a bloody spastic… a fuckin spacko!" Cododd llais John wrth i'w emosiynau fyrlymu. Roedd e wedi cyrraedd yr ysbyty gan ddisgwyl y gwaethaf ond, mewn ffordd, roedd hyn yn waeth.

"After all we've been through, Doctor! I don't believe it!"

Cododd y doctor a chamu i sefyll wrth ochr John.

"Mr Swan, would you like…"

"Is there anything you can do?" Daliodd John ei lygaid gan edrych i mewn i'w enaid am obaith. Ond wedi oedi pellach, chwalodd y doctor ei obeithion.

"I'm afraid there isn't…"

Curodd calon John rythm gwyllt. Roedd ei ben yn

ddryswch o gwestiynau, ond roedd Doctor Shaitan wedi ateb yr unig un pwysig yn barod.

"Would you like me to talk to Mrs Swan?"

Wedi meddwl, atebodd John yn ddigynnwrf. Roedd y gwylltineb wedi diflannu o'i lais.

"No. No. Thank you. I don't want you or any of your staff to mention this to her. I'll tell her in my own time."

Nodiodd Dr Shaitan ar John, fel galarwr wrth weddw yn angladd ei gŵr.

Cododd John ar ei draed a gadael y swyddfa. Roedd ei galon yn deilchion a'i feddyliau ar chwâl.

Dychwelodd i'w fan a gweld tocyn yn aros amdano rhwng y windscreen a'r wipers. When it rains... Gadawodd ei gerbyd yn y fan a'r lle a cherdded i ffwrdd yn ddigyfeiriad.

Ffeindiodd ei hun, ddeg munud yn ddiweddarach, yn eistedd ar fainc o dan goeden dderw yng Ngerddi Waterloo. Tynnodd yn galed ar ei drydydd mwgyn ers gadael yr ysbyty gan gloriannu ei opsiynau.

Y da sy'n marw gyntaf.

William Wordsworth

"Look, Luc," dwedodd Whitey wrth amddiffyn ei benderfyniad, "mae e mor syml â hyn. Mae'n well 'da fi neud rhywbeth dw i eisiau 'i neud, rhywbeth sy'n fy ngwneud i'n hapus, na neud rhywbeth sa i'n mwynhau er budd rhywun arall. Selfish I know, ond fi 'di cael lot o amser i feddwl dros y misoedd diwetha a fi 'di dod i'r casgliad taw un bywyd sydd 'da ni, so fuck it, beth yw'r pwynt cael amser shit?"

Roedd Whitey'n casáu gorfod esbonio ei benderfyniadau, ond roedd e hefyd yn deall bod Luc yn ei gwestiynu am ei fod yn poeni amdano.

"Fi'n deall be ti'n dweud, ond..." Here we go, meddyliodd Whitey, mae gadael 'ond' i hongian yng nghanol brawddeg yn rhybudd bod 'na bwynt difrifol i ddilyn. "... beth ti'n mynd i neud ynglŷn â Katie? I mean, ma angen arian arnot ti. Dim job, dim arian. Dim arian, dim Katie. Dwedest ti dy hunan os nad wyt ti'n talu arian i'w mam, bydd hi'n dy stopio di rhag gweld dy ferch."

"Fair enough. Hang on am eiliad, rhaid i fi newid y CD." Rhoddodd Whitey'r derbynnydd i lawr ar y ddesg gymysgu a rhoi disg arall yn y peiriant. Wedi cyflwyno'r gân, ailafaelodd yn y ffôn gan ddweud:

"Sori, Luc, duty calls."

"No worries," atebodd Luc i mewn i'r ffôn Nokia pitw, wrth bwyso ar wal gefn pencadlys Akuma a mwynhau 'awyr iach' y bore oer. "Beth oeddet ti'n... Hang on, ti'n chwarae 'Bobby Brown Goes Down'?"

Chwarddodd Whitey ar ei ddewis o gân. "Ydw, nawr 'mod i 'di gwneud y penderfyniad i adael, dw i'n benderfynol o chwarae'r holl ganeuon offensive galla i cyn diwedd y mis."

"Start at the top why don't you!"

"Bydda i'n chwarae 'Napalm Death' fel special request i'r cardiac ward yn hwyrach heddiw."

"Bydd yn ofalus. Ti ddim eisiau lladd rhywun..."

"Death by dangerous driving rock!"

Chwarddodd y ddau gyfaill fel tasai dim byd yn eu poeni. Ond, mewn gwirionedd, roedd pwysau'r byd yn drwm ar eu hysgwyddau. Wedi'r saib daeth Luc yn syth yn ôl at y pwynt.

"Nôl at Katie. Ti'n methu jeopardiso'ch perthynas drwy adael dy swydd achos bod ti ddim yn fulfilled. Ma hanner y byd yn anhapus yn eu gwaith, ond so nhw'n gadael. Responsibilities, Whitey. Mae gen ti..."

"Dw i'n gwybod beth sy 'da fi," ymatebodd Whitey'n fyr ei amynedd. "Mae Katie'n bwysicach i fi nag unrhyw beth. Gwranda, dw i'n gweithio ar gynllun bach ar hyn o bryd. Alla i ddim dweud mwy na 'ny am nawr ond sai'n gadael fy swydd on a whim, iawn."

"Ok, jyst..."

"Jyst beth?"

"Jyst... bydd yn ofalus. Ti ddim eisie colli'r peth gore

yn dy fywyd di."

"Fi'n gwybod. Look, mae Mr Brown bron â mynd yr holl ffordd lawr. Rhaid i fi roi cân arall 'mlaen. Unrhyw requests?"

"'Money's too tight to mention'…"

"Ha-fuckin-ha. As if baswn i'n chwarae Simply Red!"

Ysgydwodd Luc ei ben wedi i Whitey derfynu'r alwad. Sugnodd yn galed ar y Benson cyn fflicio'r stwmp i gyfeiriad gwter gyfagos. Methodd ei darged.

Teimlai Whitey fel tipyn o dwat wrth adael X-Ray Radio'r noson honno. Roedd e 'di bod yn meddwl am ei sgwrs gynharach â Luc. Cringe-odd wrth gofio sôn ei fod e'n 'gweithio ar gynllun'. Tase Luc ond yn gwybod beth oedd y 'cynllun', base fe'n chwerthin mwy na thyrfa'n gwylio Eddie Izzard wedi gorwneud hi ar y poppers… cyn rhoi crasfa go iawn iddo fe am fod mor dwp.

Camodd Whitey ar y bws ac eistedd un sêt o'r cefn yn yr unig fan sy'n gadael i rywun estyn eu coesau heb rwystro'r rhodfa. Mewnbynnodd ei earphones, gwasgu PLAY ar y Walkman a llenwi ei ben â nodau agoriadol 'One of these Days'.

Dyma'r trydydd tro i Whitey wneud y daith i Gaeau Llandaf. Roedd y ddwy noson flaenorol wedi bod yn wastraff amser llwyr. Er iddo ddweud wrth Luc ei fod e'n 'gweithio ar gynllun', roedd e wedi penderfynu mai heno fase'r tro diwetha iddo geisio taro bargen ag el Diablo. Un cyfle arall. Meddyliodd Whitey pa mor abswrd oedd hynny; rhoi un cyfle arall i'r Diafol. Ond dyna fel roedd hi. Os na welai'r Bwystddyn, then fuck it, byddai'n rhaid iddo, er mawr siom, gario 'mlaen i fodoli'n ddiymhongar fel gweddill y llygod mawr.

Pan welodd arwydd yr Athrofa trwy ffenest frwnt y

bws, canodd y gloch i ddynodi ei fwriad. Caeodd zip ei gôt i'r top i'w amddiffyn rhag yr oerfel cyn camu i'r nos gyda "Cheers, drive" diffuant.

Roedd hi wedi troi chwech o'r gloch erbyn iddo gyrraedd y groesffordd, a difarodd beidio â phrynu sarnie a salt & vinegar squares cyn gadael yr ysbyty. Atseiniai gwacter ei fola wrth iddo eistedd ar y fainc. Taniodd sbliff ac aros.

Daeth y teimlad drosto unwaith eto ei fod yn idiot. Beth ydw i'n neud? Roedd hi'n ffinio ar rewi, for fuckssake! Meddyliodd Whitey base ymweliad ag Uffern yn gwneud byd o les iddo heno, ac yn arbed arian ar y gwres canolog 'fyd. Ond doedd e ddim yn mynd i aros am fwy nag awr ar noson oer ddigwmwl a gwrando ar ei ddannedd yn clecian fel castanets.

Roedd e ar ei ail smôc cyn i'r ymgeisydd cyntaf nesáu; ffigwr tywyll yn cerdded ei gŵn. Roedd y silwét yn un cyfarwydd. Roedd Whitey 'di gweld y dyn ifanc a'i gŵn ddwywaith o'r blaen wrth aros ger y groesffordd. Ymlaciodd Whitey a chwythu mwg ar ei ddwylo rhewllyd. Roedd e'n gwybod nad Satan oedd yn nesáu. Sut? Roedd e 'jyst yn gwybod'.

Pasiodd y gŵr ifanc a'i gŵn yn hamddenol heb gymryd sylw o Whitey. Tasai e heb fod yn gwrando ar Gilmour a'r bois yn canu am Seamus y ci, base fe, heb os, wedi sylwi ar y tawelwch llethol a ddisgynnodd ar ôl i geidwad y cŵn basio. Ond yn anffodus, roedd pen Whitey, fel arfer, ymhell i fyny ei dwll tin.

Ymhen dim, sylwodd Whitey ar ail ymgeisydd; hen wraig grom ei chefn, yn gwthio troli Tesco lawn. Gwrthododd Whitey hi'n reddfol; no way taw hi oedd yr Arglwydd Tywyll. Pasiodd yr hen wraig o fewn metr iddo, ond ni chymerodd Whitey unrhyw sylw ohoni.

Arhosodd Whitey am chwarter awr arall heb weld yr un enaid byw cyn cyrraedd pen ei dennyn rhewllyd a'i throi hi am Cathedral Road.

Cerddodd yn gyflym i annog y llif gwaed i bwmpio o gwmpas ei gorff, a phasiodd heibio'r hen wraig a'i throli cyn cyrraedd pen draw'r parc. Roedd Cathedral Road yn rhyfeddol o dawel o'i chymharu ag arfer, meddyliai Whitey, cyn brasgamu'n benderfynol tuag adref.

Wedi pasio'r Hanner Ffordd ar y palmant gyferbyn, cofiodd fod angen Rizla arno ac felly arhosodd wrth y groesfan a gwasgu'r botwm. Dilynodd y Green Cross Code yn reddfol; edrych i'r dde, edrych i'r chwith, ffordd glir ac i ffwrdd ag e, cyn i'r dyn gwyrdd ymddangos. Ond, cyn iddo gymryd cam allan ar y ffordd, sgrialodd cysgod tywyll allan o'r tawelwch a thaflu'r cerddor diymadferth ddeg llath yn yr awyr.

Glaniodd Whitey ar y pafin gyferbyn: y palmant roedd e'n anelu ei gyrraedd, a diflannodd y car yn ôl i'r cysgodion cyn i'w gorff gyrraedd ei orffwysle gwaedlyd.

Rhuthrodd Somaliad trugarog o'r Swyddfa Bost gyfagos at y corff llipa. Penliniodd a deialu 999 ar ei ffôn symudol wrth chwilio am guriad calon y corff yn ei wddf a'i arddwrn. Gofynnodd am ambiwlans cyn ychwanegu bod y person dienw wedi marw. Wrth iddo aros am help y gwasanaethau brys, pasiodd yr hen wraig â'r troli'r olygfa'n araf. Gwenodd hi ar y Somaliad pan sylwodd e arni; ymateb rhyfedd iawn o ystyried y sefyllfa ddychrynllyd o'i blaen, meddyliodd y gŵr caredig.

Funudau wedi iddi basio, clywodd gŵn yn cyfarth yn fygythiol gerllaw ac edrychodd i gyfeiriad y sŵn. Yno, ar draws y ffordd, gwelai ddyn ifanc â dau gi mawr yn syllu ar y corff yn gorwedd yn y gwter. Roedd llygaid y gŵr ar gau ac roedd e'n pwyntio rhywbeth tebyg i ffiol i'w cyfeiriad. Heb rybudd, dirgrynodd y corff yn rymus gan wneud i'r siopwr gamu'n ôl. Stopiodd y crynu yr un mor ddisymwth, a'r corff unwaith eto yn gorwedd yn llonydd.

"What the hell are you doing?" gwaeddodd ar draws y ffordd: "Show a little respect! I know what you're doing. Now go away. The police will be here any minute!"

Lledodd teimlad iasoer i lawr asgwrn cefn y siopwr wrth i'r gŵr a'i gŵn gefnu ar y drychineb. Roedd pobl fel 'na'n ei wneud e'n sâl. Bloody perverts! Roedd e 'di gwylio *Crash*, felly roedd e'n gwybod yn iawn beth roedd y gŵr ifanc yn ei wneud.

*Mae'r hyn rydyn ni'n ei weld
yn dibynnu am beth rydyn ni'n chwilio.*

John Lubbock

Another day, another dolly. Dim fy nywediad i, ond basai'n gwneud catchphrase da i Fflach!.

Mae'n ddiwedd dydd yn Akuma ac unwaith eto dw i 'di gweld rhywbeth ffiaidd... ond, wrth gwrs, mae posibilrwydd mai fy llygaid/sick mind i sy'n chwarae triciau arnaf. Yn gyntaf, rhaid dweud nad ydw i 'di gweld unrhyw jiggery pokery ers y digwyddiad yn Salŵn Stifyn. Tan heddiw.

Wedi bore tawel a dim byd mwy cofiadwy wedi digwydd na chael chat gyda Whitey am y ffaith ei fod e'n bwriadu gadael ei swydd er mwyn cwrso breuddwyd, digwyddais weld 'golygfa' betrusgar ar y ffordd nôl i'r stiwdio. Ro'n i'n cerdded lawr coridor yr ystafelloedd newid â 'mhen i'n llawn posibiliadau wedi'r sgwrs gyda fy ffrind, pan arhosais wrth y peiriant losin i brynu paced o Fruit Pastels. Mae'r peiriant mewn alcove bach oddi ar y coridor ac mae'r person sy'n prynu'n anweledig i'r rheiny sy'n cerdded y coridor.

Mae aelodau Fflach! yn siario ystafell newid, sydd

bron gyferbyn â'r lay-by losin. Wrth fewnbynnu'r arian clywais ddrws yn agor yn y cefndir. Feddyliais i ddim am y peth wrth bysgota'r losin o waelod y peiriant. Agorais y pecyn a chymryd pastel du o ben y rôl, gan sefyll â fy nghefn at y peiriant yn wynebu'r coridor, ond yn dal i fod yn gudd yn yr alcove.

Yna, gwelais ferch ifanc – Betsan, un o'r cystadleuwyr – yn camu'n ansicr i lawr y coridor. Ro'n i'n sefyll rhyw ddwy fetr oddi wrthi ac roedd golwg ddryslyd, bell ar ei hwyneb; fel acid casualty sydd newydd wylio *200 Motels*. Welodd hi mohono fi. Yn hytrach, cerddodd yn sigledig tua'r drws ym mhen draw'r coridor.

Gwyliais wrth gnoi. Roedd y ferch gyn-lasoedaidd yn cerdded fel cowboi. The good, the bad and the pubeless? Falle. Unforgiven? Definitely. Ymhen dim roedd hi wedi diflannu. Ro'n i mor fucked of, ond, yn anffodus, doedd hyn yn dal ddim yn profi fuck all.

Y peth gwaetha am y digwyddiadau 'ma yw mai dim ond fi sy'n eu gweld. Neu o leia, 'sneb arall yn cymryd unrhyw sylw ohonyn nhw. Hyd yn oed pan nath Stifyn fwytho tinau'r merched ar y set o flaen llwyth o bobl, dim ond fi nath sylwi.

Roedd hyn yn wir am y digwyddiad heddiw hefyd. Doedd neb arall yn bresennol, ac oherwydd fy nghefndir i ro'n i'n cwestiynu fy llygaid fy hun. Efallai bod Betsan wedi cael ei threisio gan un o'r triawd truenus; neu efallai mai jyst fel 'na mae hi'n cerdded. A gallai ei hedrychiad pell fod o ganlyniad i fil o bethau.

Efallai bod aelodau eraill y criw yn gweld pethau rhyfedd. Yn gweld ond yn dewis peidio cymryd sylw. Wedi'r cyfan, swydd yw swydd ac mae pawb eisiau gwneud bywoliaeth. Dyw hynny ddim yn gysur i fi; a dw i'n cwestiynu 'mhen, fy llygaid a 'nghallineb. Dw i'n gwybod sa i 'di cael dracht o'r ffiol sanctaidd ers oes, ond er hynny, sa i'n meddwl bod hynny'n dylanwadu ar yr hyn dw i'n ei weld.

Dyw manteisio ar anaeddfedrwydd merched sy'n hoffi dolis a tamagotchi ddim yn beth rhy glyfar. A'r hyn sy'n gwneud y peth yn waeth yw bod digon o ferched yn eu hugeiniau cynnar yn fwy na pharod i ffwcio 'gwyneb' off y teli. Ond mae Fflach! yn canolbwyntio, yn ôl yr hyn dw i'n ei weld, ar ferched ifanc ddi-biwbus.

Rhaid bod rhywun arall wedi gweld rhywbeth tebyg, ond maen nhw'n dewis cadw'n dawel a dweud dim. Nid 'mod i wedi dweud unrhyw beth wrth neb chwaith. Cachgwns left, right and centre. That's it. Rash decision time: dw i'n gadael. Wel, ok, dim yn syth 'falle, ond fel chi'n gwybod, fi 'di bod yn meddwl gadael ers sbel. Mae'r sgwrs ges i 'da Whitey bore 'ma a'r hyn dw i newydd 'i ddisgrifio yn adio at yr awydd.

Fi'n mwynhau fy swydd i raddau ond yn casáu'r effaith mae'n ei gael arna i. Dw i'n casáu gweithio ar gyfres mor gachlyd, yn casáu Fflach!, yn teimlo'n ffug yn gweithio i Emlyn a dw i heb gael codiad ers cymryd y swydd. Ar ben hyn i gyd ma Whitey'n gallu gadael ei waith heb feddwl ddwywaith, a dw i'n styc yn yr un man ers gadael yr ysgol.

Dw i'n teimlo'n frwnt. Yn institutionalized. Yn gaeth. Ond dw i'n dechrau deall mai fi, a neb arall, sydd â rheolaeth dros fy nyfodol, dros fy mywyd. Fi sydd â'r pŵer i newid pethe, i wella fy modolaeth ac i roi break i f'ymennydd bregus. Yn syml, rhaid atal y pydru. Dilyn breuddwydion, 'na beth mae pobl yn 'i wneud… Hang on. Oes breuddwydion 'da fi? Wrth gwrs bod 'na. Ond beth y'n nhw? Dw i 'di anghofio. How fucking sad is that?

Be fi'n mynd i neud os bydda i'n gadel? Dw i heb feddwl am hynny, ond base'n rhaid iddo fe fod yn fwy genuine na beth dw i'n ei neud yn awr. Fase hynny ddim yn dasg rhy galed. Cyn gwneud dim, baswn i'n codi pac a gweld y byd; wel, Thailand o leia. Fuckin right! Wedyn coleg i ffeindio… ffeindio beth sa i'n siŵr 'to… ond mae hyd yn oed bod ar y dôl yn apelio fwy na dychwelyd i'r 'diwydiant'.

Maen 'nhw' yn dweud 'the world is your oyster'. Ond ar hyn o bryd mae fy un i'n debycach i dun o sardines.

The loss of a friend is like that of a limb;
time may heal the anguish of the wound,
but the loss cannot be repaired.

Robert Southey

Mae hi'n bwrw glaw. Yn drwm. Mae hi'n tywallt y tu mewn i mi tra bod fy nghalon yn gwegian o dan bwysau'r tristwch a'r gwagedd dw i'n ei deimlo. Dw i 'di colli brawd. Dw i 'di colli ffrind. A dw i ar goll yng nghanol y dyrfa.

Mae Doc a fi newydd gyrraedd y Crem yn Thornhill wedi treulio'r oriau diwethaf yng nghartref rhieni Whitey. Wrth i Doc barcio'r MG dw i'n syllu mewn anghrediniaeth ar y cannoedd o bobl sydd wedi dod i dalu eu teyrnged. Yn deulu, cyn-athrawon, ffrindiau hen a newydd, cyn-gariadon a complete strangers.

Mae Mr a Mrs Johnson yn dilyn yn y limo wrth i'r hers lusgo tuag at fynedfa prif gapel yr amlosgfa.

A dweud y gwir, do'n i ddim wedi sylwi bod Whitey mor boblogaidd. Cyn belled ag ro'n i'n gwybod, dim ond gyda fi roedd e 'di cadw mewn cysylltiad ar ôl gadael yr ysgol. Ond mae marwolaeth, yn enwedig marwolaeth person ifanc, yn denu'r tyrfaoedd fel Moslemiaid i Mecca.

Mae wythnos wedi pasio ers y ddamwain. Wythnos mwya llwm fy mywyd. Dw i 'di bod yn aros gyda Doc. Fi 'di bod yn meddwl. Am fywyd, am ailddechrau, am annhegwch y byd ma. Dw i hefyd wedi bod yn meddwl lot am Mam. Sa i'n siŵr pam, falle achos bod colli rhywun yn gwneud i chi feddwl am yr hyn sydd 'da chi… a'r hyn sydd ddim. Mae'r gwaith wedi bod yn gefnogol, chwarae teg. Er hynny, dw i'n agosach nag erioed at roi fy notice i mewn pan a' i 'nôl.

Dyma'r ail angladd i fi orfod mynd iddi yn fy mywyd – y llall oedd un Mam-gu pan o'n i'n chwech. Sa i'n cofio'r diwrnod yn glir o gwbl, ond galla i addo nad oedd e mor drist â heddiw. Wedi'r cyfan, roedd Mam-gu'n 80; Lara o innings o'i gymharu ag ymdrech Whitey.

Ar ôl i Doc barcio'r MG, ni'n gorfod siapio hi am y capel achos bod Doc a fi'n helpu i gario'r arch i ben ei thaith. Ond mae ton o emosiwn yn fy mwrw ac yn hoelio fy nhraed wrth y chippings. Wrth i'r dagrau lifo heb reolaeth, mae Doc yn fy nal i'n dynn. Mae haul y gaeaf yn twymo fy mochau ond nid yw'n gallu twymo fy enaid. Nid yw Doc yn dweud dim. O dan arweiniad fy mrawd, dw i'n symud ar auto-pilot tua'r hers.

Teimlaf dristwch, gwacter a chant a mil o emosiynau gwahanol, y cyfan wedi'u trochi mewn fondue o ddagrau colledig. Fel robot, dw i'n helpu i gario'r coffin i flaen y capel. Ar y ffordd dw i'n ymwybodol o'r wynebau sy'n edrych i gyfeiriad yr arch, a'r tristwch a'r anghrediniaeth sy'n amlwg ar wyneb bob un.

Wedi gosod yr arch yn ei lle o dan gerflun yr Iesu ar y groes, mae'r chwech ohonon ni'n toddi'n ôl i'r dyrfa i alaru a chofio fy ffrind gorau. Mae'r addoldy'n orlawn a rhaid i fi a Doc sefyll yn y cefn, sy'n teimlo fel mil o filltiroedd o ble'r hoffwn i fod. Sa i'n gallu canolbwyntio ar eiriau'r gweinidog. Gwagedd ydyn nhw i fi. Dw i'n gwybod sut dw i'n teimlo. Sut y gall rhyw hen foi, sydd erioed wedi cwrdd â Whitey, leddfu 'nheimladau i?

Cofiaf sgwrs gawson ni rai misoedd yn ôl bellach dros beint neu saith yn y Kangaroo; sgwrs am ganeuon angladdol. Roedd Whitey'n atheist llwyr a heb fod yn agos at gapel ers degawd a mwy. Ei gred oedd bod emynau'n iawn i bobl grefyddol, ond roedd e am ddewis cân bersonol yn ei angladd ei hun. Roedd ganddo restr fer ond, yn anffodus, chafodd e mo'r cyfle i rannu hyn â'i rieni.

Wrth i'r parchedig barablu, aeth pethau'n drech na fi gyda'r dagrau'n llifo wrth i wyneb fy ffrind fflachio o flaen fy llygaid. Mae e'n gwenu, sydd jyst yn gwneud pethau'n waeth, rywffordd. Trwy'r cyfan mae braich Doc am fy ysgwydd. Just ti a fi nawr, Doc, just ti a fi…

So'r dagrau'n peidio ond daw gwên ar fy ngwyneb wrth i Katie ddechrau canu 'BA-BA-Black Sheep' ar dop ei llais. Teimlaf mor hunanol wrth ystyried mai Katie sydd ar ei cholled mewn gwirionedd. Mae'r rhan fwyaf ohonon ni o leiaf wedi cael cyfle i adnabod Whitey, i chwerthin gyda fe, i glywed ei gerddoriaeth. Mae 'da ni oll rhyw atgof arbennig ohono, ond faint fydd Katie'n ei gofio am ei thad?

Wedi i'r pregethwr ddweud ei ddweud mae'n bryd i'r weithred olaf ddigwydd. Gyda Chwm Rhondda'n gyfeiliant teimladwy, ry'n ni'n ffarwelio â Gareth Robert Johnson wrth i'r arch symud y tu ôl i'r llenni ac i mewn i'r fflamau.

Mae amser yn rhewi, a'r peth nesaf dw i'n ei glywed yw Doc yn dweud, "Let's go, Luc," ond sa i'n gallu symud. Mae 'nghorff i'n ddelw a fy meddwl ar ras. Mewn eiliad o eglurder, dw i'n penderfynu gadael fy swydd a dechrau byw bywyd, yn hytrach na jyst bodoli.

Gweld ti, Whitey.

*Hex: melltith wedi ei fwrw ar rywbeth
neu rywun gan y Diafol ei hun.*

Y Geiriadur Tywyll

Eisteddai John Swan yng Ngerddi Waterloo yn meddwl sut gallai e ddweud wrth ei wraig am dynged greulon eu plentyn. Wedi'r holl dorcalon dros y blynyddoedd, byddai'r newyddion hwn yn ei chwalu.

Meddyliodd. Ond po fwyaf y meddyliai, mwyaf aneglur oedd y sefyllfa. Edrychodd ar y loafers am ei draed. Never again. O hyn 'mlaen, boots neu daps a dim byd arall. Cafodd ei dynnu'n ddiseremoni o'i fyd bach caeëdig yn ddirybudd gan ffroenau dau gi nerthol yn pasio'i draed. Tynnodd nhw'n ôl ac edrych i lygaid eu perchennog. Gwenodd y gŵr arno a chadw i gerdded. Gwyliodd John nhw'n gwyro i'r dde ar y groesffordd fach lle roedd e 'di eistedd; heibio i'r gwely o rosod coch a oedd mor ysblennydd heddiw ar ddiwrnod mor heulog.

Er bod Gerddi Waterloo yn agos at Heol Casnewydd, un o ffyrdd prysuraf y ddinas, sylwodd John pa mor dawel oedd hi. Nid oedd cerbyd i'w glywed yn y pellter nac adar yn y coed. Nid oedd y gwynt i'w glywed yn dawnsio ymysg y dail, hyd yn oed.

Taniodd sigarét arall ac edrych tua'r prysgwydd am fywyd gwyllt... am arwydd o unrhyw fath o fywyd. Crymodd ei ben yn ôl gan edrych i fyny i frigau'r dderwen uwchben. Dim bywyd... dim byd. Roedd hi fel petai amser wedi oedi.

Sylwodd John ar drempwraig yn cerdded tuag ato yn gwthio troli'n llawn o... bethau. Beth oedd ynddi? Doedd John ddim yn siŵr. Doedd e ddim eisiau gwybod chwaith. Roedd ei phresenoldeb o leiaf yn cadarnhau nad oedd y byd wedi dod i ben. Wrth iddi nesáu, ac er na cheisiai wneud hynny, sylweddolodd John ei fod yn syllu arni, fel petai ef o dan ei rheolaeth. Sylwodd ar ei hwyneb creithiog, ei thrwyn bron mor grwm â'i chefn, ac ar ei bysedd, oedd yn rhy hir o lawer o'u cymharu â gweddill ei chorff.

Roedd rhychau ei gwyneb, fel modrwyon derwen ddrylliedig, yn awgrymu ei bod hi mor hen â'r ddaear ei hun. Ond, mewn gwrthgyferbyniad llwyr, roedd ei mantell o wallt coch yn creu dryswch ym meddwl John. Rhaid bod y lliw'n naturiol, meddyliai wrth syllu ar y fflamau tonnog, gan mai go brin y basai trempwraig yn lliwio'i gwallt...

Ni allai John atal ei hun rhag syllu. Roedd e wedi ei swyno ganddi, a phan roedd hi o fewn pum llath iddo edrychodd i fyw ei lygaid a gofyn mewn Cymraeg perffaith:

"Iawn i fi eithtedd lawr? Ma 'nghoethau'n blydi'n lladd i!" Doedd John erioed wedi cwrdd â thrempyn, heb sôn am dremp*wraig*, yn siarad Cymraeg o'r blaen. Wedi meddwl, sut yn y byd roedd hi'n gwybod ei fod e'n medru'r iaith?

"Wrth gwrs," atebodd John, gan edrych arni'n syn.

Wedi munud o dawelwch, trodd y fenyw at John gan

wenu. Ni ddwedodd hi'r un gair, ond gwenodd yn braf arno gan gadarnhau nad oedd hi 'di ymweld â'r deintydd ers amser maith. Edrychodd John arni'n ofalus. Er bod ei hymddygiad yn od, a dweud y lleiaf, roedd rhywbeth... rhyw ynni'n treiddio oddi wrthi gan anfon ias i lawr asgwrn ei gefn.

"Thut ma bywyd te, ffrind?" Lith-piodd hi'r cwestiwn, fel sarff yn bygwth ei brae, ar yr union adeg pan dreiddiodd yr haul drwy'r cymylau gan drochi'r fainc mewn cynhesrwydd.

"Chi'n siarad Cymraeg..."

"Ydw. Pam? Hoffet i fi thiarad rhywbeth arall? Dw i'n rhugl ym mhob un o chwe mil o ieithoedd thwyddogol y blaned ma, ti'n gwbod, a cwpwl o rai bach dibwyth arall 'fyd..."

"Beth?" ebychodd John. Roedd hi off 'i phen!

"O'n i jytht eithiau i ti deimlo'n gartrefol, 'na i gyd. Ond oth ti moyn thiarad Pothtu, Tothk, Gunggari, Jive neu unrhyw un arall, ma hynny'n iawn 'da fi..." Ysgwydodd John ei ben mewn ymateb i'w wallgofrwydd amlwg.

"'Na biti, ma angen ymarfer fy Nghaffat arna i 'fyd..."

Penderfynodd John ei hanwybyddu. Roedd ganddo bethau pwysicach i'w hystyried na'i geiriau gwag hi.

Ond wedi cyfnod o dawelwch anghyfforddus, gyda'r drempwraig yn astudio John mor graff â gwyddonydd yn syllu ar gelloedd cancr drwy feicrosgop, torrodd hi'r tawelwch gan ddatgan:

"Ti ddim yn f'adnabod i, wyt ti?"

"Na'dw. Pam?" Ceisiodd John feddwl, pwy oedd hi?

"Doniol iawn! Doniol iawn! Ti 'di bod yn aroth amdana i, ond dwyt ti ddim yn f'adnabod i!" Lithp-iodd hi'r geiriau cyn chwerthin yn uchel gan dorri ar dawelwch llethol y parc. Arhosodd John iddi dawelu.

"Sa i'n aros am unrhyw un. Dw i jyst wedi bod yn meddwl."

Edrychodd arno unwaith eto. Doedd hi ddim yn gwenu bellach.

"Ti *wedi* bod yn aroth amdana i, John."

"Beth?"

"Glyweth ti'n iawn. Fy enw i yw Dewina. Nawr ma pawb yn ffrindie. Haputh?"

"Sut uffa…"

"Dw i'n gwybod lot amdanat ti, Johnny-boy. Dw i'n gwybod ble ti'n byw…"

"Be? Ble?"

"Dau ddeg tri Torrenth Drive, Lakethide. Dw i'n adnabod dy wraig, Joan. Dw i'n adnabod dy fab, Tham. Ti ithe i fi gario 'mlaen?"

"Na."

Eisteddodd y ddau mewn tawelwch unwaith eto. Dewina mewn rheolaeth lwyr ar y sefyllfa a John mewn anghrediniaeth.

"Shwt ti'n gwbod y pethe ma?"

"Ma hynny i fi wybod… ac i ti weithio math," dwedodd hi'n brofoclyd.

Nid oedd John erioed wedi bod yn y fath sefyllfa o'r blaen ac roedd e'n teimlo'n fwy ansicr ar yr eiliad honno nag roedd wedi teimlo ers yn blentyn.

"Beth arall ti'n 'wbod?"

"Wel, gad i fi weld…" meddyliodd am eiliad neu ddwy gan lawio'i gên yn feddylgar, cyn parhau "… dw i'n gwybod am dy, em… thefyllfa di…"

"Pa sefyllfa?" gofynnodd John yn amddiffynnol.

"Dy blentyn di, John. Dw i'n gwybod am ffawd y babi

ym mola Joan."

"Go on…"

"Dw i'n gwybod 'i fod e'n anabl. Dw i hefyd yn gwybod taw hwn yw'r trydydd tro i chi drio am blentyn yn y tair blynedd ddiwethaf. Dw i'n gwybod dy fod ti newydd fod yn gweld Doctor Thaitan, fod 'na docyn parcio ar dy fan a taw honna yw dy ail thigaret ar bymtheg heddiw. Gair o gyngor, John; rho'r gorau cyn y bydd hi'n rhy hwyr."

"Ti 'di bod yn 'y nilyn i, on'd wyt ti?" dwedodd John gan fflicio'i sigarét i gyfeiriad y gwely blodau gyferbyn.

"Mewn ffordd."

"Ym mha ffordd?"

Anwybyddodd Dewina'r cwestiwn.

"Dw i'n gwybod y bathet ti'n gwneud unrhyw beth er mwyn cael babi normal. 'Na pam ti fan hyn yn y parc a ddim gartre'n dweud wrth Joan."

Roedd hynny'n wir, o leia. Base John yn gwneud unrhyw beth fyddai'n helpu'r babi, ei wraig a fe'i hunan.

"Ti'n iawn," cyfaddefodd John. "'Sen i'n neud unrhyw beth i helpu'r babi."

"Dyna pam dw i yma, John. Gallwn ni, ti a fi…" pwyntiodd ei mynegfys hir a thenau i'w gyfeiriad i danlinellu'r pwynt, "… helpu'n gilydd."

Edrychodd John arni'n hurt gan feddwl sut yn y byd y gallai hi, Dewina, cardotwraig ddrewllyd, fod o help? Ysgydwodd ei ben, a gyda gwên fach goeglyd ar ei wefus, gofynnodd:

"Dw i'n gwybod bydda i'n siŵr o ddifaru gofyn, ond sut yn y byd allwch chi fy helpu i?"

Pwysodd Dewina tuag ato, fel tasai'n mynd i sibrwd cyfrinach wrtho, ac aroglodd John lond ffroen o'i phersawr pydredig.

"Ti'n berchen rhywbeth dw i eithiau, a dw i'n berchen ar rywbeth ti eithiau. 'Na thut gallwn ni helpu'n gilydd…"

"No offence, Dewina, ond dw i ddim yn credu bod gen ti unrhyw beth all fy helpu i."

"Nag wyt ti'n gallu ei deimlo fe, John?" Anadlodd y wrach yn ddwfn trwy ei thrwyn, fel Yogi yn ailymuno â'r meidrol wedi cyfnod o fyfyrdod.

"Teimlo beth yn gwmws?"

Chwarddodd yr hen wraig yn uchel at gwestiwn John, cyn troi ac edrych i'w lygaid.

"Y pŵer."

"Y pŵer?"

Gyda phob gair roedd John yn ei glywed, roedd e'n fwy sicr fyth ei fod e'n siarad â gwraig wallgo. Penderfynodd ei hiwmro hi. Ond yn gyntaf roedd angen sigarét arno.

Tynnodd y pecyn o'i boced a lleoli un rhwng ei wefusau. Estynnodd ei fflachiwr yn yr un modd, ond cyn iddo gael cyfle i danio'i sigarét, clywodd Dewina'n clicio'i bysedd i'r chwith iddo. Un clic uchel a dorrodd ar dawelwch y parc. Trodd i'w hwynebu, ac wrth iddo agor ei geg mewn syndod bu bron i'r sigarét gwympo. Roedd y sigarét wedi tanio, ond nid oedd fflachiwr John wedi bod yn agos ati!

Syllodd i'w chyfeiriad yn syfrdan, ac wrth i'r haul donni drosti a'i gorchuddio mewn haen gymylog, gwelodd John ei gwir ffurf o dan ei mantell dwyllodrus.

Ond pan drodd Dewina'i phen er mwyn wynebu John unwaith eto, roedd y lledrith wedi peidio. Roedd John wedi gweld y gwir ond, yn ddiarwybod iddo, roedd ei ffawd o dan ei rheolaeth hi'n llwyr erbyn nawr.

"Galla i helpu dy deulu oth gwnei di fy helpu i…"

"Ym mha ffordd?"

Unwaith eto, closiodd Dewina ato cyn parhau.

"Gwertha enaid y bachgen i mi, ac fe gaiff e 'i eni'n holliach…"

Nid oedd John yn siŵr a glywodd e'n iawn.

"Beth?"

Ailadroddodd Dewina ei geiriau'n araf er mwyn i John eu deall.

"Gwer-tha en-aid y bach-gen i mi ac fe gaiff e 'i en-i'n holl-iach."

"Pa fachgen ti'n siarad amdano, Dewina?" gofynnodd John â gwên goeglyd ar ei wyneb.

"Dy fab."

"Sam?"

"Na, Luc."

"Pwy uffa… pwy yw Luke?"

"Dy fabi anabl."

"Aros funud," pwyllodd John. "Ti eisiau i fi werthu enaid fy mabi, sydd heb gael ei eni, i ti?"

"Ydw."

"Ble ti'n mynd i'w roi e, Dewina, yn dy droli?"

Chwarddodd John yn uchel ar abswrdiaeth y sefyllfa a chynnig rhyfeddol Dewina. Roedd e'n eistedd mewn parc yn bargeinio gyda chardotwraig ddiddanned am enaid ei faban anabl oedd yn dal yng nghroth ei wraig! Roedd Dewina'n amlwg wallgof ac roedd John am ddweud wrthi.

"Ti off dy ben, Dewina! Wir yr. Pwy ti'n meddwl wyt ti?" Chwarddodd John unwaith eto, ond arhosodd wyneb Dewina'n ddifrifol trwy'r cyfan.

"Gwranda, John. Beth am y fargen yma te? Oth caiff

Luc ei eni heb gymhlethdodau, a heb anabledd, yna bydd ei enaid yn perthyn i fi."

Atebodd John â choegni'n diferu oddi ar ei eiriau.

"Beth bynnag ti eisiau, Dewina. A dweud y gwir, os bydd e'n iach, gei di fy enaid i 'fyd. Deal?"

"Deal." A dyna John yn selio'i ffawd gyda'r geiriau anystyriol hynny. Chwarddodd am ben twpdra'r hen wraig a'i chredoau gwallgof a thaflodd ei ben yn ôl gan gau ei lygaid wrth iddo weryru'n llon fel tasai'n gwylio Max Boyce yng Nghlwb Rygbi Aberflyhalf.

Ond pan agorodd ei lygaid, roedd Dewina wedi diflannu. Edrychodd John o'i gwmpas yn wyllt, ond doedd dim sôn amdani. Doedd dim tystiolaeth bod yr hen wraig wedi bodoli – dim troli, dim drewdod, dim byd. Er bod Dewina wedi diflannu, sylweddolai John fod yr adar wedi ailddarganfod eu lleisiau, y ceir yn rhuo unwaith eto yn y pellter a'r dail yn sisial yn yr awel.

Am brofiad anesboniadwy! Roedd ymennydd John yn ddrysfa o gymhlethdodau ac roedd cwestiwn arall yn ei ben erbyn nawr. Pwy yn y byd oedd Dewina? Ond yn anffodus iddo fe, roedd e'n edrych yn y man anghywir am yr ateb.

Cei di'r cwbl gen i os gwnei di blygu i lawr a f'addoli.

Mathew 4, Adnod 9

M ae'r delweddau'n gwibio heibio i'm llygaid fel tirwedd tu fas i ffenest trên. Erbyn hyn dw i ddim hyd yn oed yn trio ffocysu ar fy nhasg. A dweud y gwir, sa i'n siŵr oes tasg 'da fi i'w cwblhau heddiw.

Gafaelaf yn sigledig yn fy sigarets a phigo un o'r gang gwenwynllyd. Gyda'm Zippo dibynadwy dw i'n ei chynnu ar y cynnig cyntaf, a chyn alldaflu'r mwg o f'ysgyfaint yn ôl i'r amgylchedd dw i'n gwaredu'r mymryn o dobaco nomadig oddi ar fy nhafod. Wrth i'r mwg wasgaru a thoddi i mewn i olau isel yr ystafell olygu, gwasgaf STOP ar y ddesg, pwyso'n ôl yn fy nghadair a cheisio cofio beth dw i'n neud.

Dw i yn un o ddwy ystafell olygu Akuma, ond does dim golygu as such 'da fi i'w neud. Heddiw yw fy niwrnod cyntaf yn ôl wedi'r angladd. Na, y cyntaf ers marwolaeth Whitey.

Dw i'n ôl, ac un peth sydd yn RHAID i fi wneud heddiw: rhoi fy notice i Emlyn. Fi 'di bod yn pendroni drwy'r dydd am sut a phryd i ddweud wrtho a po fwyaf dw i'n meddwl, y lleiaf o synnwyr mae popeth yn ei wneud. Un peth dw i'n wybod i sicrwydd; os na fydda i'n gadael, bydda i'n marw'n anhapus. Melodramatig! Moi?

Fi 'di colli'r chwant i ymgymryd ag unrhyw beth sy'n ymwneud â'r diwydiant ma. Sa i'n gwbod beth arall wna i, ac a dweud y gwir, 'sdim fuckin ots 'da fi chwaith.

I fod yn deg ag Emlyn ac Akuma, mae pawb wedi bod yn understanding tu hwnt. Mae pawb yn edrych arna i â llygaid trwm wrth sibrwd eu bod nhw'n 'cydymdeimlo' neu'n 'meddwl amdanaf'.

Sa i 'di gweld triawd y buarth eto gan fod diwrnod off 'da nhw heddi. Fuck knows pam fod day off 'da nhw; dyw hi ddim fel petaen nhw'n overworked mewn unrhyw ffordd. Bet bod nhw adref yn dewis y cystadleuwyr... actually na... no way. Sa i eisiau meddwl beth ma'r fuckers yn neud. Mae fy meddwl i'n ddigon bregus heb lygru mwy arno.

Ers angladd Whitey mae pethau wedi dechrau newid yn Lucland. Mae colli rhywun oedd yn meddwl cymaint i fi wedi gwneud i fi feddwl am fywyd; fy mywyd i hynny yw. Dw i ddim yn meddwl yn nherme gwaith ac ati, ond y pethe pwysig, y pethe sy'n gwneud bywyd yn werth ei fyw. Teulu, ffrindie... y pethe sydd actually'n meddwl rhywbeth. Ma 'nheulu i'n fess fel chi'n gwybod. So, y peth cynta dw i 'di neud yw trefnu cwrdd â Joan am goffi a chat wythnos nesa fel ma pobol normal yn neud. Aeth pethe'n flêr rhyngddon ni ond mae'r pethe ma'n digwydd, on'd y'n nhw?

Yn anffodus, dw i'n methu anghofio beth ddigwyddodd i fi, ond let's face it, betia i nad yw Joan yn gallu anghofio chwaith. Rhowch hi fel hyn, dw i hanner ffordd at forgive & forget.

Dw i 'di bod yn gweld John ddwy waith ers yr angladd

hefyd. Roedd claddu Whitey, gan wybod fod Katie ddim yn mynd i gael cyfle i nabod ei thad, wedi gwneud i fi feddwl am f'un i. 'Sdim newid yn ei gyflwr, ond sa i'n disgwyl newid erbyn hyn. Doedden i heb fod yn ei weld ers ei ben-blwydd (fuckin disgrace dw i'n gwybod) ond roedd jyst eistedd gyda fe'n ddigon am nawr.

Dwedais wrtho am dynged Whitey a gwelais yr arwydd cynta o emosiwn ar ei wyneb ers bron i ddeunaw mlynedd. Pan glywodd e'r newyddion, edrychodd arna i, a'r dagrau'n cronni yn ei lygaid. Doedd dim angen geiriau i gyfleu beth oedd e'n deimlo. Dyna oedd y cyfathrebu cynta rhyngddon ni ers oesoedd. Sa i'n disgwyl dim ganddo fe erbyn hyn; wedi'r cyfan, nage siom yw realaeth y rhai sy'n llawn gobaith? Er dweud hynny, roedd 'na hedyn o rywbeth yn ei lygaid y prynhawn hwnnw.

So, dw i'n treial sortio ambell fater personol. Ceisio ailafael yn y pethe pwysig. Siarad am bethe pwysig, fi'n ceisio adfywio'r love life hefyd. Fel dw i 'di dweud yn barod (a dw i'n flin os dw i'n ailadrodd fy hun fel Mam-gu, ond mae hi wedi bod yn amser emosiynol…), dw i 'di bod yn meddwl lot dros yr wythnos ddiwethaf. Dw i 'di dod i'r casgliad, neu'n hytrach dw i wedi gwneud cysylltiad rhwng Cariad, Emlyn a 'mhroblem fach' i. Dechreuodd y broblem ar y bws y diwrnod y gwelais i 'nhw' gyda'i gilydd am y tro cynta. Felly, fy ngobaith yw y bydd pethe'n gwella cyn bo hir gan fod Cariad allan o 'mywyd i bellach (dw i heb hyd yn oed meddwl amdani 'fel yna' ers mis a mwy) ac mae Emlyn hefyd ar fin diflannu o'm realaeth mewn wythnos neu ddwy. Gyda 'nhw' wedi diflannu, dw i'n gobeithio bydd pethe'n dechre gwella yn fy isfyd atgenhedlu.

Ar ben hynny, fi 'di cytuno mynd mas ar date 'da Steph. Tonight's the night a dw i'n edrych 'mla'n. Just what the doctor ordered, yn llythrennol. Doc ddwedodd wrtha i am beidio bod yn shwt pussy a mynd amdani. Felly dyma fi'n mynd i'r sinema gyda un o ferched mwyaf godidog y ddinas. Fy syniad i oedd mynd i'r sinema (ro'n i'n dweud bod pethe'n newid); yn benna gan 'mod i am osgoi alcohol am sbel. Hefyd dw i'n gwybod beth gall canlyniad gormod o Stella fod: coffee, cop-on a coc fel clwtyn gwlyb. Sa i'n gwybod beth awn ni i weld – rhyw chick-flick shit no doubt – ond does gwirioneddol ddim ots 'da fi. Wel, dim lot anyway.

I suppose dw i 'di cyrraedd croesffordd o ryw fath. Ac er 'mod i'n dal i bendroni am ba exit i'w gymryd, o leia dw i'n gwybod 'mod i yma ac eisie gwneud rhywbeth adeiladol yn lle troi am nôl neu aros yn llonydd.

Tagaf weddill yr hidlen fyglyd yn y blwch llwch, peswch fel Rasta llon, a throi pŵer y peiriannau i ffwrdd. Mae'n chwarter i bump ac yn amser cael 'sgwrs' gyda'r bos.

Ar y ffordd i'w swyddfa, dw i'n galw i mewn yn y cachdy cymunedol i dagu'r ceiliog. Y peth cyntaf sy'n fy mwrw pan dw i'n agor y drws yw'r drewdod. Croes rhwng lladd-dy prysur a ffosydd agored Gŵyl Glastonbury. Mae arogl y cach yn masgio drewdod caws gweithwyr gwrywaidd Akuma, sydd fel arfer yn hongian yn yr aer yn ogystal ag yn yr iwrinals.

Anadlaf yn ddwfn a thynnu gwddf fy siwmper dros fy nhrwyn. Mae fy ffroenau'n ddiogel am nawr ond nid yw fy nghlustiau. O'r ciwbicl caeëdig clywaf y dump yn disgyn i'r dŵr, ac mae'r biswel sy'n llifo ohona i'n chwarae'r blaen offeryn ar yr armitage shanks i gyfeiliant drymiau'r dom.

Yn sydyn, mae'r drymiau'n diweddu a chlywaf y rholyn papur yn troi ar ei echel. Gyda delwedd afiach yr unigolyn di-wyneb yn sychu ei din, dw i'n ysgwyd ei blaen hi'n llawn hast, rhoi swish gloi i 'nwylo a gadael yr ystafell heb eu sychu. Clywaf glo'r gorlan gachu'n agor drachefn a dw i'n ddiolchgar 'mod i 'di gadael mewn pryd. 'Sdim byd yn waeth nag edrych i lygaid rhywun sydd newydd waredu cynnwys ei gylla. Mae small-talk y cachdy'n fwy lletchwith nag unrhyw le arall.

Alright mate, good shit?

Aye, fuckin lyfli, ond doedd dim papur felly gorfod i fi gach lawio...

Tasai hi ond mor gyfforddus â hynny...

Dw i'n cerdded y coridorau heb weld, nac arogli, unrhyw un arall. Cyn hir, gallaf weld Emlyn yn gweithio wrth ei gyfrifiadur trwy ffenest drws ei swyddfa.

Dw i'n cnocio'n ysgafn ac yn cerdded i mewn heb oedi i aros am ateb. Mae hyn yn beth arferol i neud gan fod amgylchedd reit relaxed yn Akuma, ond heddiw mae Emlyn yn codi ei ben o'i gyfrifiadur ac yn gwneud double-take. Very strange. Anodd iawn ysgwyd Eilfyw-Jones fel arfer.

"Sori Emlyn, 'na i ddod nôl mewn munud os ti moyn." Dw i'n poeri 'ngeirie'n nerfus ac yn teimlo'n hy am ei ddistyrbio.

"'Sdim angen Luc, dim probs. Eistedd lawr." Mae e'n pwyntio at gadair gan fy annog i eistedd cyn edrych ar ei sgrîn am eiliad, gorffen beth bynnag roedd e'n neud, ac yna troi'n ôl ata i. "Sut wyt ti, ok?"

"Fi'n alright. Wel, ti'n gwybod..."

Mae e'n nodio'n llawn cydymdeimlad o'r tu ôl i'w gyfrifiadur. Mae *hmmmmm* bythol y peiriant yn cipio fy meddyliau am foment ac mae'r tawelwch yn hongian yn yr awyr rhyngddon ni fel corff o grograff.

"Beth alla i neud i ti, Luc?"

Wedi oedi, dechreuaf ateb; "Mae gen i rywbeth sy'n rhaid i fi ddweud wrthot ti. All e ddim aros…"

Mae Emlyn yn eistedd yn ôl yn ei gadair ac mae'r olwg ar ei wyneb yn datgan ei fod e'n barod i wrando.

"Sa i byth 'di neud hyn o'r blaen ac felly fi ddim yn rhy siŵr o'r drefn na lle dylen i ddechre," struggling Luc… "Em… wel… yn gynta, ie, dw i eisiau dweud 'mod i'n ddiolchgar am y cyfle ti 'di rhoi i fi…" Fucking hell, dyw hi ddim fod swnio fel araith Oscars. Get to the point! "Dw i'n gadael, Emlyn. Dw i'n rhoi fy notice i ti nawr."

Ar y gair mae ei lygaid yn agor a'i ben yn disgyn rhyw fymryn. Wedyn, mae'n ei ysgwyd ac yn eistedd ymlaen yn ei gadair gyda'i ddwy benelin ar y ddesg. Am ryw reswm dw i'n dweud "Sori".

Mae gwên yn lledu ar ei wyneb.

"'Sdim eisiau i ti ddweud sori, Luc …" Mae e'n cadw i ysgwyd ei ben wrth iddo chwilio am y geiriau cywir. "Ti'n siŵr Luc?"

"Positive, ydw."

"OK. Fi'n gwybod bod ti'n cael amser caled ar hyn o bryd…"

"Fi 'di bod yn meddwl am hyn ers ages, Emlyn. Dyw e ddim byd i neud â Whitey…" Dw i'n dweud celwydd, wrth gwrs.

"Fair enough ond dw i ddim eisiau dy golli di. Ti 'di gwneud yn dda iawn ers ymuno â ni. Fi'n gwybod dy fod ti 'di bod yn fwy o runner na dim byd arall ond dw i 'di bod yn meddwl rhoi mwy o gyfrifoldebau cynhyrchu i ti. Ma pawb yn impressed 'da dy agwedd a'th efficiency a dw i'n clywed fod rapport da rhyngot ti a'r cystadleuwyr. Ma pawb yn dy ganmol di, Luc. Gelli di fynd yn bell yn Akuma…"

"Diolch," yw fy ateb syn. D'on i ddim yn disgwyl hyn. Ond, fi wedi gwneud fy mhenderfyniad… fi *yn* gadael.

"Look, os mai dim reaction o ryw fath yw hwn i… i beth ddigwyddodd i dy ffrind, rhaid mai rhywbeth arall yw e. Arian?"

"Na, nid yr…"

Mae Emlyn yn torri ar 'y nhraws cyn i fi allu gorffen.

"Eighteen grand…"

"Emlyn, na…"

"Ok, eighteen grand a car. Dim byd shit, rhywbeth neis… Beetle newydd… neu, I don't know… Golf…"

Ysgydwaf fy mhen wrth ddweud "Na" unwaith eto. Mae Emlyn yn stopio, edrych arna i mewn anghrediniaeth. Anghrediniaeth a siom.

"Na? Beth ti moyn te, Luc?"

"Dw i jyst ddim eisiau bod yn rhan o… o'r diwydiant ma…"

"Oes 'na reswm penodol – rhywun yn dy boeni di?"

"Dim really…" ond o fewn eiliadau dw i'n dechrau siarad yn rhydd. Mae hyn yn digwydd yn aml pan fi yng nghwmni Emlyn, fel bod 'na rywbeth amdano fe sy'n gallu tynnu'r teimladau a'r meddyliau ohona i. Basai Emlyn wedi gwneud offeiriad cyffesu o'r radd flaenaf.

"…ond… wel… look… dw i 'di bod yn gweithio mewn un ffordd neu'i gilydd yn y diwydiant ma ers bron i bum mlynedd, straight o'r ysgol… sa i'n meddwl 'mod i 'di bod yn fulfilled ar unrhyw adeg. … ro'n i'n meddwl 'mod i am sbel, rai misoedd yn ôl, ond kiddo'n hunan o'n i… fi'n gweld pethau nad ydw i'n cytuno â nhw nac eisiau bod yn rhan ohonyn nhw… fi'n teimlo'n wag fel person ac yn… yn ddienaid ambell waith… dunnow, mae'n anodd esbonio, dw i ddim yn hapus gyda fi'n hunan a beth dw i 'di dod i gynrychioli. Rhaid i fi adael cyn ei bod hi'n rhy hwyr… rhaid i fi ffeindio rhywbeth sy'n mynd i neud i fi deimlo'n werthfawr neu… dim gwerthfawr, dim dyna'r gair… hapus, jyst hapus." Dw i'n dweud hyn mewn un dilyniant di-dor, cyn adio: "Ma agor Kinder Surprise yn fwy satisfying i fi nag unrhyw agwedd o 'ngwaith i bellach. Fi'n credu bod hynny'n dweud y cyfan."

Mae e'n edrych o 'ngwyneb i i'r sgrîn gyfrifiadurol a nôl cyn gofyn:

"Beth ti'n mynd i neud, Luc? Am arian?"

Symudaf yn anesmwyth, ac wedi meddwl, penderfynaf beidio rhannu'r ffaith bod Marcel yn talu'n hael am fy nhawelwch. Codaf f'ysgwyddau mewn ymateb i'w gwestiwn.

Fi 'di gwneud fy mhenderfyniad a does dim gall e ddweud i newid fy meddwl. Ond rhaid cyfadde bod y ffaith 'i fod e eisiau i fi aros yn hwb bach i'r E.G.O.

"Sa i 'di neud penderfyniad terfynol eto ond mae gen i lot o bethe dw i heb eu gwneud a lot o bethe dw i eisiau eu gneud," dwedaf cyn adio, er cof am yr ysbrydol Whitey, "Ma gen i gynlluniau," cyn ffeindio fy hun yn ymhelaethu'n ddiangen. "Fi'n meddwl mynd i deithio am sbel, ti'n gwybod, ffeindio fy hun and all that crap…" Mae aeliau Emlyn yn codi wrth glywed hyn, "… ac wedyn… pwy a ŵyr? Coleg falle…"

Mae'r ffôn yn canu ac yn torri ar draws pethe, sy'n blessing a dweud y gwir achos doedd dim stop arna i; fasen i 'di dweud wrtho fe 'mod i'n meddwl ymuno â'r fyddin, y syrcas neu'n gobeithio gwerthu blu-tac o ddrws i ddrws y ffordd ro'n i'n mynd.

Wedi'r ail BRING mae Emlyn yn dweud "Esgusoda fi, Luc" cyn ateb y ffôn a throi ei gefn. Gallaf ddweud wrth dôn ei lais pwy sydd ar ben arall y lein. Cariad. Ond no worries, fi in control o'r sefyllfa. Fe sydd yn amlwg yn anghyfforddus 'mod i yma, dim vice versa.

Fi'n codi o'r gadair ac yn cerdded at y ffenest. Mae'r olygfa yn drefol, braidd coeden i'w gweld yn unman. Jyst tarmac, concrete, haearn a cheir. Mae'n ddiwrnod cymylog; jyst fel pob un dw i'n gallu ei gofio ers amser maith.

Er bod y gwanwyn jyst rownd y cornel a'r dyddiau'n ymestyn, sa i'n gallu cofio tywydd heulog na gwlyb ers wythnosau. Jyst cymylau. Mae gaeafau Cymru wastad wedi gwneud i fi feddwl bod y pwerau fry jyst yn methu bod yn arsed yr adeg yma o'r flwyddyn.

What shall it be today, then?
Clouds, old boy, lots of fucking clouds.

Sa i'n cofio gaeafau caled, erioed wedi profi un. Dw i'n cofio Mr Ellis, fy athro daearyddiaeth, yn sôn fod gaeaf '77 a '82 yn rhai trwm iawn. Eira'n lluwchio a Llyn y Rhath yn rhewi'n galed. Ond, for fuckssake, ro'n i'n minus two a thair pan ddigwyddon nhw. Ar y gorau roeddwn i'n sugno bronnau Mam a chachu yn 'y mhants yn fwy aml nag immodium tester. I fi, mae'r gaeafau o hyd wedi golygu un peth; llwydni. Jyst fel heddiw.

Edrychaf ar yr holl unedau gwaith cyfagos a sylwi pa mor agos mae HQ Dreamtime i Akuma. Gallen i bron bisio ar Beamer y prif weithredwr o'r fan hyn. Fi'n pasio'r lle bob dydd ond ddim yn meddwl ddwywaith amdanyn nhw. Rhyw fath o mental bloc, siŵr o fod, ar ôl beth ddigwyddodd yno.

Ar y gair, mae'r ferch 'na o *Pobol y Cwm* gafodd gyfweliad yr un pryd â fi'n cerdded allan. Well, fuck me sideways, hi gafodd y job. Am syrpreis. Dw i'n ceisio cofio ei henw ond yn methu mynd yn bellach nag Eileen…

"Luc," mae llais Emlyn yn fy neffro. Trof i'w wynebu a'i weld e'n codi a cherdded at gwpwrdd sy'n sefyll o dan y sgrîn blasma fawreddog sy'n hongian yn fflysh i'r wal. Wrth symud, mae'n siarad:

"Rhaid i fi fynd yn anffodus, bit of an emergency. Rhaid dweud 'mod i'n siomedig 'da dy benderfyniad, ond yn amlwg, ti 'di gwneud dy feddwl ac felly, pob lwc…"

Dw i eisiau ymateb, ond, methu ffeindio'r geiriau. Mae Emlyn erbyn hyn wedi datgloi, ac agor, y cwpwrdd ac wedi estyn dogfenfag du o'i grombil. Mae'n pasio'r bag ataf gan ofyn-stroke-dweud:

"Allet ti neud ffafar â fi? Ma'n rhaid i fi fynd gartre straight away…"

"Popeth yn iawn?"

"Ydy, ydy. Ma un o'r cŵn yn sâl, 'na i gyd… look, rhaid i fi fynd. Ro'n i'n gobeithio mynd â hwn draw at y bois ond alla i ddim nawr. Ti'n meddwl gelli di?"

"Pa fois?"

"Sori, Marcel, Stifyn a Snez…" Fucking great. Dw i bron â dweud 'na' ond yn ailfeddwl. Wedi'r cyfan, galla i adael gwaith yn gynnar nawr. Result.

"Ok."

Wrth i Emlyn roi'r bag i fi mae'n gofyn: "Ti'n siŵr na alla i dy demtio di i aros 'da ni, Luc?"

Fy ateb syml yw "Na," ac wedi iddo fe fy mugeilio allan drwy'r drws mae'n adio: "Dwed wrthon nhw am roi'r bag gyda'r gweddill. Newn ni siarad am dy notice period di fory, ok," ond dw i braidd yn clywed gan 'mod i hanner ffordd lawr y coridor.

Dw i'n brasgamu i lawr y grisiau gan feddwl bod y dogfenfag yn ysgafn tu hwnt, ac wrth i mi agosáu at y dderbynfa mae Steph yn codi ei llygaid oddi ar beth bynnag mae hi'n ei ddarllen â gwên ddiffuant ar ei hwyneb.

"Ble ti'n fynd mewn such a 'urry?"

Dw i'n aros am eiliad, for effect, cyn dweud mewn acen camp dros ben llestri à la Julian Clary: "Dw i off i ymbincio, luv. Mae gen i hot date gyda'r hunkiest boy in Cardiff heno."

Mae Steph yn chwerthin ei chwerthiniad anhygoel. Croes rhwng morlo a… fuck it, ma hwnna'n swnio'n crap beth bynnag bydda i'n adio nesaf. Dyw hi ddim yn swnio fel morlo o gwbl. Beth dw i'n treial ddweud yw bod ganddi chwerthiniad unigryw sy'n anodd ei ddisgrifio. Beth bynnag yw e, dw i'n ei hoffi; mae e'n real, yn naturiol ac mae e mor fucking sexy.

Dw i'n cerdded i ffwrdd fel proper mincer gan ysgwyd fy nhin i gyfeiliant rhyw gay anthem ddychmygol.

"Paid bod yn hwyr, Luc…" mae Steph yn bloeddio ar fy ôl, ond does dim rhaid iddi fecso, does dim fucking siawns bydda i'n hwyr heno.

Dw i'n gadael y gwaith ar gwmwl rhif 9 ac, fel arwydd oddi wrth y Duwiau, mae pelydrau'r haul yn penetreiddio'r llwydni uwchben am y tro cynta mewn wythnosau. Ai hapusrwydd dw i'n 'i deimlo, neu rywbeth arall, hollol estron?

O gysgodion ei ystafell gwyliodd Emlyn Luc yn gadael. Wedi i'w gar ddiflannu rownd cornel pellaf East Tyndall Street, dychwelodd at ei ddesg a symud ei lygoden yn gyflym er mwyn dadebru ei gyfrifiadur o'i forty winks.

Edrychodd ar y geiriau ar y sgrîn a darllen y frawddeg olaf iddo'i hysgrifennu – y frawddeg roedd e wrthi'n ei gorffen pan dorrodd Luc ar ei draws. Roedd yn rhaid iddi fod yn berffaith cyn y byddai'n gwasgu'r botwm ac ymrwymo'r geiriau wrth y wefan gyhoeddus. Pendronodd drostynt wrth sugno ar ben-ôl y feiro Bic.

It was there, on a deserted Cathedral Road near to the city's centre, that the ironically named musican, Robert Johnson's life ended. A tragic story, yes. But also a lesson for anyone who wants to dance with the Devil; do your homework or lose a little more than just your soul...

Until next time, Satan's Little Helper.

Dileodd e'r geiriau *'near to the city's centre'* cyn darllen y diweddglo unwaith eto. Roedd e'n hapus nawr ac felly gafaelodd yn y llygoden, symud y cyrchwr dros y gair **SUBMIT** a chlicio ar bawen chwith y cnofil mecanyddol.

Job done. Trodd ei gyfrifiadur i ffwrdd yn y ffordd gywir, codi, gwisgo'i got a gadael Akuma'n hamddenol braf.

The only thing necessary for the triumph of evil,
is for good men to do nothing.

Edmund Burke

Ar ôl troi'r cornel cyntaf wedi gadael y gwaith, dw
i bron yn cael fy nallu gan yr haul sydd wedi torri
drwy'r cymylau ac sy'n machlud yn wefreiddiol o swreal
dros y Cylchdro Hud. Dw i'n gorfod tynnu'r visor i lawr
er mwyn i'm llygaid allu ailffocysu ar y ffordd, a dw i'n
chwerthin wrth weld y cerdyn donor sy'n sownd wrth y
plastig yn magu dwst. Wedi blynyddoedd o gam-drin,
mae'n annhebyg iawn y base unrhyw un eisie cyfraniad
corfforol oddi wrtha i! Gafaelaf yn fy Rayban-rip-offs
a'iugwisgo. Unwaith eto, dw i'n gallu diodde'r byd.

Trof i'r dde tua'r carchar, i ffwrdd o lewyrch yr haul,
ac mae popeth yn cool. Dw i'n teimlo'n dda nawr 'mod i
'di gadael gwaith ac wedi dechrau datgloi'r cymalau wedi
rhoi fy notice i Emlyn. Gyda'r goleuadau ar goch, dw i'n
gallu gwerthfawrogi diwedd y dydd a'r ffaith bod y gaeaf
yn cilio a'r gwanwyn, unwaith eto, yn cyrraedd heb ffws,
heb rybudd a heb razzamatazz.

Dyna beth dw i'n ei hoffi am ein tymhorau; eu bod
nhw jyst yn ymddangos ryw ddydd, fel hen ffrind. Baswn

i'n ffeindio hi'n anodd byw mewn gwlad heb dymhorau pendant gan fod rhywbeth cysurus iawn mewn tymhorau. Ond wedyn, mae'r haf bythol yn llawn cysur i'r Aussies mae'n siŵr.

Edrychaf ar y bag lledr ar y sêt wrth fy ochr ac am ryw reswm mae fy mol yn dechrau swnian. Dw i'n fuckin starfio ac yn penderfynu cymryd detour slei i Newport Road. Hoffwn feddwl y gallen i fyw heb frenin y corfforaethau ond, yn anffodus, dim ond bod dynol ydw i.

Dw i 'di cyrraedd ymhen pum munud ac yn bypasio'r llinell o geir sydd yn aros am y drive thru. Pointless exercise if ever there was one. Mae'n gynt parcio a mynd at y cownter na cheisio cyfathrebu gyda'r clown plastig a'r llais di-ymennydd sy'n ei lywio.

Felly i mewn â fi i gylla'r bwystfil. Sa i'n gwybod yn iawn pam 'mod i'n dod ma. Fi'n gwybod bod cynnwys y bwyd yn shit, a'r arian i gyd yn mynd at y Diafol ei hun er mwyn coloneiddio'r byd gyda'u byrgers 'n' fries. Ond mae hi *mor* hawdd ac *mor* flasus fel bod fy hunan-ddisgyblaeth yn ei heglu hi pan mae'r bola'n grwgnach a'r bwâu euraidd yn goleuo ar ochr y ffordd. Fel rhyw seren Iesu in reverse; gan taw annoethion y blaned sy'n cael eu denu i'r stabl synthetig hwn.

Rhaid lled gau fy llygaid wrth gamu i mewn i'r bwyty er mwyn eu hamddiffyn rhag y golau llachar. Dw i'n difaru gadael fy shades yn y car ac, wedi meddwl, mae'n rhyfeddol nad yw pâr o sbectolau haul yn rhan o wisg gweithwyr y lle ma.

Yn y ciw, sydd wastad yn hir, dw i'n sefyll tu ôl i fam ifanc a'i dau o blant – un mewn pushchair a'r llall yn tynnu ar lawes ei thracwisg Fred Perry gan ysu am gael creu hafoc yn y maes chwarae cyfagos. Proper scalls o Lanrhumney... neu falle Tremoffa. Rhagfarnllyd dw i'n gwybod, ond ma'r sovereigns aur o Argos sydd ar bob bys a'r ffordd mae hi'n dweud wrth ei mab i "fuckin stops it Carlos or yous norravin any tee" yn eu bradychu. Dw i hefyd yn gwybod bod angen mwy na phryd llawen i ddod â hapusrwydd i'r teulu hwn.

Fi'n bored nawr yn aros i Dwayne sortio'r order a dwi'n dechre meddwl yn ddwys. Wel, mor ddwys ag y gallwch chi mewn amgylchedd sydd wedi ei ddyfeisio a'i ddatblygu i wneud i chi beidio meddwl. Dw i'n meddwl, ac nid am y tro cyntaf, bod unffurfiaeth yr adeilad a'r miliynau o rai tebyg ledled y byd, yn adlewyrchu unffurfiaeth y bwyd. Maen 'nhw' yn dweud os bwytwch chi ddigon o'r cynnyrch (bwyd, sylwch) bydd popeth yn dechre blasu'r un peth. Yr eidion a'r cyw iâr; y pysgod a'r hufen iâ; y cola a'r ysgytlaeth. Y rheswm? Trwyth anifeiliaid amrywiol sydd i'w ffeindio ym mhob eitem ar y fwydlen, apparently. Mae'n lwcus 'mod i'n gigysol... ac yn starfo!

Wedi i Carlos dderbyn ei hapusrwydd ar ffurf bocs o golestrol, braster, tatws wedi ffrio sydd ddim yn cynnwys tras o datws, a thegan Woody o *Toy Story 2*, dw i'n camu at y cownter ac yn ordro 'mwyd. Mae pobol wastad yn cymryd y piss allan o weithwyr y lle, a dw i'n un ohonyn nhw, ond heno, mae Dwayne megis meistr ac mae 'mhryd yn y bag mewn munud.

Dw i yn y car ac wedi bwyta'r cyfan mewn pum munud a bron yn dychwelyd i brynu mwy gan 'mod i'n gwybod y bydda i'n starfo eto mewn hanner awr. Ond sa i'n ildio i'r chwant. Dyna gynllun athrylithgar y cwmni – digon o MSGs a fuck all o sylwedd, a bydd y dick-heads yn dychwelyd fel smackhead am sgôr.

Wedi ychwanegu'r sbwriel at y domen sy'n datblygu ar y sêt gefn, dw i'n troi'r allwedd ac yn tanio'r car. I riff agoriadol 'Sabotage' dw i'n ail ymuno â thraffig y ddinas ar adeg brysuraf y dydd. Lawr Newport Road, Boulevard de Nantes, Stryd y Castell, Cathedral Road cyn cyrraedd pen fy nhaith, y Tŷ Trybini gwreiddiol.

Cyn camu o'r car sylwaf ar yr amser; chwarter wedi chwech. Rhaid hastu er mwyn gallu molchi cyn cwrdd â Steph. Dw i ddim really eisiau mynd mas 'da hi yn yr un dillad nath hi 'ngweld i'n eu gwisgo i'r gwaith. Dylse hyn ddim cymryd yn hir ta beth gan nad oes fuck all 'da fi i ddweud wrth y triawd a vice versa.

Fi'n gafael yn y bag ac yn camu trwy'r cyfnos tuag at rif 8 Kyfeiliog Street.

Cerddaf at y drws gyda'r bag yn fy llaw chwith gan deimlo'n debyg, mae'n siŵr, i Marcel ar y pymthegfed o bob mis pan mae'n dod â'r amlen fach frown 'na i fi. Errand boy yn gwneud beth mae'r bos yn ei ddweud wrtho fe.

Tra 'mod i'n sefyll wrth y drws dw i'n gweld hen gwpwl yn oedi wrth gerdded eu ci, er mwyn i Toots bach gael cachad ar y pafin tu fas i dŷ Fflach!. Mae wedyn yn fy mwrw i bod ymgrymu i 'ngorchymyn i, o bawb, yn siŵr o fod yn hala Marcel yn wallgo. Ond, chwarae teg, dyw e ddim wedi cwyno unwaith. Mae Marcel, yn amlwg, yn gwybod pan mae e 'di colli. Er bydda i'n falch cael troi 'nghefn ar y triawd wrth adael Akuma, bydda i'n gweld eisiau'r arian.

Mae Toots wedi gorffen llygru'r pafin ac yn barod i ailddechrau ar ei thaith. Dw i'n falch gallu adrodd bod rhieni Toots ddim yn credu'r arwyddion sy'n rhybuddio y byddwch yn cael dirwy os nad ydych chi'n glanhau ar ôl eich ci, ac yn gadael y lwmpyn stemllyd yn y fan a'r lle. Wrth ganu'r gloch, dw i'n gobeithio bydd yn rhaid i un o'r triawd ymweld â'r 24 hour garej wedi iddi dywyllu'n iawn.

Fi'n gwybod bod o leiaf un ohonyn nhw gartref gan fod y lle wedi ei oleuo fel rhedfa yn Rhws a cherddoriaeth i'w chlywed. Er hynny, rhaid i fi ailganu'r gloch a chnocio'n galed cyn bod ffigwr unig yn penderfynu ateb. Mae ffenest o wydr barugog rhyngddon ni'n creu'r effaith bod yr unigolyn wedi ei bicseleiddio, fel cymeriad mewn rhyw hen gêm gyfrifiadurol. Er hynny, dw i'n nabod Stifyn o achos y ffordd mae'n cerdded; fel model ar catwalk gyda vibro lan ei din.

Mae e'n cil-agor y drws jyst digon er mwyn i'w ben ffitio yn y gap. Dw i'n cael sioc o weld y stad sydd arno: mae'r hynny o lygaid sydd i'w gweld yn goch fel machlud, gwythiennau ei fochau'n or-amlwg, a chwys trwchus yn gafael yn ei dalcen fel clingfilm wrth gaws. Eto i gyd, mae ei groen yn edrych fel petai'n sych a smotlyd. Dw i'n credu bod Stifyn wedi cael diwrnod i'r brenin.

"Alright Stifyn?"

Mae'r llipryn yn mwmian rhywbeth annealladwy mewn ymateb i fy nghyfarchiad, cyn ystumio gyda'i law y bydd e'n ôl mewn eiliad. Mae e'n troi ei gefn ac yn cymryd cam yn ôl i'r tŷ, cyn diffodd golau'r neuadd a dychwelyd gan bwyso'n feddw ar y drws. Mae e'n edrych arna i trwy'r niwl.

"Luc. Hi. O'n i'n meddwl mai dy lais di oedd 'na. Roedd hi'n ffwc o lachar eiliad yn ôl." Mae tôn ei lais yn fwy mellow na Mr Soft a'r holl hamio hoyw arferol yn bell heno.

Nawr, dw i 'di bod felly fy hunan, ac wedi gweld nifer o bobl mewn stad anghyfreithlon, ac yn dod i'r casgliad bod Stifyn ar ei ffordd i lawr ar ôl sesiwn hirwyntog. Yr hyn sydd wedi gafael ynddo ar y foment, er efallai 'mod i'n hollol anghywir, yw rhyw fath o sedative cryf: valium, tamazepam, Ketamine neu efallai'r hen Mamma Brown ei hun. Mae'r gwirionedd yn ei lygaid ac mae ei lygaid ar goll.

Ma delio 'da pobol yn y stad yma'n gallu bod yn boen, so dw i'n mynd yn syth at y pwynt er mwyn gallu gadael.

"Nath Emlyn ofyn i fi ddod â hwn draw." Dw i'n dala'r bag o'i flaen wrth siarad. "Dwedodd e wrthoch chi ei roi e gyda'r gweddill."

Mae Stifyn yn ymdonni'n fewnol a bron yn colli ei gydbwysedd cyn ailafael ynddo fe a gofyn, "Beth yw e?"

Am ryw reswm dw i'n edrych ar y bag cyn ateb. "Bag…"

"Bag," dw i'n ailadrodd. "Oddi wrth Emlyn i chi, Stif**yn!**" Dw i'n codi fy llais wrth ddweud ei enw gan ei ysgwyd allan o'i ddryswch.

"Ok…" dyna ei ateb. Mae e'n hollol wrecked. Ond, arhoswch eiliad… "… ond be sy yn y bag, Luc?"

"Sa i'n gwbod, a 'sdim ots 'da fi. Jyst cym e a gad i fi fynd for fuckssake!"

"Gad i fi weld. Falle bod e'n gyffrous…" Ac mae Stifyn yn cymryd y bag oddi arna i ac yn agor y drws oherwydd allai'r bag ddim ffitio drwy'r gap oedd yna'n gynt. Mae lefel y gerddoriaeth yn codi wrth i'r drws agor. Craig David neu ryw grap tebyg.

Wrth i'r drws agor dw i'n deall pam fod Stifyn eisiau cuddio tu ôl i'r drws. Does dim lot o ddillad amdano, jyst pâr o jockeys llwyd a vest (ie, vest!) wen chwyslyd. Ydw i wedi ei ddal e yng nghanol drug fuelled orgy? Sa i really eisiau gwbod o gofio'r pethau dw i 'di weld. Amser gadael methinks.

"Nos da, Stifyn. Gweld ti for…" ond mae 'ngeiriau i'n

sychu wrth i Stifyn agor y bag. *Big deal, Luc; ma pobol yn agor bagiau bob dydd*. Mae hynny'n wir. Ond dim fel hyn.

Mae e'n sefyll yn y drws, yng ngolau isel y cyntedd, ac yn agor y bag oddi wrtho fel nad ydw i, sy'n sefyll gyferbyn, yn gallu gweld ei gynnwys. Ma beth bynnag *sydd* ynddo fe'n llachar achos mae 'na ole isel yn gwawrio ar wyneb Stifyn fel tasai'r bag yn llawn ceiniogau aur chwedlonol. Am eiliad, mae'r edrychiad gwag yn diflanu o'i wyneb ac yn ei le: cydnabyddiaeth, deallusrwydd... sa i'n siŵr.

"Fuck!" Mae e'n dweud wrth gwrcydio i lawr, sy'n rhoi cyfle i fi weld cynnwys y bag: mae'n edrych fel wrn llwydaidd. Mae Stifyn yn ymbalfalu gyda'r caead ac mae'r goleuni'n diflannu pan mae'n ei ailosod yn y man priodol. Ar frys, mae'n cau'r bag a'i gloi.

"Beth oedd hwnna?"

Mae Stifyn yn rhoi'r bag ar y llawr ac yn ei wthio tu ôl iddo gyda'i droed, cyn hanner cau'r drws unwaith eto.

"Beth sydd yn y bag, Stifyn?"

"Be, ti ddim yn gwbod?"

"Stifyn, wrth gwrs sa i'n gwbod, 'na pam fi'n gofyn."

"Nath Emlyn ddim dweud wrthot ti?"

"Na..." Fuck it, pwy ots sydd anyway? Dwedais i fod hi'n fuckin amhosib delio 'da phobol yn y stad ma.

Ond, cyn gadael, dros udo'r R&B, dw i'n siŵr 'mod i'n clywed sgrech fain – ac yn reddfol dw i'n sticio 'nhroed yn y drws er mwyn atal Stifyn rhag ei gau. Mae'r delweddau dw i 'di ceisio'u claddu yn brasgamu i'r cof. Mae 'ngwyneb ond rhyw fodfedd oddi wrth un Stifyn a gallaf arogli'r gorymblesera'n dianc o'i groendyllau.

"Beth oedd hwnna?"

"Beth ti'n gwneud, Luc?" Mae Stifyn yn codi ei lais mewn ffordd fase efalle'n fygythiol tase fe ond yn gallu cadw'i lygaid ar agor.

"Shhhhhhh," a dw i'n gwrando'n astud am eiliad. Dim byd. Ar wahân i'r So Solid Crew ar y system sain. Dw i'n symud fy nhroed ac yn troi 'nghefen ar Stifyn a gweddill brodorion y tŷ. Nos fuckin da you fuckin cunts…

ARGHHHHHHHHHH!!!"

Heb fuckin os y tro hwn. Sgrech. Merch.

Trof ar geiniog fel Sparky yn y six yard box a chicio'r drws gyda fy holl nerth. Mae Stifyn, oedd yn dal yn sefyll â'i wyneb yng nghil y drws, nawr ar wastad ei gefn ar lawr mosaic y tŷ Fictorianaidd. Mae ein llygaid yn cwrdd wrth i fi gamu i mewn i'r tŷ, ond dw i'n anwybyddu ei wyneb gwaedlyd cyn mynd yn syth at wraidd y sgrech.

O fewn pumllath dw i'n sefyll yn nrws y lolfa ac mae'r hyn dw i'n ei weld yn achosi i'r Big Mac ailymddangos ar lawr yr ystafell. Edrychaf yn syfrdan ar yr olygfa sydd o'm blaen.

I'r chwith, mae merch noeth heb fod yn ddiwrnod dros bedair ar ddeg (and that's being generous) wedi ei phlygu dros y bwrdd bwyta. Mae ei hwyneb yn gyfarwydd. Un o'r rhai fu'n cystadlu ar *Tŷ Trybini* yn ystod y misoedd diwethaf, siŵr o fod. Fuck! Dw i'n cofio nawr, dw i'n siŵr mai Catrin yw ei henw ond mae'n anodd dweud gan fod ei gwallt melyn yn grafangau dros ei hwyneb. Yn ddwfn ynddi mae Snez, neu i fod yn hollol gywir, ei goc. O'r lle dw i'n sefyll so hi'n amlwg pa dwll mae'n penetreiddio. Fuck. Does dim ots achos mae golwg o boen a phryder ar ei hwyneb.

Mae ein llygaid yn cwrdd – hi yw'r gwningen, fi yw golau'r car. Mae'r ofn yn cael ei chwyddo filwaith gan y gag sydd yn ei cheg; mae'n edrych fel petai hi'n brwydro i anadlu'n iawn. Anwybyddaf Snez ac edrych i'r dde o'r olygfa erchyll.

Mae Gary Barlow Cymru'n ysblennydd ar y soffa ledr hufenllyd mewn pâr o shorts sidanllyd. Mae ei godiad yn amlwg trwy'r defnydd fel tasai'r Moscow State Circus yn cynnal sioe. Mae e'n edrych arnaf trwy gwmwl o fwg sy'n llifo'n drwchus o'r bibell wydr rhwng ei wefusau.

Does dim amheuaeth beth sy'n llenwi'r fowlen. Cocaine. Mae'r gwirionedd unwaith eto i'w weld yn ei lygaid yn ogystal ag yn yr arogl cemegol sy'n llenwi'r awyr. Mae'n edrych arnaf gan chwythu mwg trwy ei ffroenau, fel tarw'n wynebu matador, ac yn gweiddi.

"Beth fuck ma hwn yn neud ma? STIFYN!" Cyn edrych ar Snez ac wedyn yn ôl ata i a gofyn, "Ble mae Stifyn?"

Clywaf Stifyn yn cyffroi tu ôl i fi wrth glywed ei enw trwy'r cymylau cyffuriol. Trof i'w wynebu a'i weld ar ei bedwar yn ceisio codi. Heb feddwl, dw i'n camu ato ac yn ei gicio yn ei fola gan echdynnu'r gwynt ohono. Mae'r casineb a'r amheuon sydd wedi bod yn ffrwtian o dan yr wyneb yn codi'n rheibus ac ar fin ffrwydro o bob cyhyr yn fy nghorff. Dw i'n gadael Stifyn yn brwydro am wynt ac yn rhuthro am y paedo nesaf.

Er 'mod i 'di tarfu ar y parti, nid yw Snez wedi symud o'r unfan. Cerddaf ato â ffyrnigrwydd oes yn llifo ohonof i. Mae Snez yn edrych arna i a dw i'n dychwelyd ei drem. Mae llygaid Snez hefyd yn adrodd stori; stori arswyd ,hynny yw.

Mae e'n fy ngwylio'n nesáu ac mae'n ymddangos fel petai e'n meddwl a symud mewn slow motion. Heb rybudd, mae fy nwrn yn cysylltu'n ogoneddus â'i drwyn ac mae canolbwynt ei wyneb yn chwalu mewn cawod o law cochlyd. Yn ogystal â thorri ei drwyn, mae'r ergyd yn achosi iddo golli ei gydbwysedd, a datgysylltu oddi wrth isfyd Catrin cyn cwympo ar ei din ar lawr. Mae'r arogl sy'n llenwi'r awyr ar ei ôl yn cadarnhau pa dwll yw ffefryn Snez. Sick fuck.

Trof at Catrin a thynnu'r gag o'i cheg. Mae'r dagrau'n llifo a'i hanadl yn ysbeidiol. Dw i'n gorfod datglymu ei garddyrnau, sydd wedi eu rhwymo wrth ddwy gadair gyfagos, cyn mynnu ei bod hi'n gadael - ar unwaith. Nid yw hi'n symud yn syth, so dw i'n gafael yn ei dillad, sy'n bentwr ar y llawr, a'u rhoi iddi.

"Jyst fuckin cer! Ffonia'r heddlu – Go on!"

Mae hi'n nodio a sylwaf ar olwg gyfarwydd yn ei llygaid. Fel fi gynt, mae ei diniweidrwydd wedi diflannu am byth drwy law, neu goc, oedolyn.

Sa i erioed wedi casáu fel hyn o'r blaen. Dim hyd yn oed Steve. Wrth gwrs ro'n i'n ei gasáu ac yn dal i'w gasáu, ond do'n i ddim mewn sefyllfa i wneud dim am y peth. Mae'r hyn nath Steve i fi wedi toddi i mewn i fy mhlentyndod. Mae'r hyn ddigwyddodd wedi fy ngherflunio i ac yn rhan o pwy ydw i erbyn hyn. Pe bawn i ond yn gallu newid yr hyn ddigwyddodd… Ond, sa i'n berchen ar beiriant amser. Lwyddes i ddim i ddelio â'r hyn ddigwyddodd i fi. Ond nawr dw i am ddelio â'r fuckers yma. So nhw'n haeddu byw.

Trof i'w gwynebu, Marcel a Snez hynny yw, gan fod Stifyn yn dal ar lawr y neuadd. Mae Snez yn dal ei drwyn sydd yn deilchion dan lif o sgarlad. Fel Moses gynt, dw i 'di agor y Môr Coch. Mae e mewn poen amlwg. Result. Mae Marcel, ar y llaw arall wedi syrffio ton y cyffur ac mae'n edrych arnaf fel dyn gwallgof. Mae 'na gasineb amlwg yn ei lygaid, ond dyw e ddim yn yr un league â fi. Fi yw Real Madrid, fe yw'r fuckin Jacks.

Dw i'n sefyll yn gadarn a'm dyrnau'n dynn ac er nad ydw i erioed wedi bod mewn ffeit o'r blaen, dim un iawn ta beth, dw i'n reit ffyddiog y galla i gymryd y fuckers fucked yma. Mae atgofion am y gweir gymerais ar eu rhan ar noson Calan Gaeaf yn llifo i flaen y gad a'r ddelwedd o'r triawd yn cefnu arna i wrth i fi gymryd eu cosb nhw yn gwneud i 'nghalon guro'n wyllt. Er hynny, dw i'n teimlo'n hollol relaxed. The calm before the storm. Bring it on, you paedofucks.

Dw i'n canolbwyntio gymaint ar Siegfried a Roy fel nad ydw i'n ymwybodol o symudiadau Stifyn. Y peth cyntaf dw i'n wybod am ei adfywiad gwyrthiol yw tôn fygythiol ei floedd fain sy'n rhwygo'r awyr fel cyllell trwy gyrten gawod.

"AGHHHHHHHHHHHHHH HHHHHHH!!!!"

Trof fy mhen mewn pryd i weld blur cyflym yn rhuthro ataf. Ac wedyn, tywyllwch.

Saif Stifyn dros gorff llipa Luc a'i wyneb yn diferu gan gymysgfa o chwys a gwaed. Gwaed yn bennaf. Yn ei law mae'r dogfenfag du. Wrth frwydro i ailafael yn ei rythmau anadlu mae'n ceisio ymddiheuro i'w ffrindiau.

"So… sori…"

"Pam gadawes ti fo i mewn, Stifyn? Fucking hell ni'n fucked rŵan ia," bloeddiodd Snez yn drwynol.

Saif Marcel mewn tawelwch â golwg feddylgar ar ei wyneb. Mae meddwl yn glir ar gybolfa o gyffuriau yn anodd ar y gorau. Ond, gyda chorff anymwybodol ar y llawr a merch ifanc noeth yn crwydro'r strydoedd cyfagos, mae hi'n anoddach fyth ar Marcel heno. Wedi oedi, daw i benderfyniad.

"Stifyn, ti'n dwat am adael Luc i mewn ond da iawn gyda'r knock out…"

"Diolch…"

"Nawr, cer i nôl y ferch 'na. Beth yw ei henw hi, Stifyn?"

"Em… Catrin… dw i'n meddwl…" Cwyd Snez ei ysgwyddau mewn ymateb i'r cwestiwn.

"Ok, cer i nôl hi. So hi 'di mynd yn bell a dere â hi nôl fan hyn. Bydd rhaid i ni sortio hyn cyn bod pethau'n mynd o ddrwg i waeth."

Fel disgybl da, mae Stifyn yn troi ac yn cerdded am y drws ffrynt, ond cyn iddo adael rhaid i Marcel ei ddilyn er mwyn ei atgoffa i wneud rhywbeth allweddol.

"Stifyn, gwisga dy fuckin ddillad wnei di. Jesus. A paid bod yn hir, iawn."

Erbyn i Marcel ddychwelyd i'r ystafell fyw, mae Snez ar y llawr ar ben Luc â'i benliniau bob ochr i'w fola. Mae ei ddyrnau, fel melin wynt, yn bwrw wyneb Luc bob yn ail. Mae 'na waed yn tasgu o ben Luc ac yn cymysgu â'r hyn sy'n llifo o drwyn ei arteithiwr. Mae'r ystafell fel cyfuniad o ladd-dy troad y ganrif a stiwdio artist arbrofol.

Mae Marcel yn rhuthro at ei ffrind a gafael yn ei freichiau cyn iddo ychwanegu at broblemau'r paedoffil a graddio'n llofrudd hefyd.

"Stopia, Snez. Fuckin stopia!"

Mae Marcel yn brwydro i godi Snez gan afael o dan ei geseiliau ac yn dweud, "Come on, helpa fi i'w symud e," cyn gafael yn ysgwyddau Luc a mynnu bod Snez yn gafael yn ei goesau.

Mae'r ddau'n symud corff trwm anymwybodol eu cydweithiwr ac yn ei leoli yn yr union safle roedd Catrin ynddi funudau'n gynt.

"Cer i eistedd lawr fan 'na a cym bibell neu lein neu rywbeth."

"Beth ti'n mynd i neud?" gofynnodd Snez wrth ufuddhau i'r gorchymyn, ond nid atebodd Marcel.

Actions speak louder than words.

Gyda Snez yn ymgymryd â'r dasg o dorri llinell, mae Marcel yn clymu garddyrnau Luc a lleoli camera fideo ar dreipod cyfagos i ddogfennu'r cyfan.

Wedyn, mae e'n estyn rownd bola Luc a datglymu ei gombats a'u tynnu i lawr at ei liniau. Gyda gwir gasineb yn ei lygaid a gwên slei ar ei wyneb, mae Marcel yn poeri arno ddwywaith; unwaith ar ei wallt ac unwaith ar ei fochau gwynion. Mawn llais cras mae e'n gofyn.

"Ti'n barod am hyn, Luc bach? Ti'n barod nawr?" Mae'n tynnu ei shorts i'r naill ochr a datguddio coc swmpus sy'n llifo gan waed llygredig. Cyn ceisio ei benetreiddio mae Marcel yn pwyso'n agos at glust Luc a sibrwd:

"Dw i eisiau i ti wybod sut mae'n teimlo, Luc. Sut mae'n teimlo i gael dy ffwcio gan ddyn, fel ti 'di bod yn fy ffwcio i ers misoedd."

Does dim ots nad yw Luc yn ei glywed gan fod Marcel am fwynhau hyn, yn fwy na gyda un bachgen na merch ifanc arall mae e wedi eu blasu. Dyma'r un fydd felysaf.

Mewn un hyrddiad grymus mae'n ei benetreiddio ond yn hytrach na'r pleser disgwyliadwy, mae poen aruthrol yn gafael yn ei gledd.

"AAAAAAAAAAAWWW WWWWWWW!!!"

Mae Snez yn edrych arno ar ddiwedd llinell hir o garlo a bron yn tagu wrth weld gwaed yn pistyllio o ben-ôl Luc lle mae coc Marcel wedi angori.

Yn ei hast i gymryd mantais ar sefyllfa anffodus ei elyn, ac oherwydd yr holl gyffuriau sy'n cymylu ei ymennydd, anghofiodd Marcel fod iro'r bully fel arfer yn syniad da. Y canlyniad yn yr achos yma yw fod blaengroen y canwr wedi hollti.

Ond yn hytrach na chamu'n ôl a glanhau'r llanast, mae Marcel yn syrffio'r don o boen nes ei bod hi'n torri ar lannau pleserus. Mae'r gwaed o'i goc yn gweithio fel iriad naturiol ac mae Marcel yn parhau i ffwcio Luc mor galed ag sy'n bosib.

Am eiliad, mae Luc yn ailafael mewn ymwybyddiaeth. Mae ei lygaid yn ffocysu'n gyntaf ar ei law ac wedyn ar y defnydd sy'n ei rwymo wrth y gadair.

Yr ail synnwyr i atgyfodi yw ei allu i glywed ond mae'r hyn sy'n cyrraedd ei glustiau yn gwneud iddo golli ei ymwybyddiaeth unwaith eto.

"Nawr ti'n gwybod sut mae'n teimlo, Luc! Nawr ti'n gwybod!"

"Ie, ffwcia fo Marcel. Yn fucking galad ia!" Snez.

Tywyllwch.

O fewn munudau mae sudd ceilliau Marcel yn ymuno â'r gwaed a'r cach sy'n llenwi tin Luc. Mae Marcel yn tynnu ei hyd o'r ceudwll, yn poeri unwaith eto ar y corff llipa ac yn troi at Snez.

"Dwi'n mynd i lanhau'r mess ma," cyn cerdded allan o'r ystafell yn dal ei goc waedlyd.

Wrth iddo adael, mae Snez yn gweiddi. "Rho'r briefcase gyda'r gweddill, Marcel!" Ac mae Marcel yn codi'r bag ac yn cerdded yn betrusgar at ddrws y seler. Wedi anadlu'n ddwfn, mae e'n troi'r ddolen ac yn troedio'r grisiau cerrig oeraidd at graidd erchyll ei gartref.

*A man does what he can
until his destiny reveals itself to him.*

Nathan Algren

Dw i'n agor fy llygaid ac yn cael fy nghofleidio gan y nos. Mae'r tywyllwch yn dynn amdanaf. Ble fuck ydw i, a pham 'mod i'n gorwedd ar y llawr? Edrychaf lan a gweld y sêr sy'n ateb rhan o'r cwestiwn. Yn araf, codaf ar fy nhraed. Mae'r weithred syml yma yn un o'r pethau caletaf i fi geisio'i wneud ers mynd i boxercise tua blwyddyn yn ôl. Never again.

Mae'r corff yn gwynegu yn un peth, ond mae poen llethol fy wyneb yn waeth byth. Codaf fy llaw a theimlo'r gwaed yn gyntaf. Wedyn, teimlaf fy nhrwyn sy'n deilchion. Cerddaf yn araf tuag at y goleuni. Dw i'n meddwl 'mod i'n gwybod ble ydw i heb wybod *ble* ydw i. Dw i mewn ali gefn yn rhywle a gobeithiaf wybod *ble* pan gyrhaeddaf yr hewl sydd rhyw ugain metr o 'mlaen i.

Mae hi'n dawel; 'sdim ceir i'w clywed a dim bywyd i'w weld. Mae'r ugain metr yn teimlo fel ugain milltir ac o fewn pum llath mae'r gwlybaniaeth yn fy nhrowsus yn mynnu fy sylw. Beth fuck sydd wedi digwydd i fi? Black out go iawn. Mae un peth yn sicr though, doedd rhywun ddim yn falch iawn o 'ngweld i.

Teimlaf fy mhen ôl trwy fy nhrowsus ac mae'n dod yn amlwg 'mod i, ar ben y grasfa a'r black out, wedi colli rheolaeth ar fy mowels hefyd. Am noson. Mewn ffordd hollol abswrd, dw i'n reit falch bod fy nhrwyn i mewn shwt stad gan fod y drewdod sy'n mynd boch ym moch â cecs llawn cach ddim yn effeithio o gwbl ar fy nhrwyn i.

Dw i hefyd wedi dod. Sy'n fwy worrying na'r cachbants a dweud y gwir. I mean, mae hynny'n gallu digwydd pan chi 'di yfed gormod neu wedi bwyta rhywbeth dodgy, ond mae'n cymryd lot i 'ngwneud i i ddod, fel chi'n gwybod. Sa i hyd yn oed yn gwybod ydy hi'n bosib saethu llwyth heb gael codiad. Cwestiwn i Doc pan wela i e nesa. A dw i'n dal yn methu cofio dim.

Mae 'mhidlen wedi gludo wrth gotwm fy mhants, sy'n anghyfforddus iawn yn y fath stad â hyn, ond dw i'n cyrraedd pen yr ali ac yn gwybod yn iawn ble ydw i. Romilly Crescent. Mae'r bwyty poncey, Le Gallois, i'r dde a hen Aelwyd yr Urdd i'r chwith lawr Conway Road.

Ble fuck mae 'nghar i? Dw i ddim yn cerdded i unman. Weird. Hang on… dw i'n cofio gadael gwaith… shit! Steph. Peidiwch dweud mai Steph nath fy date-rapeo i!

Rhywbeth arall nawr. Cysylltiad. *Tŷ Trybini* a'r bag 'na. Stifyn yn fucked, Snez yn ffwcio. O na, Catrin!

Rhaid anelu am dŷ Doc sydd jyst rownd y gornel. Fi angen help. Mae'r digwyddiadau'n ffurfio'n araf ac yn fy nghynddeiriogi. Ond dw i ddim yn cofio dim ar ôl gweld y ferch… Holy shit, dw i'n cofio… cofio bod fy holl amheuon wedi eu gwireddu. Dw i'n cofio'r casineb yn ffrwydro i'r arwyneb a'r… fuck all arall.

Dw i mynd heibio i'r Robin Hood nawr a dal heb weld enaid byw, sy'n lwcus really. Mae'n hwyr, 'sdim doubt.

'Sgwn i faint o amser dw i 'di golli?

Dw i'n cyrraedd tŷ Doc sy mewn tywyllwch heno. Mae hyn yn rhyfedd hefyd achos ma Doc yn berson hwyr. Mae'r ffaith nad yw ei gar e ma'n adio at y boen sy'n gwaethygu gyda phob eiliad. Dw i angen cwmni, dw i angen cyngor. Dw i angen drinc. Yn ffodus mae fy mwndel allweddi gen i a dw i'n agor y drws, dringo'r grisiau a chyrraedd yr ystafell fyw. Trof y golau 'mlaen a defnyddio'r dimmer i leddfu'r golau llachar.

Yn y gegin, dw i'n llenwi gwydr â wisgi da Doc. Pan chi'n ennill cymaint o arian â fe, 'sdim rhaid gwenwyno'ch hun â chrap fel Teachers. Dw i'n gwacáu'r gwydr mewn pedwar llwnc ac mae'i wres yn bleserus er nad yw e'n para'n ddigon hir. Gafaelaf mewn bag sbwriel gwag o'r drôr wrth y sinc, llenwaf y gwydr eto a cherdded i'r ystafell gawod. Gwell i fi folchi cyn eistedd ar gelfi swish fy mrawd. Sa i'n adnabod neb sy'n gwerthfawrogi dom dros eu dodrefn.

Wedi cyrraedd yr ystafell molchi, edrychaf ar fy adlewyrchiad yn y drych a dw i'n stryglo i adnabod fy hunan. Dyw'r trwyn ddim mor wael ag y mae'n teimlo, ond mae'r gwaed, sy'n sychu ac yn newid lliw erbyn hyn, yn gwneud i'r holl beth edrych yn ddramatig iawn. Dw i'n dadwisgo'n boenus ac yn rhoi'r dillad mewn bag.

Braf cael sefyll yn stond yn y llif a gadael i'r dŵr fy nghofleidio. Mae'r gwres yn helpu fy nghleisiau yn ogystal â gwaredu'r budreddi. Carreg ac adar. Dw i'n cau fy llygaid, ond mae'r hyn sy'n fy nghroesawu'n gwneud i fi eu hagor yn syth. Llygaid. Rhai Stifyn, rhai Snez, rhai'r ferch a rhai Marcel. Mae rhai'r ferch yn arswydus, ond rhai Marcel sy'n creu'r ofn. Mae'r casineb dw i'n weld ynddyn nhw'n adlewyrchiad pur o'r hyn dw i'n 'i deimlo tuag ato fe.

Dw i'n gafael yn yr Imperial Leather ac yn gwasgaru'r trochion i bob cornel o fy nghorff gan waredu'r budreddi o'm croen a 'mhiwbs. Yn anffodus, sa i'n gallu cael gwared ar yr atgofion yr un pryd.

Pan roddaf sylw estynedig i fy isfyd afreolus, mae cyffwrdd â'r fodrwy fregus yn achosi fflach arall o'r isymwybod, o'r tywyllwch. Dw i'n gweld garddyrnau. Yn gyntaf rhai'r ferch ac wedyn fy rhai i. Maent wedi eu rhwymo'n dynn. Gallaf deimlo rhywbeth arall hefyd. Rhywbeth gwaeth. Rhywbeth sy'n hollti fy nghallineb fel holltodd e fy nhin. Alla i ddim bod yn hollol sicr o beth ddigwyddodd, ond mae'r amheuon yn ymgasglu ac yn peintio darlun. Pan edrychaf ar fy nwylo maent wedi eu gorchuddio â gwaed, cachu a sberm.

Dw i'n camu o'r gawod yn y gobaith o adael yr atgofion ar ôl gyda'r shampŵ a'r shower gel. Does dim gobaith.

Wedi ffeindio pâr o comfy pants a chrys-T glân yn ystafell fy mrawd, dw i'n clecio'r ail wydraid o wisgi a llenwi un arall. Dw i'n cynnu sigarét, yr olaf yn y pecyn, ac yn eistedd yn y gadair gyffordus wrth y ffenest fae. Mae fan laeth yn hymian i lawr yr hewl gan stopio nawr ac yn y man i ddosbarthu ei gynnyrch. Edrychaf ar y cloc ar y fideo. Pedwar ar y dot. Mae 'nghorff cyfan i'n brifo a dw i'n penderfynu mynd i chwilio am boenladdwyr cryf. Dw i yn y lle iawn i gael gafael arnyn nhw, wedi'r cyfan.

Dw i'n treial agor drws labordy Doc er 'mod i'n gwybod ei fod e wastad yn ei gloi pan nad yw e'n ei ddefnyddio. Ond un fantais o dreulio cymaint o amser yn ei gartref yw 'mod i'n gwybod yn iawn ble mae'r allwedd sbâr. Dw i'n ei hestyn o grombil y ddol Rwseg sy'n sefyll ar y silff lyfrau ger y lle tân ac yn agor y drws i'r bydysawd gwaharddedig.

Wedi troi'r golau 'mlaen dw i'n sefyll fel delw wrth

edrych ar gynnwys yr ystafell, sydd mor daclus o'i chymharu â gweddill ei gartref. Mae cynwysyddion gwydr yn llenwi'r silffoedd. Pob un wedi eu labelu'n glir a phob un yn ei phriod le gyda'u cefndryd cemegol. Mae hyn yn fy helpu'n fawr achos fase dim clem 'da fi ble i chwilio heb labels pedantig y Doctor. Edrychaf o gwmpas gan wenu ar yr arwydd am 'miscellaneous'. Sa i moyn gwybod beth sydd ar y silff yna.

Gafaelaf mewn tair potel ar hap o'r secsiwn poenladdwyr: Ibuprofens pinc sy'n edrych fel Smarties ar steroids, Buprenorphine Codeine a rhywbeth arall dw i ddim yn gallu ei ddarllen oherwydd staen dyfrllyd ar y label. Dw i'n dychwelyd yr un yma i'r silff ac yn penderfynu cymryd cyfuniad o ddwy o bob un o'r lleill. Llyncaf y pills gyda llymaid o wisgi cyn dychwelyd y jars yn ofalus i'w priod leoedd, gan nad ydw i eisiau i Doc wybod 'mod i 'di bod yn busnesa.

Nawr am y tabledi cysgu. Wedi chwilio, heb lwc, oherwydd nad oes arwydd yn dweud SLEEPING PILLS i'w weld yn unman, dw i'n adnabod enw ar un o'r poteli. Benzodiazepines. Bennys. Dw i 'di profi'r rhain o'r blaen mewn amgylchiadau tra gwahanol, ac yn agor y jar a chlecio dwy gyda llymaid arall o wisgi. Yn ôl â'r jar at ei chyfeillion ac i ffwrdd â fi.

Not quite.

Wrth roi'r Bennys yn ôl ar y silff dw i'n sylwi ar focs du hir sy'n gorwedd tu ôl i'r gwydrau. Mae'r natur ddynol yn fy rheoli nawr a dw i bron â marw eisiau gwybod beth sydd ynddo. Beth sydd mor arbennig amdano fel bod angen ei guddio mewn ystafell llawn cyffuriau?

So dw i'n gafael yn y bocs ac yn ei roi ar y fainc o 'mlaen. Mae'r bocs rhyw ddeg modfedd wrth chwech â chlo fel dogfenfag ar y tu blaen. Rhoddaf law ar ochr fy mhen wrth deimlo ergyd Stifyn unwaith eto. Bastard. Mae'r manylyn bach yma'n fy atgoffa o'r hyn ddechreuodd yr uffern dw i 'di gweld a'i theimlo yn ystod y deuddeg awr ddiwethaf.

Yn y bocs mae gwn. Un iawn. I ddechrau mae'n sioc, ond wedi meddwl am y peth, mae'n gwneud synnwyr perffaith. Do'n i ddim yn gwybod bod gan Doc wn. Ond dyw e ddim y fath o beth chi'n brolio amdano, yw e? Oni bai eich bod chi'n gangsta neu'n gowboi. Gan fod Doc yn delio â phobl sy'n perthyn i'r galwedigaethau hyn yn ddyddiol, a hynny drwy werthu cynnyrch a gwasanaeth anghyfreithlon, mae'n rhaid iddo fod yn berchen ar wn, on'd oes? Rhaid gallu amddiffyn… os bydd rhaid. Mae'n hawdd talk the talk, ond rhywbeth arall yw walk the walk.

Dw i'n codi'r gwn ac yn edrych arno'n fanwl. Mae'n newydd sbon ac yn gyfforddus iawn yn fy llaw – made to measure a dweud y gwir – gyda'r geiriau WALTHER PPK wedi eu hysgythru lawr y barrel. Fuckin typical. Poser go iawn yw fy mrawd: just fel James Bond! Ys gwn i oes ganddo fe drwydded i ladd yn gorwedd ma'n rhywle?

Yn lle rhoi'r gwn yn ôl yn y bocs a mynd i'r gwely fel bachgen da, dw i'n dychwelyd y bocs yn wag i'w orffwysle tu ôl i'r tabledi a chario'r gwn 'da fi yn ôl i'r ffenest fae. Sa i'n gwybod pam, ond ma rhywbeth yn fy ysgogi i wneud hyn. Ma rhywbeth yn dweud wrtha i nad ydw i 'di gorffen 'da fe 'to.

Gyda'r gwn yn fy llaw dde a wisgi arall yn y chwith, dw i'n edrych allan i'r nos gan feddwl am yr hyn dw i'n wybod. Mae'r cyffuriau'n cymysgu â'r alcohol ac yn arwain fy meddyliau i fannau annisgwyl tu hwnt.

O wybod beth dw i wedi'i weld a beth sydd wedi

digwydd i fi heno, mae'r tywyllwch yn dychwelyd ac yn fy rhwymo mewn meddyliau apocalyptaidd. O dan ryw rym anweledig, dw i'n codi'r gwn at fy nheg ac yn cloriannu'r gorffennol, y presennol a'r dyfodol.

Un ergyd a byddai'r boen yn diweddu a'r ellyll yn diflannu. Un ergyd.

BANG!

Ond, sa i'n tynnu'r taniwr. Mae 'na dri rheswm dros beidio.

1 – Pam dylsen i? Ar ôl misoedd o feddwl 'mod i'n mynd off 'y mhen ac actually *yn* mynd off 'y mhen, ro'n i'n iawn all along. Pe bawn i'n lladd fy hun nawr, bydde Fflach! yn ennill. Esgusodwch fy streak cystadleuol, ond no way. Pe bawn i'n tynnu'r trigger, byddwn i'n diflannu o fywydau Fflach! ond fydde Fflach! ddim yn diflannu o'r byd.

2 – Dw i heb gyfrannu fawr o ddim i'r byd 'to. A tan nawr doedd dim lot 'da fi i'w gyfrannu. Ond, yn eistedd yma, dw i'n gwybod beth sydd yn rhaid i fi neud. Dw i wedi ffeindio pwrpas dros fy modolaeth.

3 – Mae teimladau pwerus yn corddi ac yn gwthio tua'r wyneb. Rhyw chwant dw i'n gwybod na allaf 'i wadu. Yr angen am ddial eithafol a therfynol. Yn anffodus i Fflach!, does dim meddyginiaeth all fy iacháu rhag y casineb…

Trwy lygaid trwm, dw i'n checio'r gwn i wneud yn siŵr ei fod e wedi ei lwytho. Mae'n amlwg nad yw Doc erioed wedi gorfod defnyddio'r gwn gan fod clip llawn yn bresennol. Perffaith. Dw i'n ymdrechu i godi ar fy nhraed ac yn bwriadu mynd i'r Tŷ Trybini nawr a dihuno'r triawd afiach o'u trwmgwsg artiffisial gyda larwm dialgar.

BANG!
BANG!
BANG!

Ond cyn cymryd un cam dw i'n disgyn nôl yn y gadair ac yn cwympo i drwmgwsg artiffisial fy hun wrth i'r cyffuriau afael ynof a dod â diwrnod tywyll arall i ben.

An eye for an eye makes the whole world blind.

Mahatma Gandhi

BRRRRRRR-BRRRR!!
BRRRRRRR-BRRRR!!

Mae Steph yn ateb yr alwad fewnol cyn i'r gloch ganu am y trydydd tro ac mae tôn ei llais yn bradychu sut hwyl sydd arni'r bore 'ma.

"Ie?"

"Iawn Steph, ydy Luc wedi cyrraedd eto?" Emlyn. Roedd ei gynorthwyydd yn hwyr. Yn hwyr iawn.

"Na." Roedd clywed ei enw yn cynddeiriogi Steph. Y bastard.

"A dyw e heb ffonio?"

"Na."

"Ok. Ti'n iawn, Steph?"

"Na!" A rhoddodd hi'r ffôn yn ôl yn ei grud cyn i Emlyn allu busnesa ymhellach. Er ei bod hi'n hollol pissed off 'da Luc, roedd hi hefyd yn becso amdano… ond dim ond ychydig bach. Roedd hi'n ypset ei fod e heb gwrdd â hi neithiwr, ond erbyn nawr roedd hi jyst eisiau gwybod ei fod e'n fyw.

Tynnodd Fiat Panda Luc i mewn i faes parcio Akuma a dod i stop cyn belled oddi wrth y drws ffrynt ag roedd hi'n bosib. Roedd hi wedi un ar ddeg ac roedd y lle'n llawn a phawb yn gweithio. Doedd Luc ddim yn bwriadu gweithio heddiw. Roedd Luc yn hela.

Camodd o dawelwch y car i'r awyr agored, a gyda'r gwn yn gorwedd fel estyniad yn ei law cerddodd tua'r dderbynfa. Edrychodd i fyny tua ffenestri'r llawr cyntaf a gweld Emlyn yn edrych yn ôl arno. Am eiliad meddyliodd Luc godi'r gwn a chymryd pop, ond na, roedd gan Luc agenda ac roedd e am gyflawni ei dasg heb golli ei ffocws.

Wrth nesáu at ddrysau gwydr mynedfa'r adeilad, gallaf weld Steph tu ôl i'r dderbynfa. Er bod pob math o adlewyrchiadau'n amharu ar yr olygfa, mae un peth yn sicr hyd yn oed o fan hyn: dyw hi ddim yn hapus.

Mae pob math o feddyliau'n rhuthro trwy f'ymennydd – y what ifs a'r but onlys – ond mae'n rhy hwyr nawr. Fi 'di gwneud fy mhenderfyniad a 'sdim troi'n ôl.

Gwthiaf drwy'r gwydr, sy'n broses boenus y bore ma o gofio'r grasfa gymerais i neithiwr, ac mae Steph yn edrych arnaf gyda rhyddhad a chasineb yn brwydro am oruchafiaeth yn ei llygaid. Mae hi ar fin gweiddi arnaf ond cyn dweud gair mae hi'n gweld y gwn yn fy llaw a'r mess ar fy ngwyneb a jyst yn edrych yn syn.

Mae pobl yn symud o'r ffordd fel traffig i ambiwlans wrth weld y gwn a'r ffocws didrugaredd yn fy llygaid. Ar autopilot, dw i'n anelu at ystafell newid y paedos.

Heb gnocio, dw i'n camu i'r ystafell ac yn cau'r drws drachefn. Wedi'r cyfan, 'sdim angen i rywun sydd â gwn yn ei feddiant fod yn foesgar, oes e?

O 'mlaen i, yn edrych yn ffwc o ffres o gofio'r stad oedd arnyn nhw neithiwr, mae S Club Two, Stifyn a Snez, yn eistedd ar y soffa foethus yn yfed coffi ac yn gwylio *Trisha* ar y teli. Er bod y pwnc sy'n cael ei drafod ar y rhaglen yn un difrifol, mae gelyn â gwn yn llawer mwy gripping, ac mae llygaid y ddau'n troi i edrych tuag ata i.

Nid yw'r hyder na'r hunanbwysigrwydd arferol yn bresennol bore ma. What a fuckin surprise.

"Bore da blantos," dwedaf gan wenu'n llydan. Fuck me, mae hwn yn teimlo'n dda. Yn dda iawn. Mae'r pŵer dw i'n ei deimlo'n anfon bollt o bleser lan fy asgwrn cefn. 'Sdim un o'r ddau'n ateb, so dw i'n gofyn:

"Beth sy'n bod arnoch chi? Come on... chi really mor shocked o 'ngweld i?"

Dal dim ateb. Dw i'n camu at Trish ac yn cau ei cheg hi drwy wasgu botwm. Trwy gydol yr amser, mae'r PPK wedi ei anelu i gyfeiriad y paeds.

Mae'n fy mwrw ei bod hi'n debygol iawn bod rhywun wedi galw'r heddlu erbyn hyn, felly gwell i fi frysio. Dw i'n camu at y bechgyn, ac er nad ydw i erioed wedi gwneud dim byd o'r fath o'r blaen, sa i'n nerfus nac yn ofnus na dim. Dw i'n hollol ddigynnwrf ac, mewn ffordd sick, dw i'n edrych 'mlaen at ddechrau'r dasg.

Codaf yr arf a'i anelu at y ddau gan sylwi bod eu gwynebau dan orchudd trwchus o golur er mwyn ceisio cuddio'r gweir roddais iddynt neithiwr.

Maent yn gwthio'n ôl i glustogau'r soffa ac yn ceisio diflannu. Ond, yn anffodus, so nhw'n meddu ar siwper-soffa na phwerau arallfydol.

"Na, Luc...! Beth ti'n neud?" Stifyn

sy'n gweiddi.

"Ordro full English yn Beppy's caff…" Mae cwestiwn twp yn haeddu ateb tebyg.

Mae'r ddau'n gwingo fel pysgod ar lawr cwch pysgota ac mae'n anodd anelu. Codaf fy llais.

"Eisteddwch yn llonydd, for fuckssake!" Ond so nhw'n gwrando. Dw i'n codi'r gwn at wyneb Stifyn sy'n galluogi i fi weld ei enaid yn bloeddio o du ôl i'w lygaid yn begian am faddeuant ond, pan dw i'n tynnu'r trigger, 'sdim byd yn digwydd. Jyst click. Fuck!

Mae amser yn oedi am eiliad, sy'n ddigon o gyfle i Snez folltio am y drws ac i Stifyn wenu'n slei mewn ymateb i fy amhroffesiynoldeb. Ond, yn bwysicach na hynny, mae'n rhoi cyfle i fi ryddhau clo diogelwch y gwn a saethu Snez yn ei gefn jyst cyn iddo gyrraedd y drws, cyn troi'n syth yn ôl at Stifyn a gwaredu'r wep o'i wyneb drwy ei saethu yn ei stwmog.

Jesus fuck! Mae'r sŵn yn atseinio oddi ar y welydd ac yn fy myddaru gan adael **hmmmmmm** yn canu yn fy nghlustiau. Mae'r ergyd yn gwneud llanast difrifol o grys-T Woodstock 1969 Stifyn hefyd, sy'n ddigon teg achos galla i sicrhau nad yw'r fucker erioed wedi gwrando ar y fath gerddoriaeth. Base Jimi'n troi yn ei fedd o wybod am y ffug addoli sy'n bodoli yn y byd hyn heddiw.

Mae'r sioc yn gwneud iddo stopio symud a dal ei fola fel rhyw fenyw preggers sydd newydd fyrstio o dan straen ei beichiogrwydd. Mae'n agor ei geg i ddweud rhywbeth ond cyn iddo gael cyfle i yngan gair, mae e'n pasio mas ac yn colli ymwybyddiaeth. Slow death sydd o'i flaen e nawr…

Trof i wynebu Snez, sydd ar lawr yn gwingo mewn

môr coch gan ddal ei ben-ôl o bob man. Camaf yn nes ato gan sychu gwaed ei ffrind o 'ngwyneb. Mae'r gwn yn pwyntio ato ac mae Snez yn codi ei law rydd gan ystumio i fi stopio.

"Ti'n sick cont, ti 'di saethu fi yn 'y nhin!"

Sweet sweet irony. Dw i'n gwenu ac yn anelu'r PPK at ei wyneb. Mae ei lygaid mor goch â'r llawr, a'r gwaed a chylla Stifyn fel colony o zits ar ei wyneb.

"Pam ti'n gwneud hyn? S'dim evidence gen ti. Fuck all arno ni, Luc!"

"Ydw i'n edrych fel rhywun sy'n rhoi shit, Snez?" Dyw e ddim yn ateb fy nghwestiwn, sy'n ddigon teg really gan fod yr ateb yn eithaf amlwg. So dw i'n tynnu'r trigger a theimlo'r tân yn taranu trwof.

BANG!

Mae wyneb Snez yn diflannu mewn ffrwydrad tanllyd a dw i'n troi'n ôl at Stifyn. Mae e'n anymwybodol ar y soffa a'r gwaed yn pistyllo o'i fola. Dw i'n meddwl gorffen y job ond yn penderfynu gadael iddo bydru'n araf. Mae pawb yn cael eu haeddiant heddiw.

Ar ôl llusgo corff Snez o'r neilltu er mwyn gallu agor y drws, dw i'n gadael yr ystafell ar drywydd llew yr helfa. Dw i'n teimlo'n ddedwydd wedi gwaredu'r ddaear o bresenoldeb y ddau berf, fel petawn i'n gwneud cymwynas â'r byd. Ac ydw, dw i'n sôn am y gerddoriaeth yn ogystal â'r kiddy fiddling! Mae fy enaid, sydd wedi bod yn diflannu gyda phob eiliad o'm bodolaeth, yn adfywio. Teimlaf fel petawn wedi fy ail eni. Yn anfarwol. Yn dduwiol.

Sa i'n gwybod beth sydd wedi bod yn digwydd yng ngweddill yr adeilad a chaf drafferth ffeindio Gary Barlow

Cymru, felly dw i'n edrych drwy bob drws wrth basio. Dw i'n cyrraedd yr ystafell golur. Gwacter. Ac wedyn mae'n fy mwrw i, y set. Dyna ble mae e, Marcel, a Jan, y golurwraig.

Cyrhaeddaf y set, sydd wedi ei sound-proofio, a dyna lle mae'r criw yn aros i ddechrau saethu golygfa gynta'r dydd. Mae Marcel ar ei farc a Jan yn gosod ei golur. Caeaf y drws a throi'r golau coch 'mlaen, sy'n gadael i bawb wybod bod golygfa'n cael ei saethu. Arhosaf yn y cysgodion yn dawel. Mae'r llew wedi ei gaethiwo.

Wedi i Jan orffen, ac wrth i'r camerâu ddechrau rholio, dw i'n cerdded at fy mhrae ac yn dal y gwn i'w wyneb. Mae ocheneidiau o ryfeddod i'w clywed oddi wrth y criw yn ogystal â Dyfrig, y cyfarwyddwr, sy'n gorchymyn i Rhidian, y dyn camera, ddal i saethu.

Mae wyneb Marcel yn werth ei weld. Mae'r ofn yn amlwg a hefyd edifeirwch. Too late, mate.

"I ateb dy gwestiwn, Marcel. Rhodri. Rapist. Paedo," dw i'n dweud gan edrych i fyw ei lygaid. "Ro'n i'n gwybod cyn neithiwr sut mae'n teimlo. Fi 'di cael fy ffwcio'n galed oesoedd cyn i ti ddod ar y scene."

Edrychaf ar wyneb fy ngelyn sydd wedi ei orchuddio gan golur. Ond all colur byth guddio'r hyn yw e. Edrychaf ar y pwll sy'n cronni ger ei draed ac arogli ei gach sy'n llenwi'r awyr yn ogystal â'i bants. 'Na ddigon…

Tynnaf fy mys gan ryddhau'r fwled. Mae ei goesau'n plygu fel deckchair ar draeth a'i gorff yn cwympo i'r llawr. Mae ei waed a'i benglog yn tasgu dros bob man gan staenio fy ngwyneb a'r set mewn cawod o sgarlad tywyll. Dw i'n sychu fy ngwyneb â llewys fy jwmper cyn teimlo rhyddhad anferthol. Trof at y criw ac at y camera.

Edrychaf ar y criw sy'n syllu yn ôl arna i a'r hyn dw i

newydd ei wneud. Wrth gwrs, maen nhw i gyd yn cachu pants gan feddwl 'mod i 'di ei cholli hi'n racs ac yn mynd i ladd pob un ohonyn nhw. Dy'n nhw ddim yn deall. Dw i'n gorchfygu'r reddf o godi'r gwn, gweiddi "hasta la vista mutha fukkaz", tynnu'r taniwr ac ychwanegu fy mhen i at weddillion penglogol Marcel, am fy mod i'n gwybod na fyddai'r hunanladdiad yn cael ei ddefnyddio fel out-take ar unrhyw sioe deledu o'r fath. Dyw Dennis Norden nac Aled Sam ddim yn hoff o snuff ar eu rhaglenni 'hilarious'.

Am ryw reswm dw i'n oedi ac yn syllu i fyw'r camera, sydd yn dal i rolio, cyn gwenu'n angylaidd a rhedeg am yr allanfa dân a byrstio trwy'r drysau, fel yr Hulk drwy wal haearn, i'r maes parcio. Mae'r weithred yn achosi i'r larwm dân ganu, felly bydd injan yn brysio yma gan ymuno yng nghorws seirenau ceir y moch sydd i'w clywed yn agosáu.

Stress is when you wake up screaming,
and then realize that you haven't fallen asleep yet.

Anon

Wrth i'r dyddiau droi'n wythnosau a'r wythnosau'n fisoedd, sylweddolodd John Swan ei fod yn datgymalu'n feddyliol o dan bwysau ei gyfrinach. Nid oedd wedi yngan gair wrth Joan, na neb arall, am gyflwr eu babi. Yn yr un modd, doedd e ddim wedi sôn wrth neb am Dewina. Wedi'r cyfan, beth allai e ddweud amdani heb swnio'n wallgo? Wedi diwrnod eu cyfarfod yng Ngerddi Waterloo, teimlai John yn wahanol rywsut, er nad oedd e'n siŵr beth oedd wedi newid.

Wrth i ddyddiad y geni agosáu a phasio heb sôn am esgoriad, roedd y pwysau'n ormod i John. Bwrodd y botel gyda brwdfrydedd George Best.

Pan waeddodd Joan y geiriau bythgofiadwy –

JOHN, MA' FY NŴR I 'DI TORRI! – rhaid oedd i John gymryd llarpied o Teachers cyn helpu ei wraig i'r fan a'i rhuthro am Ysbyty'r Waun. Wrth yrru tua'r ysbyty roedd pen John ar chwâl. Pam nad oedd e 'di dweud wrthi am gyflwr Luke? LUKE! Roedd John wedi galw'r baban yn

Luke ers cwrdd â Dewina. Trodd at Joan oedd yn hyffian yn chwyslyd wrth ei ochr a bu bron iddo gyfadde'r cyfan wrthi... ond, ar yr eiliad olaf, penderfynodd beidio. Hyd yn oed â llond bol o wisgi, roedd John yn gwybod nad dyma'r amser i ddweud wrth ei wraig. Roedd yr amser hwnnw wedi pasio bedwar mis yn ôl.

"AGHHHHHHHHHHHHHHHHHHH HHH!!!!!!!!!!!!" udodd ei wraig.

"Ti'n iawn, bach?" gofynnodd John gan danio sigarét a thynnu'r mwg yn ddwfn i'w berfeddion.

"Dere â drag i fi, John."

Edrychodd John ar Joan â golwg o anghrediniaeth ar ei wyneb. Roedd pawb yn honni bod smygu pan yn feichiog yn beryglus i'r babi... gwelodd John ffordd allan o'i gawlach a phasiodd y mwgyn i'w wraig. Bob yn ail â'i chontractions, sugnai Joan ar y Benson. Doedd hi heb smygu ers naw mis bellach a rhoddodd yr hidlen bendro pleserus iddi. Tasai pob ffag yn blasu fel 'na basai'n werth dechrau 'to, meddyliodd, cyn pasio'r sigarét yn ôl i'w gŵr.

Wedi i'r Swans gyrraedd yr ysbyty aeth y fydwraig â Joan mewn cadair olwyn yn syth i un o'r ystafelloedd geni tra arhosodd John yn y coridor. Roedd e'n dal i boeni am ymateb ei wraig i gyflwr eu plentyn. Nid oedd modd osgoi ei ddistawrwydd yn awr.

Pam na ddwedaist ti wrthi, meddyliodd. *Yn gyntaf, rwyt ti'n gachgi. Always have been, always will. Yn ail... wel, 'sdim ots am y rhesymau, yr unig beth sy'n cyfri yw bod dy fabi ar fin cael ei eni ac rwyt ti'n pendwmpian ac yn poeni am dy hunan fel arfer. Bastard hunanol fuest ti erioed, John Swan.* Pwy oedd yn siarad? *Helô.* Ysgydwodd John ei ben cyn cerdded am y ward lle roedd ei wraig.

Agorodd y drws i gyfeiliant sgrech iachus o ysgyfaint

clir. Roedd John a Joan yn rhieni! Torrwyd y cordyn bogel a diflannodd y baban gyda'r nyrs er mwyn ei folchi a'i archwilio.

Edrychodd John ar ei wraig; roedd ei hwyneb yn goch ac yn diferu o chwys. Er yn amlwg flinedig, roedd hi hefyd yn hapus – am fod yr enedigaeth wedi digwydd mor gyflym, ond yn bennaf am fod ganddyn nhw blentyn. Ailymddangosodd y nyrs â'r babi glân, cysglyd. Gafaelodd Joan ynddo mewn llawenydd.

"Could I have a word please, Mr Swan?" gofynnodd y fydwraig, cyn arwain John allan i'r coridor.

"Mr Swan," dwedodd hi unwaith iddynt gyrraedd cornel tawel. "I have some excellent news for you. Your son seems completely healthy despite what we thought we knew from the amniocentesis test. Now, there are more tests we have to run, but things are looking extremely good. Congratulations."

"Thank you," mwmiodd John.

Ailymunodd â'i wraig a'u plentyn. Roedd Joan yn hapusach nag y gwelodd hi erioed. Roedd John, ar y llaw arall, yn llawn euogrwydd. Llifai geiriau Dewina yn ôl i'w aflonyddu. Ac yn eu dilyn, daeth ei ymateb ysmala ei hun. Oherwydd ei euogrwydd ni allai edrych ar ei fab. Byddai'r hyn a wnaeth ar ei gydwybod am byth. Roedd John yn gwybod pwy oedd Dewina erbyn hyn.

Trodd at ei wraig â gwên blastig ar ei wyneb. Edrychodd Joan arno mewn gorfoledd gyda rhyddhad a hapusrwydd yn llifo'n rhydd wrth iddi ddweud,

"Dwed helô wrth Dad, Luc."

"LUKE!"

"Ie, ti'n gwybod, fel disgybl Iesu. L-U-C."

Ysgydwodd John ei ben mewn anghrediniaeth; you couldn't be further from the truth.

*Rhaid bod yn ymwybodol o'ch gorffennol,
er mwyn deall y presennol.*

Carl Sagan

Wedi i Emlyn dderbyn galwad gan Steph yn ei rybuddio bod gwn gan Luc, clodd ddrws ei ystafell a gafael yn ei gamera fideo. Safodd wrth y ffenest ac aros. Dyna lle'r oedd e pan welodd ddrws tân y stiwdio ar draws y maes parcio'n agor a Luc yn rhedeg at ei gar. Closiodd ato drwy lens y camera gan ffocysu ar wyneb gwaedlyd ei gynorthwyydd.

Ymddangosai fel petai Luc yn cael trafferth camu i'w gerbyd ond unwaith iddo eistedd tu ôl i'r olwyn, trodd Emlyn a gadael ei swyddfa. Roedd e am ddal yr holl gyffro annisgwyl ar dâp.

Dw i'n agor drws y car a chamu i mewn. Mae'r broses arferol anrhwystredig yn wahanol rywffordd ac fe ges i sioc wrth sylweddoli pam. Mae 'nghoc i'n gadarn fel cledd. Good timing, mate! Mae'r adrenalin yn pwmpio trwy 'ngwythiennau ac yn fy ngwthio 'mlaen fel propeller mewnol; dw i'n sgrialu allan o faes parcio Akuma gan hedfan tua Newport Road a'r A48, yr M4… sa i'n gwybod ble dw i'n mynd. 'Sdim dianc a dweud y gwir.

Mae ceir yr heddlu yn y rear view yn gybolfa o oleuadau glas a sŵn annioddefol. Sŵn trafferth. Ymhen dim dw i wrth gylchdro'r A48 ac yn hytrach na mynd am y dwyrain, dw i'n troi am Gabalfa. Mae'r Panda'n brwydro am bŵer a chyflymdra ac yn ysgwyd fel dioddefwr clefyd Parkinson's wrth geisio cadw ar y blaen i'r llynges o foch sy'n fy nghwrso. Dw i'n gwybod ble dw i am fynd. Rhaid i fi weld John. Pam? Achos dw i'n gwybod na alla i ddianc ac mai dyma fydd fy nghyfle olaf i'w weld e. Efallai y cyfle olaf am byth.

Yn ffodus, so'r traffig yn drwm a dw i'n cael rhediad rhydd at gylchdro Gabalfa. Heb edrych nac aros, llwyddaf i sgrialu rownd y twmpath troi ac ymuno â'r A470 tua'r gogledd. Sa i'n aros am unrhyw oleuadau nes cyrraedd Clwb Golff yr Eglwys Newydd – ma cael hanner dwsin o geir yr heddlu'n dilyn yn gwneud neidio'r goleuadau'n dasg ddidrafferth iawn.

Trof i'r chwith wrth glwb y crach ac unwaith eto, heb aros, wrth yr Hollybush, cyn pweru tuag at gartref Dad. Dw i bron yn rhoi help i grŵp o manic depressives ddiweddu eu bywydau rhwystredig wrth iddynt groesi'r zebra fel y Beatles ar Abbey Road, ond dw i'n eu methu o drwch blewyn ac yn sglefrio i stop tu allan i'r drws ffrynt.

Allan o'r car ac i mewn i'r dderbynfa, gan edrych fel gweithiwr y mis rhyw ladd-dy neu... neu lofrudd gwallgo. Mae'r ceir yn sgrechian i stop tu allan a'r heddweision yn fy nghwrso i mewn i'r adeilad. Erbyn hyn dw i heibio'r ddesg ffrynt ac yn rhedeg nerth fy nhraed lan y grisiau am ystafell John.

Gyda'r gwn yn fy llaw mae gweithwyr ac inmates y lle'n neidio o'm ffordd neu'n cuddio tu ôl i ddesg, cadair neu gwpwrdd.

Dw i'n byrstio trwy ddrws ystafell Dad ac yn ei gau drachefn. Mae holl anhrefn y byd allanol yn diflannu. Mae'r drws fel rhyw borth i fydysawd arall. Mae'r llonyddwch yn wrthgyferbyniad eithafol i'r ffordd dw i'n teimlo a bron yn profi'n ormod i fi yn y stad yma wrth i fi wynebu Dad am y tro olaf. Mae e'n eistedd wrth y ffenest, yn yr un man ag y mae e 'di bod ers blynyddoedd, yn edrych mas ar y byd gwyrddlwyd. Yn hongian uwch ei ben mae'r breuddwyd-bysgotwr.

Edrychaf arno drwy lygaid newydd ac mae e'n edrych yn ôl am y tro cyntaf ers '86, mae 'na fywyd, rhyw deimlad, rhyw sbarc yna. Mae'n gwenu arnaf fel petai e'n synhwyro bod rhywbeth mawr o'i le, cyn dweud:

"Dw i'n dy garu di, Luc."

Gyda'r geiriau'n dirgrynu fy myd a'm holl obeithion i'w craidd, dw i'n cwympo ar fy mhengliniau wrth ei draed ac yn ei gofleidio'n dynn. Mae popeth sydd wedi digwydd i mi erioed yn diflannu'r eiliad yna – fy holl ofidiau (and lets face it, I've got a few). Gone. Kaput. Wedi went.

Gyda'r emosiynau'n fy moddi a llais fy nhad yn fy lleddfu, mae'r drws yn cael ei gicio ar agor ac mae dwylo blewog yn gafael yn rymus yn fy ysgwyddau ac yn fy nhynnu i'r llawr mewn sgarmes o floeddiadau bygythiol. Gyda dau fochyn ar fy nghefn a 'nwylo'n dynn mewn maglau, edrychaf eto ar John Swan gyda dagrau'n llifo o'm llygaid.

Mae John yn eistedd yn ei gadair yn gwylio'r olygfa annisgwyl. Mae e'n sibrwd 'Sori'.

Wrth gael fy arwain o'r ystafell dw i'n edrych yn ôl dros fy ysgwydd arno gan floeddio,

"Am beth, Dad? Am beth?" Ond nid yw e'n ateb. Yn hytrach, mae'n wincio arnaf ac yn gwenu.

Dyna'r foment pan fo pethau'n dechrau gwneud synnwyr. Dw i'n sylweddoli 'mod i'n iawn ynghylch John Swan pan o'n i'n blentyn wrth i mi ei wylio'n cael ei gymryd oddi wrthyf yn yr ambiwlans. Fe aeth i fyw i fyd gwell na'r un roedd e'n bodoli ynddo; yr un roedd e'n ei rannu gyda Joan, a'r un dw i 'di bod yn byw ynddo ers 'ny.

Llwyddodd i ddianc rhag melltith ei fywyd. Dewisodd John un ffordd, dewisais inne lwybr gwahanol.

I know but one freedom, and that is the freedom of the mind.

Antoine De Saint-Exupery

NEEEEEEEEEEEEEEEEEEEE!!!!!

Mae'r gloch electronig undonog yn fy chwipio mas o'm trwmgwsg, a'r drysau, fel llygaid criw'r Nostromo yn dihuno o'u trwmgwsg hwythe, yn agor fel un.

Ar ôl noson arall o gwsg hollol dawel a difreuddwyd, mae'r awyr las tu draw i'r barrau'n fy nghroesawu i ddiwrnod arall yng Ngharchar Caerdydd. Wedi treulio misoedd cyntaf fy nghaethiwed yn Halifax, mae hi'n neis bod gartref.

Dw i'n araf ymlusgo o'r gwely ac yn camu'n weflog at y cachwr agored yng nghornel y gell. Ers cael fy nedfrydu, bron i flwyddyn yn ôl i'r dydd, dw i 'di esblygu oherwydd fy amgylchiadau ac erbyn hyn dw i'n gwneud popeth hanner y cyflymder yr o'n i. Wedi'r cyfan, beth yw'r pwynt rhuthro pan mae gen i dri life sentence i'w mwynhau?

"Mornin' Swan," yw cyfarchiad cyntaf Victor, real rudeboy o Drelai, sy'n rhannu fy nghell ac yma am ugain mlynedd ar ôl cael ei ddal â gwerth dwy filiwn o coke yn boot ei gar.

"Alright, Vic," atebaf wrth i werth noson o iwrin lifo o 'mhidyn fully functional.

"I don't know what's worse, bra: waking up to that fuckin' alarm or to the sound of your piss, like…"

"Both are surely better than waking up to you claiming a dump like what happened to me yesterday, though."

"True, true," mae 'nghyfaill yn cytuno, wrth godi ar ei draed, ymestyn ei gorff main a'i freichiau creithiog tua'r nenfwd cyn aildrefnu ei goc and balls yn ei bants. A jyst fel 'na, mae diwrnod arall yn fy mywyd yn dechrau.

"'Ave you seen this, Mr Craven?" gofynnodd Watkins yn frysiog, gan edrych lan o'r *Western Mail* i gyfeiriad pennaeth y wardeniaid a oedd yn gwasgu bag te rhwng dwy lwy dros fwg Cardiff City ger y sinc yng nghefn yr ystafell.

"What is it, Watkins? Don't tell me they've sold Ernie on the cheap?"

Doedd gan Craven ond blwyddyn cyn ymddeol, a'r unig beth oedd o bwys iddo erbyn hyn oedd ei deulu a'i annwyl Bluebirds. Wedi gyrfa fel swyddog carchar, roedd erchylltra'r byd yn rhan o'i fywyd bob dydd. Mae angen dihangfa ar bawb; pêl-droed oedd ei ddewis e.

"Nah, nuffin' like tha…"

"What is it then, Watkins? You sounded serious a minute ago."

"It is serious, suh. 'Ere, 'ave a read o' tha'."

Eisteddodd Craven yn araf ar ei gadair droellog gan leoli ei dde'n ofalus ar y ddesg o flaen y clogwyn o sgrîniau CCTV sy'n cadw llygad ar bob cornel o Garchar Caerdydd.

Wedi oes o waith corfforol yn delio â charcharorion, roedd poenau amrywiol ei gorff yn peri problemau iddo, ond ceisiodd guddio'r ffaith rhag ei gydweithwyr ifanc. Pasiodd Watkins y papur newydd iddo, wedi ei agor ar y dudalen amserlenni teledu.

"Pick uv uh day, BBC two, suh," adiodd y swyddog ifanc gan bwyntio at y darn penodol ar ben y dudalen.

Sipiodd Craven ei de'n ofalus rhag llosgi ei dafod fel y gwnaethai rai misoedd yn ôl. 'Na un profiad nad oedd e byth eisiau ei ail-fyw – roedd ei dafod fel malwen farw am dridiau ac yn hollol ddi-flas am fis.

Darllenodd y can gair dair gwaith yn ofalus gan siglo'i ben yn gyson, a marciodd yr erthygl fer gyda'i feiro glas. Er bod y carcharorion o dan ei ofal yma am resymau amrywiol, roedd hanes rhai'n fwy syfrdanol nag eraill, ac felly'n fwy tebygol o ddenu sylw'r wasg.

"Well, well, looks like we've got a celebrity in our midst, Watkins."

"Aye," cytunodd y swyddog heb oedi.

"It sounds pretty interesting but I wish they'd leave things alone. He's received his sentence so why can't they just let it be?"

"That's tee-vee for ya, innit, Mr Craven. Swan was a massive story. Still is 'n all..."

"Aye, it looks that way, Watkins, looks that way..."

Gorffennodd Craven ei baned mewn tawelwch gan syllu at y sgrîniau teledu, ond ddim arnynt. Gallai terfysg fod wedi dechrau o'i flaen ac ynte'n hollol anystyriol ohoni. Nid oedd pethau fel hyn yn digwydd yn aml ac roedd y rhaglen yn bownd o ddenu sylw'r carchar cyfan.

Ar ôl gwagio'r te â slyrrrrrp a gwneud nodyn meddyliol i ddefnyddio bleach ar ei hoff gwpan er mwyn gwaredu'r staen brown o'i grombil, cododd yn araf.

"Can I have this, Watkins?" gofynnodd, gan chwifio'r papur newydd yn yr awyr wrth gerdded am y drws. Er nad oedd Watkins wedi dechrau ei ddarllen yn iawn, ni chafodd gyfle i ddweud dim gan fod Craven wedi gadael yr ystafell ar ei ffordd i weld seren y sioe.

Wrth i Craven fewnbynnu'r cod cudd ac aros i'r drws trwm agor i'w adael i mewn i Adain C, cartref Swan, teimlai bresenoldeb wrth ei ochr a throdd i wynebu Carcharor Rhif A214 – neu Alun Brady fel roedd ei rieni'n arfer ei adnabod – a oedd yn sefyll yno'n cario ei fwced a'i fop.

"Morning Alan, how does it feel then?" Dyma'r tro diwethaf y byddai Alun yn gorfod mopio'r coridorau gan ei fod yn cael ei ryddhau'n hwyrach yn y dydd. Eto i gyd, doedd y carcharor ddim yn edrych yn hapus.

"Don't know really Mr Craven. I mean, it's good to be leaving but things aren't so good on the outside, you know…"

Nodiodd Craven yn llawn cydymdeimlad. Dyna prif broblem y system garcharu – roedd trafferthion y carcharorion yn ailddechrau dro ar ôl tro wedi iddynt gael eu rhyddhau.

Dymunodd Craven bob lwc i 'Alan' cyn gadael iddo barhau â'i ddyletswydd.

Wedi golchi a gwisgo, ma Victor a fi'n mwynhau mwgyn cynta'r dydd wrth aros am yr ail gloch i ganu a dynodi amser brecwast. Ond, yn annisgwyl, ma drws ein cell yn agor a Nails, pennaeth y screws, yn camu i mewn yn cario'r *Western Mail*.

"Mornin' lads," ma' fe'n ein cyfarch yn gwrtais.

"Mornin' Mr Craven," ry'n ni'n cydadrodd fel pâr o

blant ysgol. Mae Nails yn eistedd wrth fy ochr ar y gwely gyda golwg reit ddifrifol ar ei wep.

"Luke, I thought it best that you heard it from me first…"

"What?" gofynnaf yn amddiffynnol gan geisio cofio a ydw i 'di gwneud rhywbeth o'i le ers i'r olygfa hon ddigwydd ddiwethaf. Ond, yn wahanol i anturiaethau Phil Connors yn Punxsatawney, nid oes ailadrodd y bennod honno i fod. Diolch byth.

"Have a read of that," mae Nails yn mynnu, gan basio'r papur newydd ataf wedi ei agor ar dudalen rhaglenni teledu.

"Wor izit?" mae Victor yn gofyn cyn i fi gael cyfle i ddarllen yr un gair.

"Gimme a chance and I'll tell you," atebaf, cyn darllen y 'Pick Of The Day' ar BBC2W sydd wedi cael ei farcio â beiro las. "Almost a year to the day of his sentencing, this hard-hitting documentary investigates the life and crimes of unassuming multiple murderer, Luke Swan…" Typical, they never get my fucking name right! And am I really unassuming? Seriously, am I?"

"Who said that?" yw ateb Victor wrth edrych o gwmpas y gell yn goeglyd, sy'n achosi iddo fe a Nails chwerthin fel merched bach yn lle'r dynion caled ydyn nhw mewn gwirionedd. Dw i'n eu hanwybyddu ac yn cario 'mlaen dros eu nadu.

"On the 1st April 2002, Swan walked into the headquarters of independent TV company Akuma Productions in Cardiff, killed two members and permanently disabled a third member of the boy band, Fflach!. The motive for these horrific acts has never been established. Using never before seen footage of the killing of the band's singer-songwriter, Marcel Menteur, as well as Swan's attempted OJ Simpson style getaway, *Murder on The Dancefloor* attempts to discover what turned a polite, hard-working young man into a cold-blooded killer…"

"Fuck me, bra, yuh famous!"

"It would appear so, Vic…" dw i'n cytuno, ond gyda fy nghyfaill ar fin cyfrannu at y sgwrs unwaith eto, ma'Nails yn siarad cyn iddo gael cyfle.

"I look forward to seeing you down the common room later, lads; I'm sure there'll be quite a crowd."

"Cheers, Mr Craven, although I'm not sure I want to watch it really. It'll be a load of bollocks, no doubt…"

"Don't say that, bra, it'll be wicked."

"But no one knows the truth 'cept me, Vic."

"I know, I know," mae Nails yn cytuno. "You're all innocent in here, right?"

"I didn't say that, did I, Mr Craven. I mean, there's no way 'round the eye witnesses for a start…"

"And they caught one on camera, didn't they, Luke?"

"They fuckin' did, Vic. As I said, I'm not gonna pretend that I'm innocent because the evidence is there for all to see. Let's just say that I had my reasons and I've got no regrets…"

"You're a breath of fresh air in here, Swan," mae Nails yn dweud â gwên gynnes ar ei wyneb, cyn gafael yn ei bapur a gadael y gell.

Ar ôl brecwast, ni'n cael hanner awr o awyr iach cyn dechrau ar ein gwaith.

Yn yr iard, dw i'n ffeindio cornel tawel ac yn hepian yn yr haul cynnes. So chi'n cael siawns i fod ar 'ch pen eich hunan yn aml yn y lle 'ma, ond dw i'n ceisio gwneud pan mae'r cyfle'n codi. Caeaf fy llygaid a chael snooze fach.

Chi probably ddim yn gallu gwerthfawrogi faint o luxury yw gallu gwneud hyn, ond rhaid i chi ddeall bod cau fy llygaid yn artaith annioddefol cyn i fi ddiweddu gyrfaoedd (a bywydau) Fflach!. Ond, ers hynny, mae fy meddwl yn dawelach na llyfrgell wag a'r ellyll wedi mudo. I ble? 'Sdim syniad, nac ots, 'da fi. Fi'n hapusach nawr nag y galla i gofio bod erioed: fi'n ddiddig fy myd ac yn gartrefol yn f'amgylchedd. Mewn ffordd, fi 'di ffeindio rhyddid a hapusrwydd yn fy nghaethiwed. 'Nes i ddarganfod pwrpas fy modolaeth a dw i'n hapus 'mod i 'di cwblhau 'nhasg ac o wybod bod y byd yn lle gwell oherwydd yr hyn 'nes i. Ac ydw, dw i *yn* sôn am y gerddoriaeth... yn ogystal â'r paedoffilia!

Ydy Luc, o'r diwedd, wedi mynd yn wallgof?, clywaf chi'n gofyn. Wel, fase rhai'n dweud nad o'n i 'all there' i ddechrau.

Dw i'n dal i weld y bobl sy'n meddwl rhywbeth i fi: mae Doc yn dod i 'ngweld i'n aml a ma 'mherthynas â Joan yn well nawr nag y buodd ers yr amser o'n i'n sugno'i bronnau'n fabi.

Mae Doc yn ymweld â John nawr 'mod i'n methu mynd ond does dim newid yn ei gyflwr. Sa i'n disgwyl iddo wella bellach, ond dw i'n deall pam y dilynodd e'r llwybr wnaeth e. O'r diwedd, dw i'n gallu uniaethu gyda 'nhad.

Felly, mae fy sefyllfa deuluol, personol a meddyliol yn A1!

Wedi diwrnod yn mewnbynnu data a swper lyfli (onest!) yn y ffreutur, dw i a Victor yn anelu am y common room wrth i'r amser dynnu am hanner awr 'di saith. Mae'r lle'n orlawn pan ni'n cyrraedd a dw i'n cael cymeradwyaeth dwymgalon gan fy nghyd-garcharorion a'r wardens sydd wedi ymgasglu.

Ni'n cael ein tywys i'r rhes flaen lle ma dwy gadair wag yn aros i groesawu bochau ein tine, a dw i'n ffaelu stopio gwenu gan fod yr olygfa mor chwerthinllyd o swreal. Mae hi fel rhywbeth mas o ryw ffilm Americanaidd sentimental wael. *Dead Psychos' Society,* efallai?

O fewn pum munud mae'r lleisiau'n tawelu a'r rhaglen yn dechrau, ac o fewn hanner awr mae hi 'di gorffen, sy'n beth da os chi'n gofyn i fi gan fod y rhaglen, yn ôl y disgwyl, yn bollocks llwyr. Y newyddiaduriaeth fwyaf arwynebol a thabloidaidd welais i 'rioed. Mae hyn yn siŵr o fod yn iawn i'r rhan fwyaf o wylwyr ond nid i fi, o gofio bod y rhaglen yn adrodd fy 'hanes' i a'r rheswm pam dw i yma am weddill fy oes.

Wrth i rai godi a dechrau gadael dw i'n anwybyddu eu galwadau a'u cyfarchion er mwyn darllen y credits. Rhaid gweld ydy fy amheuon am darddle'r rhaglen yn wir neu beidio.

Sa i'n cael fy siomi chwaith, ac ar ôl i nifer o enwau cyfarwydd fflachio heibio ar y sgrîn mae fy holl amheuon yn cael eu cadarnhau gyda'r geiriau olaf:

PRODUCED AND DIRECTED BY

EMLYN EILFYW-JONES

AN AKUMA PRODUCTION FOR BBC WALES

D C L X V I

Am restr gyflawn o nofelau cyfoes Y Lolfa,
a'n holl lyfrau eraill, mynnwch gopi o'n
Catalog newydd, rhad – neu hwyliwch i
mewn i'n gwefan

www.ylolfa.com

i chwilio ac archebu ar-lein.

TALYBONT CEREDIGION CYMRU SY24 5HE
e-bost ylolfa@ylolfa.com
gwefan www.ylolfa.com
ffôn (01970) 832 304
ffacs 832 782